若有所失

漫步在历史和经济的丛林中

何帆 著

ZHEJIANG UNIVERSITY PRESS
浙江大学出版社

自序

告诉经济学，我出门远游了

经济学家喜欢开自己的玩笑。有个笑话是这么说的:

　　一个经济学家在路灯下边东找西找。有个好心的路人过来帮忙。路人问经济学家:"你在找什么呀?"

　　经济学家说:"我在找我的钥匙。"

　　两个人找了半天,还是一无所获。路人最后忍不住问经济学家:"你肯定钥匙是丢在这里了吗?"

　　经济学家说:"不是啊,我好像把钥匙落在车库了。"

　　路人奇怪了:"那你怎么在这里找啊?"

　　经济学家说:"因为只有这里才有灯光啊。"

经济学家只喜欢看他们能够看得见的东西。遗憾的是,这个世界并非仅仅依靠经济学就能完全看清楚的。

刚上大学的时候,我读到萨缪尔森的《经济学》。萨缪尔森说:

"要领悟经济分析的优美结构,仅仅需要有逻辑感,和能够对于经济学这样的思维体系竟会对整个世界上亿万人具有生死攸关的意义感到惊奇。"我仍然能够记得在读到这句话的时候如遭雷击的震撼感觉。从那之后,我就开始不停地学习经济学。

学习经济学,既给我带来了智力上的愉悦,也给我带来了内心的宁静。

我帮中国人民大学出版社策划过一套经济学前沿译丛。在丛书的序言中,我写道:

> 走进经济学的神殿,人们不禁生出高山仰止的感慨。年轻的学子顿时会感到英雄气短,在这个美仑美奂的殿堂里做一名工匠,付出自己一生的辛勤努力,哪怕只是为了完成窗棂上的雕花都是值得的。

我也给《经济学家茶座》写过一篇短文,叫《脑力锻炼》,里面写道:

> 学习经济学让人乐观而平和。经济学家相信"看不见的手",每个人追求自己的私利,在一定条件下,反而能促成社会公利的增加。尽管有"在一定条件下"这一限制,但是我已经觉得这是我见过的社会思想中最乐观的了。学习经济学,让人觉得所有的事情总会有解决的办法,而且这解决的办法不用我们煞费苦心地设计,只要承认人们追求利益

的正当性,同时又善于引导人们的逐利行为就行了。经济学充满了机智,它让我们这些平庸的人们充满信心,并且快乐。

但是,当我努力亲近经济学的时候,现实的世界却离我越来越远。读博士期间,我曾在哈佛做过两年访问学生。去哈佛之前,我以为所有的经济学问题都只有一个答案,那就是:"自由放任"。到哈佛之后,老师才告诉我,所有的经济学问题只有一个答案,答案是:"It depends"(视情况而定)。当时,我仿佛一个刚上岸的水手,踩到了岸上,却感到陆地在颤动,我已经不知道什么才算是真实的感觉。数年之后,依然青涩的我到麻省理工学院做访问学者,任务是协助著名的宏观经济学家奥利维尔·布兰卡德(Olivier Blanchard),研究中国宏观经济。可是,我越是努力地想用主流的宏观经济学理论和教授对话,他越是感到烦躁。他想让我告诉他,中国经济到底是什么情况,但我却对此一无所知。

到中国社会科学院工作之后,我主要做政策研究。这个工作让我眼界大开,我不再仅仅是在书斋里读书,还要学会去认识现实世界。我在国内到处跑,去过北大荒的农场,下过山西的煤矿,看过东莞的小工厂,也参观过没有一个工人的全自动化车间。我能够和政府官员一起讨论中国面临的问题,如何判断形势,如何设计政策。在这种时候,往往是我向身处一线的同志们学习,他们所掌握的信息量、思考问题的深度,都令我深深敬佩。我在世界各地到处跑,跟各国的财政部长、央行行长一起开会,也向全球顶级的投资经理请教我根本看不懂的衍生金融产品。今天在迪拜,明天在古巴。但当我的兴奋劲过了,想找回经济学,想真心诚意地用经济学的理论解释我所见到的现实世界,却发现经济学已经从当年的朝气蓬勃、乐观自信变得暮气沉沉、犹疑不决。

雾霾越来越浓。路灯昏黄而枯槁。我怎么也找不到钥匙。

算了,我不找了。

我开始了漫无目的的阅读。

我读历史,为的是从历史中看清现在。克鲁格曼(Krugman)曾经说过,经济学家只有一个样本,那就是历史。但历史读得越多,和我的初衷越远。我发现自己找不到一种令人信服的历史规律,反而迷恋上了历史中的偶然性。历史的道路没有交通标示,到处是交叉小径。你可能会看到隐约中有相似的地方,但是,阅读历史的真正收获不是让你感到,原来自古如此,而是让你越读越觉得熟悉的东西是陌生的,简单的东西是复杂的。阅读历史学,能让你更加多思、审慎。

我读心理学,为的是更好地认清自己。随着年岁的增长,你会觉得经济学里那个得意洋洋的"理性人"假设是那么的浅薄。行为经济学在经济学领域突然流行,相信也是因为越来越多的学者感到原来的"范式"太过粗鄙。行为经济学的背后,是脑神经科学的飞跃发展。人们对自己的认识逐渐清晰,但也更加深切地看到,我们的认知模式有那么多的缺陷。过去的自大狂妄,让我们羞愧难当、面红耳热。阅读心理学,能让你更加谦卑、自省。

我读地缘政治学,原本是当做一个副业,想在国际政治领域也有所涉猎。或许纯属误打误撞,地缘政治学和主流的国际政治理论其实格格不入。地缘政治学不是沙龙里外交官和贵族们的学问，它是风尘仆仆的旅行者的见识。如同我初读戴蒙得（Jared Diamond）的《枪炮、病菌与钢铁》一书一样，我这才明白人在自然面前的渺小和无助。拿破仑那么不可一世，他可曾战胜俄国的寒冬？中亚草原上的匈奴骑兵被欧洲人称为"上帝之鞭"，这条鞭冥冥中在何人之手？

我自许为职业读者，和职业运动员每天都要训练一样，读书是我每日必做的功课。尽管阅读的范围看似漫无边际，但读来读去，我发现，有价值的阅读似乎只是为了教导我们要更加虚心、更加谦卑。

读得多了，我也曾经想把自己的心得写成书。其实已经有了写作的计划。我计划写一本关于国际货币体系演变的书，以国际金融为窗口，眺望历史的风景。我也想过写一本关于地缘政治的学习笔记，记录下来我对地缘政治的理解，并通过写作，把我感到陌生的一些地缘政治热点地区了解得更清楚。我还想过写一本颠覆理性人假设的书，但我深知这一命题的宏大，远非现在的我所能驾驭，也许要再等十年二十年才敢动笔。

我还算是一个勤奋的写作者，这些年已经动手写了一些类似素材的东西，零零星星地发表在《SOHO小报》、《信睿》、《财经》等杂志上。原本希望当素材的量足够多了，就把它们串起来，写成书。我曾经在《财经》上写过一篇《半生缘》，透露过自己的一些心路历程和写作计划。遗憾的是，到现在为止，我仍然一本书也没有完成。

人生已经过半，除了一如既往的浑浑噩噩，我已经开始感觉到一些紧迫感。之所以把以前写过的一些素材类的零七碎八的东西攒在一起，出这本书，也是因为我不知道何时才能完成自己的写作计划，想起来就觉得非常焦急。这本书只是一个半成品的仓库,堆得乱七八糟。对我自己而言,它时刻是个提醒,让我想到还有那么多许诺没有兑现。我把那篇《半生缘》也收录在这本书中,做本书的跋,好让自己每读一遍,就惭愧一次。

这些年来,我写的应景式的财经评论其实也不少,但那些都是浮云,我就全部弃之不顾了。我会继续自己的探险式的阅读,一任海风把我这艘没有桨的小船带到未知的目的地。我会回来的,因为我依然深深眷恋着经济学。这里是我的故乡。但希望岁月切磋琢磨,让我能有改变,经济学也有改变。

如果你遇到经济学,请告诉她,我出门远游了。

# 目 录

第 二 章
## 一场再也不会有的改革

第三章

**向后转！向前走！**

第 四 章
## 衰退中的一代

第 五 章
# 未来一百年

第 六 章
## 爱尔兰的霍比特人

# 第一章

## 银鞋子，黄金路

# 皇家铸币局局长牛顿

1696 年,剑桥大学首席教授艾萨克·牛顿作出了一个决定。他将要告别三十多年的学术生涯,准备出任皇家铸币局总监。

英国桂冠诗人蒲柏曾经写道:"自然和自然规律隐藏在黑暗中。上帝说,要有牛顿。于是一切都被照亮。"牛顿在他那个时代,是科学界无人能够逾越的高峰。他 27 岁的时候就被任命为剑桥大学最古老的学院之———三一学院的首席教授。44 岁的时候,牛顿发表了不朽的名著《自然哲学之数学原理》,作为自己的生日礼物。但是,牛顿在剑桥大学的日子却过得并不舒畅。每一个曾经在知识分子扎堆的地方待过的人,都有机会体验这种一地鸡毛的无奈生活。牛顿生性羞怯内向,作为一个虔诚的清教徒,他显然缺乏足够的幽默感。和同行的学术讨论中也不可避免地掺杂着个人恩怨,这让牛顿感到无比沮丧,甚至一度想退出皇家学会。于是,听他讲课的学生越来越少,和他讨论问题的同行也越来越少。到 1693 年夏天,牛顿已经很少和外人交往,他独自过着深居简出的日子,饮食和睡眠状况日益恶化。

但事实证明,有一个得势的学生,可能比有一群天天厮混的同事重要得多。牛顿在三一学院教过一个名叫查尔斯·蒙塔古(Charles Montagu)的学生,此人家世显赫,在政界左右逢源,深受英国国王威廉三世的器重,后来受封为哈利法克斯爵士。1694 年,蒙塔古大人被封为帝国财政大臣。1696 年,蒙塔古得知,财政部下属的皇家铸币局总监欧维东(Overton)即将被任命为海关专员,铸币局总监这一职位空缺,就立刻向国王推荐了牛顿。得到国王的钦准之后,蒙塔古马上高兴地游说牛顿接受这一职位。这是铸币局的最高长官之一,每年有 500 英镑到 600 英镑的丰厚收入,而且还没有什么太多的杂务缠身。蒙塔古写给牛顿的信里说:"您可以随心所欲地打发闲暇时间。"

这些话打动了牛顿。于是一位最伟大的科学家,转身成了大英帝国的中层干部。尽管铸币局总监的工作是一份闲职,但牛顿为新工作投入了很多心血。他每天都准时上班,还跑到血淋淋的刑场亲自监督处决造假币的罪犯,因此很快就走出了抑郁的阴影。1699 年,由于工作出色,牛顿被提拔为皇家铸币局局长。他的工资也得到了大幅度上涨,不仅年俸上涨至 1000 英镑,而且还被允许从每次重铸货币的工作中提成。据估计,牛顿的总收入每年可达 2000 英镑。

17 世纪 90 年代,英国面临着银币流失的严重问题。当时,在英国同时流通着金币和银币,这在国际金融学中被称为复本位制。不过当时金币仅仅被用来做大额交易的支付,在市面上的流通量极少,银币才是英国的主要货币。那时的铸币技术仍然相当落后,几乎没有两个银币能够做得完全一样。经过长期的磨损,很多银币的成色下降。由于其他国家(比如荷兰)的白银价格高于英国,一些不法分子开始从银币的边上刮掉银屑，把银币融化成银锭，甚至制造不足值的假币，私自把白银偷运到国外。为了杜绝这种现象，英国皇家铸币局于 1662 年将机械化引入银币生产，所有银币边缘都铸成复杂的锯齿状作为防伪标记，而且对制造和贩卖假币行为的量刑极为严苛，轻者用烧红的烙铁在脸颊上烙印，重者可以被斩首示众，但是，不法分子仍然如飞蛾扑火，难以禁止。

市面上的银币成色不足也已经成为当时的流行小说作家们嘲笑的题材。在一本小说中，故事的主人公猥亵地说："贞操就像我们的货币那样降低了成色。在 16 岁少女身上寻找忠诚就像在旧先令边缘上寻找忠诚一样困难。"白银外流导致英国流通中的货币短缺，尤其是日常交易中需要的小额银币更是芳迹难寻。这导致货币流动性不足，交易成本上升。银币成色不足也影响了政府的财政收入。在 17 世纪 90 年代，用来交税的银币实际价值还不及其应有价值的一半。

银币流失不仅仅是一个经济问题，而且成了决定国家命运的政治问题。当时，在欧洲最令人忌惮的国王是法国国王路易十四。路易十四自称是"上帝派到人间的代表"，他好大喜功，穷兵黩武，频繁地向周边国家发动战争，引起了其他国家的恐慌。英王威廉三世，是路易十四的一个死对头。威廉三世本来是荷兰的王子，1672 年，法国军队攻入荷兰，12 万大军黑云压城，威廉王子临危受命，把法国军队全部赶出国土，并在民众的拥戴下成为荷兰新的执政人。1677 年，威廉国王和英国玛丽公主结婚。1688 年，英国爆发"光荣革命"，信奉天主教的英国国王詹姆斯二世在新教国家英国混得越来越不得人心，英国自由议会邀请詹姆斯二世的女婿威廉国王带兵进入英国。

女婿赶走了岳父,威廉三世和玛丽二世共同被加冕为英国的国王。英国本来并未掺和到欧洲大陆的战争,但威廉三世登基之后,将英国带进了反法战争。1689 年,英国便与神圣罗马帝国签订《维也纳条约》,并对法国宣战。这场战争的主战场在欧洲大陆,而且打的是一场持久战。英国需要源源不断地输送银币过去,支持前方作战。英国国内白银的外流将直接影响英荷联军的供给,甚至会导致战场上的失败。这可是威廉三世所不愿意看到的。就在牛顿教授忙着从剑桥大学搬到皇家铸币局上班的时候,英国内阁紧急召集会议,开始讨论银币的重铸问题。

在金属货币的制度下,银币重铸有两种选择:一种是提高银币的面值,但银币的成色不变甚至有所下降,实际上就是货币贬值;另外一种选择是铸造新的银币,让新银币的面值和其实际的金属含量正好等值。围绕着银币重铸,在英国内阁中出现了两派不同的意见:一派以财政大臣威廉·郎兹(Lowndes)为代表,主张货币贬值;另一派则以著名哲学家约翰·洛克为代表,他强烈反对降低成色和减轻重量,认为货币面值必须与其价值对等。

郎兹认为,可以将银币的面值提高 25％,但重量不变。这就意味着银币的价格比银块的价格更贵,就不会再有人融化银币或把白银偷运到国外了。在郎兹看来,这是解决白银外流的最直接有效的办法。洛克反对降低银币的成色,他认为要想保持人们对货币的信心,必须让货币的面值和其内在价值完全一致。他在货币问题上的立场和他的政治哲学也是一脉相承的。洛克认为,政府应该守信,政府有责任保护人民的财产,而金属货币也是人民的财产。因此,他主张收集残破的银币,回炉之后重新铸造。

郎兹是实践家，洛克是哲学家。从表面上看，朗兹的办法更加简便快捷，毕竟，让货币贬值是欧洲的君主们在遇到危机的时候经常干的事情。但是，在朗兹的提议中，货币贬值的幅度实在是太大了，一下子贬值 25%，这引起很多内阁成员的强烈反对。实践家的激进方案看起来比哲学家的思辨更加不靠谱。威廉三世经过斟酌，放弃了朗兹的方案，选择了洛克的方案。1696 年 1 月，内阁通过了新的铸币法案。这一法案规定，到 1696 年 5 月 4 日为止，残缺的旧币不能再作为法定的支付手段；到 1696 年 6 月 24 日为止，不能再作为缴税的手段。铸币局奉命开始铸造新币。

一开始是洛克赢了，到最后是白银输了。朗兹和洛克都忽略了一个问题，在英国流通的货币，不仅仅有白花花的银子，还有炫目的黄金。由于之前英国是银本位制，黄金过去一直徘徊在门外的屋檐下，但一旦有机会，它就会大摇大摆地登堂入室。在英国白银外流的同时，欧洲的黄金流入英国，甚至巴西的黄金也不远万里而来。这是因为，英国的铸币局在买入黄金的时候会付更高的价格。如果是按照郎兹的建议，那么白银就会马上退出流通领域。洛克是坚定的白银本位支持者，他也没有考虑过如何调整金银的兑换率。当牛顿按照洛克的方案主持重铸银币之后，他很快就发现，由于大量的白银流失，造币厂几乎无银可铸。

牛顿曾向内阁提议：教会和贵族拥有大量银器，不妨把这些华而不实的东西熔掉作为铸币之用，以解造币厂的燃眉之急。这种政治上极其幼稚的建议当然不会得到采纳。直到 1699 年，铸币局还是没能完成当初规定的铸造数量。1699 年，金几尼的价格已经从 28 先令跌到 22 先令,照此价格换算,金与银的比率为 15.93：1。而在德国汉堡,金与银的比率却接近于 15：1。国内和国外的巨大利差使得禁止黄金的进口和阻止白银外流几乎是不可能。

银币重铸之所以失败,还有一个因素就是英格兰银行的成立。从英格兰银行这个婴儿刚刚诞生时的模样,我们几乎看不到今日中央银行的一点眉目。1694 年的英格兰银行是蒙塔古大人联合伦敦金融城的一群商人成立的,其目的是放贷资助威廉三世的对外战争。因为它宣称:"允许英皇陛下征收船舶吨位税和啤酒及其他酒类税,使那些自愿(按 8％的利率)借出 150 万英镑以从事对法战争的人,获得本法令所举出的某些赔偿和利益。"1697 年威廉三世授予英格兰银行一份新的特许状,允许其发行不需背书即可流通的纸币,也就是发行真正的银行券,并给以独占的特权。显然,无论是威廉三世,还是蒙塔古爵士,都不知道英格兰银行发行钞票对铸币流通会产生什么影响。"劣币驱逐良币"的格雷欣法则像地心引力一样发挥了作用。在重铸期间投入流通中的 700 万英镑银币很快就退出了流通。新的铸币刚刚出炉,就被出口到国外。这种情况一直持续到 1717 年。轰轰烈烈的重铸运动,不得不以失败告终。

牛顿一开始和洛克一样,是支持银币重铸的重要人物,但是,在失败面前,牛顿局长也不得不反思自己过去坚信的观念。他逐渐从一个坚定的白银捍卫者转变为白银怀疑者。1717 年 9 月 21 日,牛顿向内阁提交了一份货币报告,分析了欧洲各国以及中国、日本、东印度的金银价格情况,认为英国当时的白银短缺已经是不可改变的事实,与其坐以待毙,不如顺应潮流。牛顿并没有主张实行金本位制,彻底放弃白银,他只是建议,应将铸造金币的价格降低,黄金价格定为每金衡盎司(纯度为0.9)3英镑17先令10便士,使黄金的价格固定下来。1717年年末,议会通过决议,采纳了牛顿的建议。牛顿的建议本来是想做拯救白银的最后努力,但是效果却是解放了黄金。牛顿的金苹果终于落地了。黄金正式与英镑挂钩,并逐渐取代了白银,成为主要支付手段。

尽管直到1817年,英国才正式立法确认金本位制度,但在此前的一百年间,英国就已经是事实上的金本位制国家了。由牛顿局长确立的英镑和黄金的固定比价一直持续到1931年。1797年之后,英国和拿破仑交战,英镑和黄金之间大约有20多年的时间脱钩。从1914年第一次世界大战爆发到丘吉尔1925年恢复金本位制之间大约有10年黄金与英镑短暂分手。在长达两百多年的时间里,英镑和黄金始终海誓山盟,矢志不渝。

牛顿和他同时代人的失误,不经意地催生了英国的金本位制。这是大部分研究国际金融史的学者都公认的结论。历史的本质是偶然,不是必然。但是,这样的观点,对于很多读者,尤其是接受经济学系统训练之后的读者来说,是比较难以接受的。

假如金本位制的出现是一种偶然,那么,我们不妨继续进行推演:如果当年牛顿将黄金的价格定得再低一些,是否白银就会重新回到流通领域呢? 如果英国得以继续坚持白银本位,那么后来的国际金本位制还会出现吗? 如果中国是白银本位,英国也是白银本位,中国和英国之间还会有巨大的贸易失衡吗? 如果中英之间没有巨大的贸易失衡,鸦片战争是否一定能打起来呢? ……

# 最后一枚金币打了胜仗

　　起初,英国不过是一个孤悬海外的偏僻小国。16世纪初,西班牙和葡萄牙已经在全球范围内建立了辽阔的帝国,并源源不断地向国内输送金银财宝,一时间西班牙和葡萄牙称霸欧洲,西班牙更是最早被称为"日不落帝国"。而直到17世纪中叶,英国还只是零零星星地在加勒比海占领了几个小国,在北美建立了几个种植园,在印度统治了几个城市而已。英国是靠发展海盗业而后来居上的。从1585年到1604年,英国的海盗们靠在大西洋抢劫过往的西班牙船只,每年至少能赚取20万英镑的收益。如果他们干得漂亮,还能得到皇室的册封。英国皇室不仅纵容,甚至鼓励这些海盗四处抢劫,海盗首领就是英国海军最早的将领。比如,1588年和霍华德海军上将联手,击败西班牙"无敌舰队"的德雷克将军,就是一位传奇海盗。1588年,西班牙开出了一支浩浩荡荡的舰队,但在英吉利海峡遇到英国舰队迎击,损失惨重,后来被迫绕道苏格兰返航,又遇到风暴,舰队几乎全军覆灭。战胜西班牙之后,英国又开始向荷兰海军发起挑战。从1652年到1674年,英国和荷兰断断续续打了三次大战,最终耗尽了荷兰的贸易和海军实力。

接下来,羽翼初丰的英国和雄心勃勃的法国狭路相逢。从 17 世纪末一直到 19 世纪初,英法之间进行了一百多年的战争,历经英国王位继承战争、西班牙王位继承战争、奥地利王位继承战争、七年战争、北美独立战争和拿破仑战争。英国的人口只有法国的三分之一,但在一百多年的战争中,却能一次又一次地战胜法国,这其中金融创新功不可没。

1499 年,法国国王路易十二打算征服意大利。出兵之前,他询问出生于意大利米兰的臣子特里武尔奇奥(Marshall Trivulzio),靠什么才能打赢战争。特里武尔奇奥毫不犹豫地告诉路易十二:"您所需要的就是:金钱,金钱,金钱。"路易十四后来也曾经感慨,只要坚持到使用最后一枚金几尼,就总会获胜。战争是如此地烧钱,以至于英国经济学家约翰·霍布森曾经说过,要是著名的金融家罗斯柴尔斯家族不借钱给各国,第一次世界大战根本就打不起来,但这似乎也太高估了金融家们的力量。战争的车轮滚滚而来,金融家不过是站在车轮边上的螳螂。战争和金融的确有着紧密的联系,但与其说是金融发动了战争,不如说是战争塑造了金融。

最后一枚金币是怎么打胜仗的呢?我们得先从怎么为战争融资讲起。如果国家需要资金,无非来自三个渠道:一是出售国有资产或特许权;二是征税;三是借钱。

皇室有自己的财产,国家有专卖和专营,这些是君主们最直接的收入来源。在中国唐朝的时候,中央政府有一半的收入来自于盐专卖。1460 年,法国皇室靠自己的家产获得的收入约占整个国家财政收入的 3％，后来经过苦心经营，一度能达到财政收入的 1/10，但随后就每况愈下，到 1773 年，皇室收入所占的比例已经不到 2％。拿破仑时期，政府靠出售教堂土地得到的收入，约占岁入额的 12％。英国皇室原本持家有方，比如在亨利七世时期，皇室基本上能做到自给自足，只有一次向国会提出征税的要求。但后来，因为要对法国和苏格兰作战，英国皇室很快失去了其财产的 7/8。伊丽莎白一世刚登基的时候忧心忡忡，不知道怎么才能维持生计。这些君主制国家中的国王们还可以通过卖官鬻爵，获得现金。在英国詹姆士一世时期，要想得到骑士和男爵的封号，需要支付 1095 英镑，并且提供 30 名英国士兵一年的军饷。到 1622 年，男爵的封号已经贬值到只值 220 英镑了。

政府也可以靠征税筹资。税收种类中最容易征收的要属在江海口岸征收的关税，但是，关税税率太高，会导致贸易量降低，走私活动也会因此猖獗。英国是一个清教徒国家，清教徒认为市场体系是来自上帝的自发秩序，政府是不能妄加干预的。于是在欧洲国家中，英国率先提倡自由贸易，并把关税大幅度降低。

其他的税收还是要收的，消费税很快就开始盛行。汉诺威王朝时期，英国的消费税在整个欧洲都是最高的。在斯图亚特王朝时期，查理一世就开始对衣服、肥皂、淀粉、眼镜、金银丝线和扑克牌征税。1643 年，英国国会开始对烟草、红酒、苹果酒、啤酒、皮毛、亚麻和丝绸征税。1660 年，英国开始对盐、藏红花、蛇麻草、铁器和玻璃征税。消费税逐渐成为英国税收的主要来源。到拿破仑战争时期（1799—1815 年），在英国几乎没有什么商品不需要上税。有意思的是，在汉诺威王朝时期，英国正在进行第一次工业革命，工业尚处在刚刚萌芽的阶段，但政府对这些新兴的产业似乎也没有特殊照顾，照征不误。政府之所以喜欢征收消费税，主要是因为这种税收更加隐蔽。瑞典财政大臣奥克森谢纳（Oxenstierna）曾说，消费税既能取悦上帝，又不得罪人民，而且不会引起造反。遗憾的是，这只是官员的幻觉。在近代欧洲，民众反抗消费税的斗争此起彼伏。法国思想家托克维尔就曾经谈到，严苛的税收是法国大革命的导火索之一。

与其他税种相较而言，所得税的征收在欧洲起步则要晚得多。人头税具有累退的性质，会让穷人的生活雪上加霜。征收土地税和收入税的主要困难在于难以得到准确可信的信息。直到1798年，英国首相威廉·皮特才开始下令征收收入税。对于平民百姓来说，1798年真是欧洲历史上最悲惨的一年：在这一年，英国设计并开征了所得税，而法国发明了征兵制。

亚当·斯密曾经说过，战争支出总是迫不及待的，而征税则是缓慢的，所以必然会出现赤字。直到17世纪晚期，英法两国的财税结构都非常相似。决定英法成败关键的是两国的借债能力。政府举债久已有之，但近代以前，政府借债更像私人之间的借款，君主们常常是以自己的名义向富可敌国的大银行家借钱。而且，国王们的信用要比私人低得多，借债不还的流氓行径数不胜数。在这种财政困局中，公债作为一种新事物在北欧国家横空出世。被称为"美国金融之父"的汉密尔顿曾说，公债是并非源于古希腊、古罗马的少数现象之一。

公债的创新最早源于北欧国家，北欧国家发明了一种永久公债。

购买这种公债的投资者可以永远领取利息,但是拿不回来本金。如果不愿意持有这种公债,投资者还可以在市场上将之出售。这一奇特现象也让人感叹:这真是一个奇迹啊!国家不偿还债务,债权人不能随时要回来钱。荷兰还发行终身年金,投资者只要身体健康就可以申购,只要还活在世上就能从政府领取利息。

光荣革命之后当上英国国王的威廉三世原本是荷兰王子。他到了英国之后,很快就开始把荷兰的发债方式在英国推行开来。1693年,英国开始发行终身年金和彩票。1694年又发行了120万英镑的特别公债。伦敦很快就超过了阿姆斯特丹,成为金融中心。通过发行公债,极大地提高了政府汲取国民积蓄的能力。随着资本市场的壮大,政府债券的流动性增加,进一步提高了政府债券的吸引力。过去,投资者有了钱只能投资土地,如今,投资者有了更加便利可靠的投资渠道。财富变成了资本,这才真正出现了资本主义。

英国不仅从荷兰照搬了公债市场,而且进一步将之发扬光大。除了政府发行的债券,在伦敦的金融市场上交易的还有公司的股票。在这一时期最臭名昭著的要属南海公司的股票。南海公司创建于1711年,表面上这是一家专营英国与南美洲等地贸易的特许公司,但实际上是专门为分担政府因战争欠下的债务的私人机构。1720年,南海公司通过贿赂政府,向国会推出以南海股票换取国债的计划,引起投资者疯狂追捧其股票。其股票价格在1720年年初为120英镑,到同年7月已经飙升到1000英镑以上。是泡沫就一定会破灭的。英国国会在1720年6月通过了《泡沫法案》,本意是为了打击到处冒出来的和南海公司竞争的皮包公司,但使得投资者对南海公司也产生了怀疑。南海公司股票的价格在半年之内跌到 124 英镑。事发之后，为了救助损失惨重的投资者，英国政府决定将南海公司股票转换成利息为 5% 的年金，后来将这一利息又降低到了 3%。由于处理及时，南海公司的泡沫并没有给英国的金融业带来沉重打击。公债这个从荷兰带来的"种子"，开始在英国的土壤里慢慢生根发芽，茁壮成长。

　　与此同时，法国也在进行金融创新，但过程似乎更加刺激，也更加富有戏剧性。1716 年，来自苏格兰的传奇人物约翰·劳在巴黎成立了一家私人银行，两年之后这家银行更名为皇家银行，成为法国的央行。1717 年，约翰·劳建立的密西西比公司取得了在北美路易斯安那州的贸易特许权和在加拿大的皮货贸易特许权，后来又兼并了东印度公司和中国公司，垄断了法国所有在欧洲以外的贸易。1719 年，约翰·劳的公司又接管了法国的直接征税事务。1720 年，约翰·劳似乎达到了事业的巅峰，他一手把持法国的财政和货币发行，同时还垄断了法国几乎所有的海外贸易。约翰·劳通过发行纸币鼓励大家买他的股票，法国的通货膨胀率很快开始暴涨。盛衰转换，就在一线之间。约翰·劳的股票在股民信心下跌后突然开始暴跌，这场危机被称为密西西比泡沫。密西西比泡沫之后，法国的金融业发展进入了长久的停滞。法国的私人信贷回到了传统的圈子内贷款，政府借债回到了传统的短期贷款。法国在之后的一百多年，连"银行"这个词都不敢再谈。

　　正是在这一时期，英法金融市场的发展开始分道扬镳，才使得英国最终能够在战场上战胜法国。在 1756 年至 1763 年之间爆发的七年战争,战火烧遍了欧洲、北美,甚至波及非洲、印度和菲律宾。这是一场世界性的大战,也是英法之间的一次决战。这次战争中英国有 1/3 的军费靠的是借款。由于英国有发达的债券市场,当时英国首相皮特的内阁可以更低的利息向国民发债。1752 年,英国的公债利率是 2.5%,法国是 5%。七年战争之前,英国发行的公债规模为 7400 万英镑,到战争结束的时候,公债规模可以达到 13300 万英镑。

1815 年的滑铁卢战役,是英法之间的又一次决战。为了筹措战争经费,英国发行了一笔巨额债券,规模超过当时英国经济总量的 10%。很多人担心惠灵顿将军难以战胜雄狮一般的拿破仑,所以这笔债券卖得很不好。著名经济学家大卫·李嘉图独具慧眼,他倾尽所有,大量购进英国债券。另外一位著名经济学家马尔萨斯是李嘉图的好友,他在李嘉图的鼓动下也买了 5000 英镑公债,但又担心得辗转反侧,彻夜难眠,第二天就匆匆抛掉了。英国战胜之后,这一批政府债券立即飙升,李嘉图这一笔交易就赚了近百万英镑。

到了 19 世纪,尘埃逐渐落定,英国已经成为世界霸主。英国的海军称雄全世界,它的工商业独执牛耳,其金融制度也大行于世。由于英国实行的是金本位制,和英国经济联系密切的国家,如葡萄牙,也陆续实行了金本位制。法国和其他欧洲大陆国家一直采取金银并行的复本位制。为了保住它们的货币制度,法国、比利时、意大利和瑞士在 1865 年召开了国际会议,形成了拉丁货币联盟。但是,1870 年普法战争爆发。法国又一次输掉了战争,并被迫向德国支付 50 亿法郎的战争赔款。德国马上用这笔收入积累了大量黄金,也开始实行金本位制。同时,德国大量卖出白银,这导致国际上的银价暴跌,引起了其他国家的通货膨胀。实行复本位制的国家被迫改弦更张，也逐渐加入了金本位制的阵营。到 20 世纪初的时候，除了中国、印度，世界上大部分大国都实行了金本位制，这就是所谓的国际金本位制。

　　所谓的国际金本位制，并非真正是由黄金主宰。在国际金本位期间，并没有发生大规模的跨境黄金流动。实行金本位制的国家的黄金储备也并不都十分充足。很多外围国家因为缺少黄金，实际上实行的是黄金汇兑制度。英镑汇票成为其他国家的替代货币，伦敦作为世界金融中心牢牢决定着英镑的利率，也左右着那些遥远小国的命运。外围国家不得不实行金本位制，就是因为如果不和英国步调一致，就没有办法在伦敦的金融市场上借钱。英国的央行英格兰银行在近两百年的实践中，逐渐学会了如何管理国际储备和操纵贴现率。从某种意义上来说，所谓的国际金本位制，其实就是英镑本位制。而英国之所以能够成为世界的中心，是因为其相对发达的金融市场，这为英国支撑了一百多年的艰苦称霸战争。成就英国和金本位制的，不是把所有的黄金都搬进自己的储藏室，而是要紧紧攥住手心里的最后一枚金币。

# 银鞋子,黄金路

1873 年,美国通过了一部硬币法案。这部法案中有一句不起眼的话,最终使得白银彻底退出了流通领域,美国就这样成了金本位制国家。

一开始,没有人注意到这样一部法案会给国家带来多大的影响。但是,在随后的二十多年中,到底是实行金本位制还是银本位制,成了美国政治斗争的焦点。回过头来,很多后知后觉的政客突然发现都是这部法律惹的祸。于是,慷慨激昂的政客们纷纷谴责《1873 年硬币法案》。参议员约翰·里根说:"我相信,历史将记录下这件事,这是由立法产生的最大的一桩罪行,一桩最严重的阴谋,是与美国人民和欧洲人民的福祉背道而驰的事情。"参议员威廉·斯图尔特将《1873 年硬币法案》称为"19 世纪的罪行"。具有讽刺意味的是,十多年前,正是这些参议员和众议员举手赞成,才通过了这一法律。当时,参议院里的赞成票有 36 张,反对票有 14 张;众议院里的赞成票有 110 张,反对票有 13 张。当人们质问那些投过赞成票的议员大人们的时候,他们发誓说,当时根本就没有讨论过这一条款。他们只记得，当时讨论的是官员们的薪水。不知不觉中，一个神秘的"货币阴谋论"流传了起来。据1877年《国民报》报道，来自英国的欧内斯特·赛德先生，拿了50万美元贿赂美国国会议员和政府官员，引诱他们制定了这部抛弃白银的法律。这当然是个非常刺激而生动的故事，可惜的是，人们没有找到任何可信的证据。事实上，赛德一直主张复本位制，他强烈反对美国实施这一抛弃白银的法案。

阴谋的证据不足，政治的戏份却很多。19世纪70年代之后在美国风起云涌的民粹主义运动，以及1896年和1900年的美国总统选举，都是围绕着货币制度的政治混战。

美国从建国一开始实行的是复本位制。1792年通过的《铸币法案》，规定美国的基本货币单位是一美元，一美元等于371.25格令纯银、24.75格令纯金（1格令＝0.0648克）。这意味着黄金与白银的比价是15∶1。但是，黄金的价格不断上升，到1834年，黄金与白银的比价已经上涨到15.625∶1。可以设想，如果你的手中有黄金，而且你想把黄金换成美元，你会先把黄金换成白银，再拿白银去铸币厂铸币，而不会直接拿黄金去铸币。由于人们都把黄金保存下来，在市场上流通的就只有白银了。

1834年，美国众议院成立了一个特别委员会，讨论如何调整黄金和白银的比价，以便让黄金也能和白银平起平坐。1834年通过的法案规定，黄金与白银的比价是16∶1，这又比市场上的比价高了。于是一时间，黄金顾盼自雄，白银黯然谢幕。为什么美国国会会把白银挤出流通呢？这背后的原因是美国泥腿子总统安德鲁·杰克逊和银行家尼古拉·比德尔的明争暗斗。尼古拉·比德尔领导的美国第二银行是美联储的前身,其发行的银行券很受欢迎,但是,杰克逊一直对这位傲慢的银行家耿耿于怀。恰好比德尔从政府获得的联邦特许权到1836年就要到期了,1834年法案通过之后,黄金取代了白银,自然就挤掉了以白银为基础发行的银行券。这部法案成了以杰克逊为代表的黄金俱乐部打击比德尔的有力武器。1836年3月10日,第二国家银行执照到期停业。1841年这家银行最终倒闭,美国在此后八十多年中没有中央银行。

从1834年到美国南北战争爆发,美国是事实上的金本位国家。美国南北战争的爆发,暂时中止了黄金的可兑换性。为了筹措军费支出,大陆议会大开印钞机,大量印钞票。这个时候发行的钞票叫"大陆券"(continental dollars),俗称"绿背纸币"(greenback)。在金属本位制下,政府发行货币是要有贵金属的储备的,有多少黄金白银,才能发多少货币,这自然就约束了政府不能滥发钱。一旦发行与贵金属脱钩的纸币,货币的发行就如脱缰野马,收都收不住了。美国南北战争期间,"大陆券"发得太多,最后几乎成为废纸。在最初发行的时候,1元大陆券相当于4.5英国先令,到1781年币值已经为零。在英文中,现在还保留着一个俗语"not worth a continental",连"大陆券"都不如,那就真是一文不名了。

南北战争结束之后,为了安定人心,美国开始考虑重返金属本位制。在这一背景下,美国国会讨论并通过了《1873年硬币法案》。这一法案中规定恢复硬币的地位,但奇怪的是,它不仅恢复了金币,也恢复了在小额交易中使用的银辅币,唯独废止了原来的含371.25格令纯银的标准银元。要是没有这一条款,可以想象的是,美国恢复的一定是银本位制，而非金本位制。

《1873 年硬币法案》通过伊始，黄金和白银的比价还很稳定，因此几乎没有人注意到这一法律的影响。1848 年加利福尼亚发现金矿和 1851 年澳大利亚发现金矿之后，黄金与白银的价格甚至还一度出现了下跌。但是，1870 年之后，黄金价格突然开始攀升。在这一时期，欧洲国家一个接着一个实行了金本位制。1871 年到 1873 年，德国战胜了法国，获得法国的大量赔款，家底厚实了，也实行起了金本位制；法国和意大利、比利时和瑞士在 1874 年至 1875 年间抛弃了白银；丹麦、挪威、瑞典也陆续在 1875 年到 1876 年实行金本位制；奥地利在 1879 年实行金本位制。人人都需要黄金，金价自然飙升。1870 年金银比价是 15：1，1873 年比价已经升到 16.4：1，1879 年时这个比价为 18.4：1，1896 年已经达到 30：1。

在这段时期，经济在不断地发展，商品和服务的数量越来越多，对货币的需求就会增加，但是，美国采取的金本位制却像一件湿衣服，紧紧地贴在身上，难受无比却无法摆脱。美国出现了持续二十多年的通货紧缩。值得指出的是，在这段时期，实行金本位制的国家都出现了通货紧缩，但是美国的情况比其他国家更加严重。从 1875 年到 1896 年，美国的物价水平平均每年下跌 1.7％，英国的物价水平平均每年下跌 0.8％。

或许，你会认为物价水平每年下跌 1.7％并不算什么疾风骤雨。但是，1.7％说的是一般物价水平。在所有的物价中，农产品的价格下跌幅度往往更加剧烈。如果是通货膨胀，那么得益的是债务人，因为你原来借的 100 块钱，到还钱的时候，实际上你还的 100 块已经没有当初那么值钱了。如果是通货紧缩,那么债务人就要遭殃了,因为还债的压力会更大。可这么两泡倒霉的"狗屎",恰恰同时砸到一个社会群体的头上。美国的农民们一方面受到农产品价格下跌的煎熬,一方面又要背负越来越沉重的债务负担。民众一听说《1873年硬币法案》是东部的金融资本家和国外势力之间的秘密图谋,就像油锅里面泼进去了水,民怨炸了锅,群情激奋了。

在反对金本位制的阵营中,最为激进的是绿背党人。绿背党人中有很多是农民、矿工、制造业工人和铁路工人。绿背党要求恢复南北战争期间的"绿背纸币",而且主张"绿背纸币"和黄金彻底脱钩,要多少就可以发行多少。另外一支力量是主张白银自由铸造的人士。他们希望能按照金银16∶1的比价,让白银也可以自由铸币。许多主张白银自由铸造的人士在内心深处是支持发行纸币的,但是他们选择支持白银,因为这样一来他们可以得到白银集团的加盟支持。在美国,白银行业的人数并不多,但是他们在几个州都有举足轻重的影响,能够争取白银集团的支持,就能使反对金本位的声势更加浩大。1888年,美国遇到了严重的农业萧条,反对金本位的运动一浪高过一浪。而支持金本位制的阵营,主要是华尔街的金融家、美国东北部的出口企业,他们和伦敦的金融市场有着千丝万缕的联系。尤其是,当欧洲各国都纷纷实行金本位制之后,美国要是一旦退出金本位制,那就别想再和欧洲各国保持密切的联系,美国的华尔街就要和繁华的伦敦城越来越疏远了。支持金本位制的人们声称,大英帝国之所以如日中天,就是拜金本位所赐。他们到处宣传,只有坚持金本位制,货币才能变得稳定。

在 1896 年的总统选举中，到底是选择金本位制，还是银本位制，成了争论的焦点。支持金本位的主要是共和党，他们推选威廉·麦金利作为总统候选人。麦金利的竞选纲领是支持工业集团，主张高关税，维护金本位制。反对金本位的阵营推选出年轻的律师和众议员威廉姆·詹宁斯·布赖恩（William Jennings Bryan）作为总统候选人。当时他只有 36 岁，是美国历史上年纪最轻的总统候选人。布赖恩风尘仆仆地跑了 27 个州，做了 500 多场演讲。他是第一个做全国巡回演讲的美国总统候选人。布赖恩最有名的一次演讲是 1896 年 7 月 8 日在芝加哥民主党全国大会上的"黄金十字架"演说。布赖恩的演讲极富感染力，他向全场观众说："你们不能把荆棘王冠扣在工人的头上，你们也不能把人们钉死在黄金十字架上。"一位在场的观众回忆起这场演讲时说："当布赖恩演讲的时候，全场的听众都为他疯狂了。我们这些在现场的人，看到布赖恩在走向讲坛的时候，还只是一个默默无闻的小辈，但当他从讲坛走下来的时候，已经是这个全国性政党的领袖。"

1896 年美国总统选举的期间，国内经济形势一团糟糕，这对布赖恩可是绝好的帮助。当时美国经济正处于衰退之中，失业率不断攀升，工业产出下降，农产品价格一路下跌，这几乎和美国 20 世纪 30 年代的大萧条时期一样。不满现状的人们把布赖恩视为英雄，他被称为"来自西部的白银骑士"。但是，民主党内因为支持和反对金本位制出现了分裂。原来的民主党总统格罗弗·克利夫兰（Grover Cleveland）是一个彻头彻尾的金本位者，支持金本位的民主党人把队伍拉出去，自己成立了一个黄金民主党。民主党内的农业集团和白银集团联合起来支持布赖恩,他同时还得到了民粹党和白银共和党的提名。可是,民主党的最主要报纸对布赖恩的竞选纲领嗤之以鼻。围绕着谁和布赖恩搭档,民主党和民粹党之间争执不下。尽管布赖恩得到了草根阶层的狂热拥护,但在政治斗争的游戏中,他的阵脚并不稳定。

竞选一开始,布赖恩在南部和西部的民众支持率遥遥领先,但是在东北部却远远落后于麦金利,于是,决定鹿死谁手的主战场落在了中西部地区。共和党在这里到处造谣,说布赖恩是一个疯子,身边都是无政府主义者,他们会毁掉美国经济。保守的中产阶级纷纷投麦金利的票,很多制造业工人左右摇摆,他们反对金本位制,但麦金利主张的高关税显然更能吸引他们。很多德裔选民反对银本位制,他们把选票都投给了麦金利。最后,麦金利以 10% 的微弱优势击败了布赖恩。

美国著名儿童作家弗兰克·鲍姆(Frank Baum)的《绿野仙踪》是一部家喻户晓的童话。但据有的学者解读,这个童话其实是一个政治寓言,里面的故事影射的就是 19 世纪 80 年代末期美国的政治斗争。故事中的小姑娘多萝西(Dorothy)代表的是美国,她诚实、善良、有勇气。民粹主义运动的发源地来自西部,所以多萝西的家也在西部的堪萨斯。有一天,她正和小狗在玩耍的时候,突然来了一阵龙卷风,多萝西躲到床底下,结果房子被刮走了。她的房子掉下来的时候,正好砸在东方女巫的身上,砸死了女巫。东方女巫多年来统治着矮人国的人民,没想到多萝西从天而降,解救了这些受苦的人。这时,善良的北方女巫来了,并把东方女巫的银鞋子送给了多萝西。这里的东方女巫暗指格罗弗·克利夫兰,克利夫兰总统曾经废除了《白银收购法案》,而且还是坚持金本位制的强硬派,民粹主义当然对他恨之入骨,必欲除之而后快。多萝西想要回到堪萨斯。矮人国的人们告诉她,要沿着一条黄金路,走到翡翠城(Emerald City),才能找到回家的办法。黄金路影射的是金本位制,翡翠城就是首都华盛顿。但是,多萝西在翡翠城没有找到答案,这意味着金本位制根本就不是解决美国的问题的办法。她要经历艰难的历险,消灭邪恶的西方女巫,才能回到家乡。

为了找到回家的路,多萝西开始了历险。她第一个遇到的是稻草人。稻草人代表着西部的农民。稻草人以为自己没有头脑,但其实他是非常聪明的。她第二个遇到的是锡皮人。锡皮人是指工人阶级,他从前有血有肉,但是被东方女巫诅咒了,所以当他砍树的时候,斧头会把自己的身体砍掉一块,锡匠会用锡补上,结果他最后没有血肉,变成了锡皮人。这是指工人阶级被异化了,有血有肉的工人变成了工业流水线上的螺丝钉。她第三个遇到的是胆小的狮子,这是指布赖恩。用咆哮的狮子比喻演说家布赖恩,可谓再恰当不过了。之所以说狮子是胆小鬼,可能寄托了鲍姆对布赖恩的失望之情。《绿野仙踪》的真正寓意是,黄金路是没有用的,真正的魔力在多萝西穿的银鞋子上,这双银鞋子代表的就是银本位制。只要把鞋跟靠在一起敲三下,银鞋子就会把多萝西带回家乡。1939 年,米高梅电影公司把《绿野仙踪》拍成了电影。为了追求视觉效果,米高梅电影公司把多萝西的银鞋子改成了漂亮但没有任何意义的红宝石鞋子,从某种层面上来看,这完全歪曲了作者的本意。

# 重返金本位制

　　俾斯麦、丘吉尔和墨索里尼之间有什么共同之处？约翰·斯图亚特·密尔、亨利·乔治和米塞斯之间有什么共同之处？他们都有一个共同的信仰，那就是对黄金的崇拜。那个时代的人们相信，金本位制是神圣的自然法则。第一次世界大战之后，金融市场始终动荡不定，这更加坚定了人们要回归金本位的信心。英、美、法、德四个主要的大国都不约而同地选择重返金本位制，但这是一个巨大的错误。尽管金本位制在第一次世界大战之前的确是经济体系的支柱，但战后却成为经济危机的震源。哪个国家重返金本位制越早，经受的磨难就越久；哪个国家退出金本位制越晚，付出的代价就越大。

　　第一次世界大战之后，战胜国和战败国都濒临破产的边缘。《凡尔赛和约》上，英国代表要求德国的赔款至少得 550 亿美元，美国人从中调停，觉得 100 亿～120 亿美元就差不多了。著名经济学家凯恩斯在《和约的经济后果》一书中则认为，德国最多能还得起 60 亿美元。英国和法国尽管赢得了战争，却彻底伤了元气。法国严重低估了战争的费用，战后出现了巨大的财政赤字。更要命的是，法国 90

亿美元的海外投资中,有50多亿美元借给了俄国。苏联成立之后不认账了,法国的钱打了水漂。焦头烂额的法国,只能像祥林嫂一样天天念叨:"德国佬会赔钱的。"但德国就是赔不了钱,法国也跟着揭不开锅。英国的债务飙升到占国内生产总值的136%。协约方的16个国家,总共对美国的欠款高达120亿美元,其中英国50亿美元、法国40亿美元。在战争期间,各国拼命地印钞票,物价随之飞涨。德国战争期间货币供给扩张了400%,法国的货币供给扩张了350%。英国1913年流通的货币总量相当于50亿美元,但英国当时只有8亿美元的黄金储备。

1922年春天,在意大利的日内瓦会议上,欧洲国家纷纷提出要恢复金本位制。只有黄金才能拯救各国恢复经济的信心。但是,各国想要恢复的并非是战前的纯粹的金本位,而是一种变了质的金本位,即所谓的金汇兑本位制。

若是真正的金本位,那么黄金即是货币,货币即是黄金。人们随时可以把手中的货币,向政府兑换黄金。但是,战后的现实是,货币已经发得太多,黄金却没有增加多少。好比人已经长胖了,衣服却没有变大。要么人减肥,要么衣加宽。也就是说,要么政府把发的钱收回来,那就是通货紧缩;要么政府削货币的足,适黄金的履,把货币的黄金价值大大降低,那就是货币贬值。当时的决策者,既想恢复金本位制度,又不想做太大的改变,只好把长裤当短裤凑合着穿。在金汇兑本位制下,政府声称货币还和黄金挂钩,但人们已经不能轻易地把货币换成黄金。美联储规定,小额货币不再兑换,要想换黄金,最低标准得兑换400盎司的金条。当时400盎司黄金的价格为8268美元,相当于如今的 11 万美元。在金汇兑本位制下,政府希望在黄金的光芒掩护下,通过央行方便地控制货币的数量,但是,这种伪装的金本位制很快就失去了可信度。问题总要暴露出来的,最终,要么通货紧缩,要么货币贬值,政府必选其一。

德国没有别的选择,只能是货币贬值。为了偿还根本就还不起的战争赔款,德国索性开动印刷机,拼命印钱,这带来了现代经济史上第一次恶性通货膨胀。如果你想用一张柱状图描述战后德国通货膨胀的变化,恐怕最长的一个柱子的长度得有 300 多万千米。1923年,为了遏制来势汹汹的通货膨胀,德国改为发行地产抵押马克,即所有的农业和工业财产为抵押,发行总额不超过 24 亿地产抵押马克。主持此项改革的"金融奇才"沙赫特(Schacht)冷静果断,他一直等到市场上的汇率跌到 4.2 万亿德国马克兑换 1 美元的时候,才一锤定音,将兑换比率确定为每 1 万亿德国马克兑换 1 地产抵押马克。旧马克在这一过程中贬值了 80%,德国原来有 300 亿美元的外债,现在只值 1.9 万亿地产抵押马克,折合美元不过 4500 万。

法国主动选择了货币贬值,但却迟迟不肯重返金本位制,这也使得法郎兑美元的汇率一路下跌。尤其是在 1925 年,法郎兑美元的汇率急剧下挫,从年初的 19∶1,跌到年底的 28∶1,到 1926 年 7 月又跌到41∶1。那时候,有 4.5 万名美国人住在巴黎,过着天堂般的生活。菲茨杰拉德夫妇、海明威都住在这里。海明威给美国的报纸写专栏文章,专门描绘法郎贬值之后的美好生活。正是因为法郎贬值,才使得法国避免了经济衰退。在整个 20 世纪 20 年代,虽然法国的财政捉襟见肘,但经济却相当平稳。

英国的财政更加稳健，但经济却千疮百孔。这是高傲的英国人自己的选择。英国出于尊严，选择了通货紧缩。当德国制造通货膨胀、法国放纵货币贬值的时候，英国不惜连续提高利率，忍受通货紧缩的痛苦，也要保卫英镑。英国政府一贯将货币贬值视为金融秩序混乱的征兆。在英国人看来，重返金本位，就是重返稳定与繁荣，重返大英帝国昔日的辉煌。

在英国重返金本位的道路上，有三个关键人物：一个是英格兰银行的行长蒙塔古·诺曼，一个是经济学家凯恩斯，还有一个就是当时任财政部长的丘吉尔。诺曼被公认为当时最有影响力的中央银行行长，他为人低调到了古怪的地步，有一次坐邮轮，为了避开记者，居然用绳索从邮轮的一侧滑到另一侧。他 35 岁婚姻破裂之后曾患过狂躁抑郁症，此后一直单身，自称英格兰银行是自己唯一的情人。金本位几乎成了诺曼的宗教信仰，他固执地坚持自己的意见，不管有多么不合时宜。在国际金融的旷野中，诺曼就是那个和风车作战的唐·吉诃德。

凯恩斯和诺曼一样，对大英帝国昔日的辉煌无限眷恋，但他知道不可挽回的就要彻底放弃，他成了对金本位最激烈的反对者。凯恩斯说，金本位是"野蛮的遗迹"。诺曼行长是一个典型的清教徒，他从内心反感凯恩斯风流才子的做派。当初，凯恩斯曾公开反对英国偿还美国债务，而诺曼是坚持勒紧裤带也要还债的。诺曼对别人的批评意见很敏感，他的一个朋友说："他是我所知道的报复心最强的人。"既然凯恩斯反对，对诺曼来说，那自然更要坚定地支持金本位。

然而，起到扭转乾坤作用的是丘吉尔。丘吉尔很早就踏入了政坛,可谓年少得志,但仕途走得并不顺利。1924年,英国政坛风云突变。保守党上台,斯坦利·鲍德温当上了英国首相。鲍德温邀请丘吉尔出任财政部长,这让所有的人,包括丘吉尔本人都大吃一惊。丘吉尔根本不懂经济,他到财政部之后抱怨说,这帮人说的都是波斯语。一开始,丘吉尔倾向于凯恩斯的主张,但诺曼亲自到丘吉尔的乡间别墅拜访他,向他保证:"我将让您成为黄金财长。"诺曼相当懂得如何说服这位虚荣心甚强的财政部长。

到了1924年,诺曼越来越坐不住了,他担心恢复金本位的机会窗口稍纵即逝。如今,当权的鲍德温是他的密友,他有了政治上的支持,丘吉尔已经被说服。1924年诺曼访问美国,纽约联邦储备银行的总裁、美联储的真正掌舵人本杰明·斯特朗和美国的金融家J. P. 摩根等都支持英镑和黄金挂钩。斯特朗说美联储可以通过放松银根的方式,帮助英镑稳定币值。但英国要是不赶快恢复金本位制,美国可能过一阵就要加息了。尽管斯特朗和诺曼是多年的好友,但他也提醒诺曼,要是美联储为了抑制投机需要提高利率,国内因素会比对外国的同情更重要。

历史性的时刻到了。1925年4月28日,丘吉尔出现在英国下议院。他宣布,英国将恢复金本位制,现场欢呼声四起。得意的丘吉尔给自己倒了一杯香槟,一饮而尽。媒体对此也大加赞扬。《经济学人》杂志说,这是"蒙塔古·诺曼先生的最高成就"。

凯恩斯早就警告过丘吉尔,如果按照战前的平价恢复金本位制,意味着英镑的汇率至少被高估了10%,这将带来出口萎缩、失业甚至社会动荡。英镑和黄金挂钩之后,英国主要的出口行业,如煤炭、钢铁和造船业会受到极大的冲击。煤矿工人成了首当其冲的受害者。政府先是许诺给煤炭行业超过 1 亿美元的巨额补贴,但后来又不得不试图压低工人的工资。1926 年 5 月,英国在全国范围内爆发了为期十天的大罢工。英镑被高估之后,黄金不断流出英国,即使已经出现了经济衰退,英格兰银行还是不得不提高利率,这让英国经济雪上加霜。在之后的十年内,英国经济一直陷入衰退的泥潭,失业率高达两位数,许多企业破产。美国是在 20 世纪 30 年代进入大萧条的,而英国在这之前的十年,就已经过上了大萧条的日子。

丘吉尔在财政部长这个位置上一直干到 1929 年。到了 1927 年,他已经意识到,恢复金本位是一个愚蠢的错误。他事后回忆起来,曾说这是自己一生中最严重的失误。丘吉尔感到自己上了诺曼的当,从此之后,他对诺曼深恶痛绝。丘吉尔提到诺曼,就说他是个骗子,甚至说,要是有机会,他希望绞死诺曼。

但是,这还不是这出悲剧的结局。

一场世界性的金融危机很快就要到了。20 世纪 20 年代之后,美国的股票市场就已经开始上涨。当时,美国的通货膨胀接近于零,美联储的基准利率也很低,汽车和无线电等新兴行业发展迅猛,工人工资提高,这都成为股市繁荣的利好消息。当时股票交易中保证金盛行,银行为股票经纪商提供贷款,经纪商又把钱借给客户,让客户以保证金的方式购买股票。在一般的保证金交易中,投资者只需支付 20%~25% 的本金,这更刺激了美国人的投机行为。

1927 年,英镑被高估,法郎则已经贬值,市场上不断抛售英镑,黄金从英国流入法国。为了遏制对英镑的抛售,斯特朗领导的纽约联邦储备银行和其他几家联邦储备银行宣布降低利率。市场本来就已经微醺了,美联储又给股市送去了一小杯威士忌。从美联储降息的 1927 年 8 月开始,美国的股市开始走向疯狂。学校教师、出租车司机、理发师、家庭妇女,全部卷入了股市的狂欢。越是在泡沫时期,对专业知识懂得最少的人往往赚得最多。据说,一位华尔街的投资家在上班的路上,遇到一个擦鞋的男孩,这个男孩热情地向他兜售内幕消息。这位投资家当即决定,当擦皮鞋的男孩都开始炒股的时候,就到了该撤出的时候了。

并不是所有的人都有这样的警觉。就在 1929 年 10 月股市崩盘之前,美国最有名的经济学家、耶鲁大学教授欧文·费雪还在宣扬,股市将长久地繁荣下去。1929 年 10 月 24 日,史称"黑色星期四",卖单如雪崩一般涌来,一个小时之内,股票指数下跌了 20%。10 月 28 日,史称"黑色星期一",更大的"海啸"到来,这是到那时为止美国股市单日跌幅最大的一天。丘吉尔恰好在美国访问,第二天,他到纽约证券交易所参观,并亲眼目睹了在这场暴跌之中,自己的 5 万美元灰飞烟灭,这几乎是他所有的积蓄。

受到美国股灾打击最大的并不是丘吉尔,而是英国的金本位制。

英国恢复了金本位制之后,就不断和黄金外流、经济衰退作斗争,但城池却接连失守。英国原本依靠自己在海外的投资,以及运输、保险业的收益赚取外汇收入。20 世纪 30 年代,各国纷纷提高关税,实行贸易战,英国从运输和保险中能够得到的收益大幅度下降。黄金从英国大量流出,大量流入法国。1927 年,法兰西银行还突然把价值 1 亿美元的英镑兑换成黄金,使得英格兰银行的黄金储备急剧缩水。英国要求法国降低利率,法国则狡辩称,按照金本位制的规则,当英国的黄金减少之后,自然应该是英国提高利率。

尽管金融危机是在美国爆发,但余震很快波及欧洲和整个世界。经济危机很快蔓延到拉丁美洲,玻利维亚、秘鲁、智利先后出现债务违约。1931 年 5 月,奥地利一家银行破产。不到一个月之后,危机就传染到了奥地利的邻国德国,德国的银行体系崩溃,一半以上的外汇储备流失,最后不得不采取资本管制的政策,冻结境内的外国资金。英国的银行有大约 5 亿美元被德国扣押了,还有几亿美元在中欧、拉丁美洲,可能血本无归。投资者对世界金融中心伦敦丧失了信心,资金不断撤出英国。美联储和法兰西银行提供给英国的 2.5 亿美元贷款很快就耗尽了。大英帝国的黄金每天都在流失,就像鲜血从伤口中流淌出来。英国再也挺不住了。不是金本位死亡,就是英国死亡。1931 年 9 月 19 日,英国退出了金本位制。在短短几天之内,英镑兑美元的汇率狂跌 25%。曾经对英格兰银行和大英帝国充满信心的投资者在一瞬间失去了他们的财富。就在英镑贬值前几天,荷兰中央银行的行长见到诺曼,他居然天真到去问诺曼,英镑会不会贬值,荷兰外汇储备中的英镑是否安全。当诺曼告诉他英镑不会贬值的时候,他居然更天真地相信了。结果,荷兰中央银行丧失了其全部的资本金。

放弃了金本位制之后,诺曼似乎失去了人生的方向。他的朋友鲍德温说,让诺曼放弃金本位制就像让一个处女失去了她的贞操一样痛苦。他变得越来越沮丧,越来越迷茫。直到 1933 年,媒体突然发现了诺曼先生的"绯闻"。这一年,61 岁的诺曼迎娶了一位 33 岁的贵族姑娘。好奇的记者把婚姻登记处围得水泄不通,这对新人只得翻墙逃跑。1933 年 4 月,刚刚上台的罗斯福总统突然宣布停止黄金兑换,美国也放弃金本位制了。这个消息震撼了全世界,诺曼先生却一点也不知道。这时,他正在地中海的小岛上,尽情地享受迟来的蜜月。


# 罗斯福、白银与中国


20 世纪 30 年代,美国白银行业总共雇佣了不到 3000 人。1934 年,罗斯福总统为了取悦美国的白银利益集团,颁布了《白银收购法案》,授权美国财政部以高价购买白银。一石激起千层浪,这一法案冲击了当时唯一实行白银本位制度的中国,引发中国的通货紧缩,迫使中国放弃白银本位制,随后滑向恶性通货膨胀。著名经济学家米尔顿·弗里德曼曾经说过,美国的白银购买计划促成了中国共产主义革命的成功。

美国一向是白银生产大国,但白银业在美国经济中是一个微不足道的行业。1934 年,美国的白银产值不过 3200 万美元,比花生和土豆的产值都少。然而,美国的白银生产主要集中在其西部七个州,包括犹他州、爱达荷州、亚利桑那州、蒙大拿州、内华达州、科罗拉多州和新墨西哥州。来自这七个州的参议员控制了参议院选票的1/7，七个小矮人联合起来，就是一个力量强大的白银利益集团。想在参议院通过什么政策和法案，就必须得到白银利益集团的支持。胡佛当总统期间，白银利益集团没有捞到什么好处。到罗斯福当总统之后，白银利益集团认为出头的日子就要到了。罗斯福在蒙大拿州做竞选演讲的时候就曾经说过："白银必须作为货币金属储存起来，民主党保证就这一问题继续进行讨论。"和白银利益集团长期并肩作战的农业集团势力越来越大，他们也一直在旁边摇旗呐喊。看来，是到了美国白银集团扬眉吐气的时候了。起初，英、美、德等国纷纷实行金本位制，白银不能再和黄金平起平坐了，银价随之跌落。随后，1929年爆发了大萧条，白银价格再次急剧下跌。1928年每盎司白银值58美分，到1932年只值25美分了。再不出手救助白银利益集团，兄弟们的心都要凉了。罗斯福总统深谙政治交易之道，稳住了白银利益集团，就可以放手去实施激动人心的新政，这是多么划算的买卖啊。

　　1934年6月，罗斯福总统欣然签署了《白银收购法案》。该法案授权美国财政部在国内外市场收购白银，直到每盎司白银的市场价格达到1.29美元为止，或者，直到财政部持有的白银储备的货币价值达到黄金储备货币价值的1/3。美国财政部根据这个法案从事的白银交易一直持续到1961年。《白银收购法案》作为一项法律直到1963年才寿终正寝。具有讽刺意义的是，当年《白银收购法案》规定的两个目标，从来都没有实现。首先，美国财政部收购白银，只不过暂时地缓解了银价的下跌趋势,直到 20 世纪 60 年代,由于新兴的照相业需要大量使用白银,才扭转了银价的颓势。20 世纪 80 年代初期,在期货市场上玩投机的亨特两兄弟一度把银价炒到每盎司 50 多美元的天价。但随后银价就一落千丈,回到了谷底。其次,在整个 20 世纪 30 年代,白银储备对黄金储备的比例,始终没有超过 1∶5,这离 1∶3 的目标差得远呢。白银从来就没有轮到再次粉墨登场、充当货币金属的机会。从长期来看,正是由于美国政府的收购推高了白银价格,才加速了白银去货币化的进程,白银的货币需求减少了,银价当然会长期处于低迷状态,这恰恰损害了白银集团的长远利益。

当世界上其他国家都采取金本位制之后,中国成了唯一一个实行银本位制的大国。当时的国民党原本也想实行金本位制,而且已经请了美国专家过来设计货币改革方案,但还没有来得及实施,就爆发了 1929 年大萧条。正是因为中国没有放弃白银本位,才在一定程度上避免了大萧条的影响。当时,与中国贸易的国家都是金本位制,白银价格迅速下降,意味着中国的货币出现了贬值。1929 年,中国的银元等于 36 美分,但接下来的两年,相对于黄金来说,白银价格下跌了 40%,中国的一个银元跌到只值 21 美分。货币贬值提高了中国出口产品的价格竞争力。1930 年和 1931 年,中国出现了国际收支盈余。当其他国家仍然饱受通货紧缩困扰的时候,中国却经历着温和的通货膨胀和经济增长。

受到美国《白银收购法案》的影响,白银价格大涨。这意味着中国的货币升值了。1931 年到 1935 年间,中国的银元升值几乎达到 100%,贸易顺差很快逆转为贸易逆差。国际银价的上涨速度快于国内银价,国际银价比国内银价高 1/4。于是,中国的白银像潮水一样流向了伦敦的国际市场。中国驻美公使施肇基在致美国国务院的一份备忘录中说,截至 1934 年年底,中国白银出口量约为 5.6 亿元,其中 5/6 是在美国通过《购银法案》之后。

当美国开始讨论《白银收购法案》的时候,中国的银行公会就曾致函美方表示反对。《白银收购法案》实施之后,当时的国民党财政部长孔祥熙急得不顾外交程序,要直接跟罗斯福总统交涉。罗斯福总统一向标榜自己对中国有深厚的感情,理由是他外公曾经在中国做过鸦片和茶叶生意,赚了 100 万美元。但是,在白银政策问题上,尽管中国政府一再抗议,罗斯福却丝毫不为所动,他说,这个问题是"中国自己的事,并非我们的事。他们如果愿意,尽可制止白银外流,而我们不能只因为中国人不能保护自己就改变我们的政策"。

中国能靠自己的力量,制止白银外流吗? 1934 年 10 月 14 日,中国宣布开征 10％的白银出口税以及根据世界银价波动而确定的平衡税,以拦阻或减少白银的流出。但征收白银重税之后,减少的只是合法的白银出口,大大助涨了白银走私活动。据粗略估计,1935 年从中国流出的白银仍有 1.5 亿元到 2.3 亿元之巨。实施白银出口税之前,内地的白银大量流向上海,再从上海流向伦敦。开征白银出口税之后,上海的白银开始倒流,流向内地,再从内地,经香港或日本占领区走私出境。那时,在华的外国银行和商号享有治外法权,它们根本不理会国民党的政策。1934 年 1 月,上海外商银行库存白银共 2.75 亿元,到 1935 年时只剩下不过数千万元。

白银外流只是中国自己的事情吗? 当时日本已经占领中国的东

北地区,中日之间的全面战争一触即发。美国也不愿意看到日本在东亚和太平洋地区飞扬跋扈。然而,白银外流无意中给了日本人趁火打劫的机会。日本在中国华北大搞白银走私,把从中国或偷或抢过来的白银运到伦敦出售,获取暴利,用以建造兵舰和稳定日本币值。仅仅是 1935 年 9 月一个月,日本出口到伦敦的白银就有 2079万日元,但日本每年的白银产量尚不到 800 万日元,这凭空冒出来的大量白银,大部分来自日本在中国的走私。日本还在 1934 年 11 月到 12 月之间,通过横滨正金银行多次向中国银行突击购买外汇,使中国外汇储备量遽然下降到不足 5000 万元,几乎耗尽了中国的家底。美国的白银政策大大削弱了中国抗日的经济基础,连担任美国财政部长的摩根索最后也承认,美国的白银政策正好契合了日本人的意图。

白银不断外流而引发通货紧缩,一时间银根奇紧、金融梗塞、百业凋敝。金融恐慌由上海波及全国,几十家银行和上百家钱庄倒闭,企业纷纷停业、破产。当时中国最大的产业纺纱业,开工量减少60%,停工的橡胶厂十有其六,停工的面粉厂也达半数以上。这一破产倒闭风暴甚至连部分在华经营的美国企业也不能幸免。20 世纪初,中国的民族企业曾经一度经历了一个辉煌的黄金时期,至此,已然江河日下。

1935 年 11 月,中国被迫放弃银本位制,改为发行法币。没有了白银本位的约束,中国的货币发行如脱缰野马,从此失去了控制。从1937 年到 1945 年,中国纸币的发行量增长了 400 倍,物价随之腾跃直上。抗日战争结束的时候,物价已经达到战争之前的 1600 倍,几乎以每年150％的平均速度增长。抗日战争之后,法币发行的速度进一步飙升。到1948年8月,法币发行额比日本投降时增加了1085倍,比抗战前夕增加了30余万倍。印刷的钞票还未出厂,已不及自身纸张和印刷成本的价格了。当时曾有广东的一家造纸厂,竟买进800箱票面额为100~2000元不等的钞票,当做造纸原料。

国民党最后孤注一掷,于1948年8月22日再度进行币制改革,一方面冻结价格,另一方面要求将私人持有的黄金、白银和外汇全数充公,实现金本位制,发行金圆券。设计金圆券改革的主持人,是商务印书馆的出版商王云五。金圆券改革伊始,小民们害怕"违者没收"或被投入监牢,只好排队到银行,把积攒下来的金银外币兑换成金圆券。但达官贵人们就没有这么听话了,蒋介石派儿子蒋经国坐镇上海。蒋经国一到上海,就在上海义乐饭店导演了一场"鸿门宴",将上海金融界头面人物请来,要他们马上汇报金银外币的存量,要求限时送交中央银行。他满脸杀气,对违令的大商人严厉打击,将米商万墨林、杜月笙之子杜维屏、纸商詹沛霖等逮捕入狱。杜月笙则公开揭露孔祥熙之子孔令侃的扬子公司大量囤积汽车、呢绒,匿藏金银外汇,要求蒋经国"一视同仁,给予查处"。蒋经国刚想向孔令侃下手,孔令侃立即向姨妈宋美龄求援。事情惊动到在东北战场指挥的蒋介石,蒋介石匆匆从前线回来,下令让蒋经国手下留情。

导致金圆券改革彻底失败的根源在于发行速度太快。原本计划只发20亿元的金圆券,不到三个月已经发行19亿余元。中央银行总裁俞鸿钧密电蒋介石:军政费增加极巨,请尽快放宽发行限额。到1948年11月底,金圆券已经发行了32亿元,12月底达到81亿元。

前后不到十个月,金圆券发行总额达 130 万亿元,比原规定的发行额 20 亿元增加 6.5 万倍。1949 年 4 月,国民党统治区的价格与 1946 年 12 月相比上涨了 5400 万倍。金圆券贬值之速,已经不是早晚市价不同,而是按钟点计算了。机关职员领工资拿到金圆券后,马上就换成银元、美钞或黄金,如果稍有延迟,即要蒙受贬值损失。各地抢购风潮、抢米风潮一浪高过一浪。美国记者写道:"有一苦力从货架上抓了几盒青霉素。店主吃了一惊,问他是否知道青霉素的用途,苦力回答说:'管他的,反正它比钞票值钱。'"

如果没有美国的白银收购计划,国民党一样会下台,但是,罗斯福的白银政策加速了国民党时期的通货膨胀,并为 1948 年至 1949 年的恶性通货膨胀打开了大门。这段历史告诉我们,通货膨胀,从来就不仅仅只是一个经济问题。

第二章

一场再也不会有的改革

# "高尚者"的通行证

1947 年 4 月 15 日,夜已深沉。一辆轿车从美国驻苏联大使馆开出,穿过空空荡荡的阿尔巴特大街,开进了克里姆林宫。车子经过守卫的检查,继续向里开,经过高耸的塔楼、雄伟的东正教教堂和空旷的广场,停在一栋小楼的门口。客人们从车上下来,坐电梯上了三楼。他们经过一条狭长走廊,越过一道沉重的双层门,走进一间铺着橡木地板的办公室。一阵爽朗的笑声传来,斯大林起身走向他的客人们。

斯大林在这里等着见乔治·马歇尔将军。1939 年 9 月 1 日德国入侵波兰那一天,马歇尔被罗斯福总统任命为美国陆军参谋长。第二次世界大战期间,他是美军当之无愧的灵魂人物。1944 年,胜利的曙光已经出现,《时代》周刊将马歇尔评为"年度人物",称之为"祖国的托管人"。第二次世界大战刚刚结束,马歇尔就递交了辞呈,打算回家务农。但不久,杜鲁门总统又恳切邀请他出任国务卿。马歇尔在 1947 年 1 月就任国务卿,并于同年 3 月 9 日来到了莫斯科,和苏联、英国、法国等一起商议二战的善后事宜。马歇尔的谈判对手是苏联外交部长莫洛托夫。莫洛托夫是斯大林的忠实追随者。丘吉尔曾经说，莫洛托夫是用冰冷的西伯利亚花岗岩雕刻出来的。在外交界，莫洛托夫是著名的"不"先生。他外表谦恭，仪表端庄。他热情地招待西方客人们享用鱼子酱、鲟鱼、野鸡和香槟，邀请他们到莫斯科大剧院看芭蕾舞《胡桃夹子》，但对马歇尔提出的战后重建计划毫不感兴趣。一个月过去了，莫斯科的积雪都已渐渐消融，但谈判仍然毫无进展。马歇尔决定走出最后一步棋，他要见他的朋友斯大林同志。

马歇尔认为自己是斯大林的朋友。在第二次世界大战期间的几次重要会议上，马歇尔见过斯大林，并对他有很好的印象。他觉得斯大林为人豪爽直率，一见就有种亲近感。美国驻苏联大使哈里曼（Harriman）告诉马歇尔，斯大林亲口对哈里曼说过："我信任马歇尔，就像我信任自己。"出生入死、并肩作战的战友之间，难道不就是这种默契吗？

简单的寒暄之后，马歇尔直截了当地讲到，他对谈判毫无进展感到很悲观，战后的欧洲满目疮痍，美国人民真心愿意伸出援手，也希望苏联能够和美国合作。他滔滔不绝地讲了一个多小时，斯大林静静地听着，一边抽烟，一边用红墨水在纸上心不在焉地画着狼头，时而抬头，深沉地望着马歇尔的眼睛。等到马歇尔讲完了，斯大林同志说，苏联当然会和美国合作，但是美国方面总是拖延。困难总是有的，当谈判双方最终精疲力竭的时候，总会达成共识。不要悲观，我就比你乐观。天色不早了，美国朋友该休息了，送客。

马歇尔既不了解斯大林，也不了解苏联。马歇尔或许没有料想到这样的结局，但是，乔治·凯南一早就料到，谈判的结果一定会是这样的。1946 年年初,苏联突然告诉美国,他们不会参加布雷顿森林货币体系。这让美国财政部非常困惑。苏联到底想干什么,他们还是不是美国的盟友?1946 年 2 月份,财政部给驻苏联使馆发电,请求得到一个解释。当时,美国驻苏联大使哈里曼正好外出度假,出发之前授权驻莫斯科代办乔治·凯南,可以全权向国内发电。接到财政部的请求后,凯南马上向国内发回了一封长达 8000 字的电报。凯南谈到,苏联的领导人有着根深蒂固的对外国势力的警惕思想,并把国内的敌对力量都视为外国势力的代言人。苏联不可能和资本主义世界同一条心,暂时的妥协一定是为了忍辱负重,寻求最终消灭对手的机会。共产主义是苏联领导人在不安全中服下的镇静剂,这一信念就像宗教信仰一样,不可能被彻底消灭,而且将不断扩张。凯南提出,美国对苏联的政策应该是"长期、耐心、坚定而警觉地对苏联的扩张倾向的遏制"。

如果说苏联让马歇尔感到失望,那么战后的西欧已经让他感到绝望。在去苏联之前,马歇尔先到了法国和德国,亲眼看到战后的欧洲变成了人间地狱。欧洲各大城市中,50％以上的建筑物化为瓦砾,上千座桥梁、上万千米的铁路坍塌破败。1939 年到 1945 年间,欧洲死于战争的人口约达 3650 万,活下来的人们还要忍受更残酷的煎熬。1946 年欧洲大面积歉收。1947 年又遇到罕见的冰雪和风暴,这是 70 年以来最坏的天气。运河封冻、铁路停运、道路无法通行、工业生产停顿、配给供应比战时还要紧张。丘吉尔曾警告杜鲁门,说欧洲已经成为"瓦砾场、骸骨堂、瘟疫与仇恨滋生的渊薮",美国人还以为他是危言耸听。一位美国记者到了欧洲,悲哀地写道:"欧洲就像一条被搁浅的鲸鱼,在阳光下渐渐腐烂。"美国政治家罗伯特·兰兴1918年曾经说:"饿肚子意味着布尔什维克,饱肚子意味着非布尔什维克。"在饥饿和贫穷的折磨下,共产主义力量在欧洲如火如荼。1945年,在法国战后第一次选举中,共产党得票最多,有500万张选票。在意大利,共产党得到的选票高达40%。

马歇尔为看到的这一切痛心不已。他指挥美军,带领盟军,苦战五年,战胜了纳粹德国,换来的就是这个结局?难道就这样作壁上观,眼睁睁地看着欧洲再次陷入动荡和战争,或是变成一片红色的海洋?

马歇尔主意已定。他从莫斯科回来,马上就把凯南叫过来,让他在两周之内草拟一个援助欧洲的计划。马歇尔的指示简洁明确,他要求凯南:"不要太琐碎。"接到命令,凯南颇有难色。他的专长是研究苏联,对欧洲并不了解,对经济问题更是一窍不通。凯南马上找来了一批专家,包括经济学家金德尔伯格、罗斯托,政治学家小布莱斯戴尔(Thomas Blaisdell Jr.),经济顾问保罗·波特(Paul R. Porter)等。但真正的幕后英雄是负责经济事务的副国务卿威廉·克莱顿(Will Clayton)。

克莱顿和马歇尔同年出生,早年在美国棉花公司做管理人员,后来创办了自己的公司,专门做棉花交易,被人们称为"棉花大王"。第二次世界大战爆发之后,克莱顿开始为政府效力,他花费了大量的心血和欧洲的盟国沟通,确保它们能得到及时、充足的供应。企业家出身的克莱顿深知,大多数的战争源于经济问题。自由贸易能够鼓励世界和平,但保护贸易很可能带来更多的猜疑和敌视。如果商品不能自由地跨越国界，士兵的靴子就会踏过国界。

当马歇尔计划的雏形出现之后，就要找一个对外发布的机会了。马歇尔写信给哈佛大学第 23 任校长詹姆斯·柯南特（James Conant），说愿意参加哈佛的毕业典礼，还想借此机会向毕业生们讲几句话。柯南特校长感到有些受宠若惊。哈佛曾经提出，要授予马歇尔荣誉法学博士学位，但两次都遭到婉拒。这次，马歇尔终于要来了。

1947 年 6 月 5 日，哈佛大学举行了第 286 届毕业典礼，也是第二次世界大战之后的第一次毕业典礼。这天中午，在哈佛园招待校友和贵宾的午餐会上，马歇尔看着稿子讲了大约 15 分钟，介绍酝酿中的欧洲复兴计划。马歇尔在战争期间一向因口才好深受记者欢迎，他喜欢拉家常式的即兴讲话，不习惯规规矩矩地念稿子。他在哈佛的这次讲话中声音很低，人们几乎听不见他说了什么，听得清楚的人们也搞不懂马歇尔到底想说什么。《纽约时报》和其他大报根本没有报道这次马歇尔的讲话。就连英国大使馆也觉得不重要，不值得花电报钱送回国内。只有一个人很清楚马歇尔说的是什么，他就是英国外交大臣贝文（Ernest Bevin）。他说，这是历史上最伟大的一次演讲。

贝文当然很开心，但那些听到马歇尔讲话的美国人会怎么想呢？美国一向有孤立主义传统，对大部分美国人来说，美国在第二次世界大战期间已经为欧洲付出了巨大的牺牲，难道在战后还要继续为他们奉献？美国助理国务卿艾奇逊说，美国公众的外交政策就是：第一，把孩子们送回来；第二，不要当圣诞老人；第三，不要到处惹事。

在美国人心目中,失业这样的国内问题才是最重要的。美国驻苏联大使哈里曼说,美国人想的就是看电影、喝可乐。

怎么样才能说服美国人民?克莱顿说得好:"要让美国人震惊,只需要告诉他们真相,告诉他们全部的真相。"他在欧洲时,给国内发回的报告中写道:"成百万的人正在慢慢地饿死。"他说,要想在未来十年避免战争,援助欧洲是唯一的选择。沃尔特·李普曼是美国最著名的记者。在他刚 25 岁的时候,西奥多·罗斯福总统就说,他是全美国的年轻人中最有才华的一个。李普曼经常和克莱顿、艾奇逊和凯南交流,他从 1947 年 4 月和 5 月起,开始连续在报纸上呼吁,欧洲经济已经濒临破产,美国必须伸出援助之手,帮助欧洲统一起来,迅速实现经济复苏。公众舆论和国会政治很快发生了转变,各大报刊都开始热议马歇尔提出的欧洲复兴计划。

经过国会的讨论,哈里·杜鲁门总统在 1948 年 4 月签署了欧洲复兴计划。美国从一个只关心自家门前雪的化外之国,渐渐变成了世界的领袖。就连在国会里反对马歇尔计划最厉害的塔夫脱议员,也认为美国不能退回到孤立主义了。杜鲁门是在罗斯福突然去世之后,作为副总统被扶正的。这个来自密苏里州的农家子弟年轻时在家务农,第一次世界大战时当过兵,战争结束后做过买卖,后来一路误打误撞地进了政坛,出人意料地给罗斯福当副总统。当他接任总统一职之后,没有人期待他能干好总统这份工作,而他也的确缺乏罗斯福的人格魅力和雄才大略。但杜鲁门知道时势造英雄,马歇尔计划的推出,让美国的外交政策呈现出一种新的气象和魄力。艾奇逊引用莎士比亚《亨利五世》中的一句话说,在国际危机最黑暗的时刻,杜鲁门表现出"黑夜里哈里的一点英雄形象",他使盟友们放心,让敌人们胆寒。

从 1947 年 6 月到 1951 年年底,马歇尔计划大约提供了 130 亿美元的援助。按照今天的美元计价,援助规模超过 1000 亿美元,按照当时占国内生产总值的比例,相当于今天的 5000 亿美元。在马歇尔计划实施的几年间,欧洲经历了历史上经济发展最快的时期。从 1947 到 1952 年,欧洲的工业生产增长了 35％,农业生产实际上已经超过战前的水平。战后前几年的贫穷和饥饿已不复存在,西欧经济开始了长达二十年的空前发展。

马歇尔计划是有史以来最慷慨的一次援助。之所以能有马歇尔计划,是因为首先有了马歇尔将军。尽管在第二次世界大战期间涌现出了那么多功勋卓著的将领,但是没有一位能够像马歇尔那样高贵。当马歇尔将军刚刚担任美国陆军参谋长的时候,美国军队还不足 20 万人,在全世界排名第 19 位,屈居葡萄牙和比利时这些小国之后。军官们还在练习骑马作战,士兵们没有足够的武器,演习的时候扛的是硬纸板剪出来的步枪。但到了第二次世界大战结束的时候,美国已经成为无人能够匹敌的超级军事强国。但马歇尔将军从不居功自傲,他把指挥诺曼底登陆这样的历史功绩让给艾森豪威尔。美军进入欧洲战场之后,马歇尔提醒艾森豪威尔,一定要给蒙哥马利留足面子,因为他是"英国唯一的英雄"。鉴于马歇尔的卓越功勋,美国国会曾决定授予马歇尔最高军衔"陆军元帅",却被他拒绝。马歇尔反对的理由是英文中元帅 Marshal 的读音和他的名字相同,"Field marshal Marshall"(马歇尔元帅)听起来很别扭,实际上是因为他不愿意让自己的军衔高于提拔他的潘兴将军。为了表示对他的敬意，美军从此不再设元帅军衔。

波茨坦会议期间，有人给马歇尔捎来一篮子土豆、莴苣、胡萝卜、蚕豆、卷心菜，这是他的妻子凯瑟琳的无字家书——该回家种花务农了。马歇尔在战争一结束就递交了辞呈，但退役不到十天，就被杜鲁门派到中国，调停国共两党。当马歇尔被任命为国务卿的消息传出，杜鲁门的支持率马上大幅度提高。马歇尔计划能够被美国国会和公众接受，在很大程度上要归功于马歇尔将军身上的这种凛然的高贵气质。

原来高尚也可以成为高尚者的通行证。但是，历史从来都不是单色的，而是杂色的。如果说马歇尔计划纯粹是一种利他主义的崇高行为，那么为什么这一计划的结果反而是冷战呢？尽管马歇尔计划在实施的过程中非常重视公开和透明，但是，就连国会议员们都不知晓的是，马歇尔计划也资助了中央情报局（CIA）最早的秘密行动。可要说马歇尔计划不过是披着利他主义外衣的扩张政策，那么美国为什么心甘情愿帮助欧洲，哪怕欧洲国家迅速成长为美国的竞争对手？马歇尔计划付诸实施后，接受了美国礼物的欧洲国家，很快就出现了反美情绪。法国公开禁止销售代表美国文化的可口可乐。美国驻欧洲的使馆经常成为示威抗议的目标，甚至开始考虑要不要装防震玻璃窗。

高尚者和卑鄙者都能拿到属于自己的通行证，但能走出去多远，要看你有多强大。当你成为世界上最强大的国家的时候，你想干好事就干好事，想干坏事就干坏事，管他的。

# 波拉尼一家

彼得·德鲁克第一次见到卡尔·波拉尼的时候，彼得18岁，卡尔41岁。

那是在维也纳，恰好在圣诞节当天。彼得接到《奥地利经济学人》杂志的邀请，参加他们的新年特刊编辑会议。这本刊物的风格效仿英国的《经济学人》，在欧洲大陆的知识界已经崭露头角。年轻的彼得早早就到了会场。会议预计在8点开始，但一直等到9点，大家还在闲聊，年迈的主编也在跟大家聊天，一点也不着急。彼得疑惑地问身边的编辑，为什么还不开会。那个编辑说："哦，我们在等副总编辑卡尔·波拉尼先生。"

又等了快一个小时，卡尔·波拉尼先生终于到了。他身材高大，拎着一只沉重的箱子。进屋之后，波拉尼先生把箱子往桌子上一倒，倒出来一大堆书本、报告、杂志和信件。然后，他一屁股坐在椅子上，椅子晃悠悠的，似乎承受不了他的重量。

这期新年特刊要发表四篇文章。该讨论些什么话题呢？一位编辑建议讲讲那年夏天在维也纳发生的暴动。波拉尼说："我们五年前就知道一定会发生这种事情。"要不，谈谈英镑重估？这可是波拉尼自己感兴趣的话题。波拉尼说："我们已经讲了不止一次了。"那么，华尔街股市大涨呢？波拉尼说："这是资本主义的错觉。"最后确定的题目，都是波拉尼自己早就想好的选题：蒋介石率军北伐，蒋介石、张作霖和冯玉祥之间的斗争将决定中国的命运；世界农产品价格下滑，这预示着世界经济即将进入衰退；俄国的斯大林、列宁和共产主义革命；青年经济学家凯恩斯的新思想（《就业利息和货币通论》1936年才出版，估计波拉尼指的是《货币论》中的思想雏形）。

历史总是笼罩在厚厚的阴霾之中，人们又常常严重地短视。只有少数天才，才能目光如炬，像灯塔的光柱刺破乌云，照亮遥远的航线。寄居在维也纳贫民区的一幢破旧公寓中的卡尔·波拉尼，就是这样的天才。

波拉尼一家个个是天才。卡尔·波拉尼的父亲老波拉尼，出生于匈牙利山区的一个犹太村庄。他在上学的时候就是一名学生领袖，后来又成为匈牙利游击队的指挥官。失败之后，他流亡到瑞士，在那里学习工程，成了一名土木工程和铁路修筑方面的专家。国内政局稳定之后，老波拉尼回到匈牙利，成了"铁路大王"，一度是匈牙利最富有的平民之一。后来，由于过度扩张，他的铁路王国崩溃了。到去世的时候，老波拉尼又变得几乎不名一文。

波拉尼的母亲塞西利亚比他的父亲小20多岁。她是一位俄国女伯爵，也是一位无政府主义者。她还是个小姑娘的时候，就曾经参与制造炸弹和暗杀的计划。在流亡瑞士的时候，她邂逅老波拉尼，并嫁给了他。老波拉尼败落之后，波拉尼的母亲为布达佩斯的一家德文报纸撰写时装专栏,补贴家用。

卡尔·波拉尼的大哥叫奥托。他和父亲一样,是一位成功的工程师和企业家。1895 年,奥托到了意大利,接手一家濒临倒闭的汽车配件厂,奇迹般地让这家企业起死回生,并扶植了一家新企业,即后来的菲亚特汽车公司。他是一位忠诚的马克思主义者,为了宣传马克思主义,他创办了一份报纸《前进报》。奥托很欣赏编辑部的一位年轻人,经常给他提供经济上的援助,这个年轻编辑就是后来意大利的独裁者墨索里尼。飞黄腾达之后的墨索里尼翻脸不认人,抛弃了当年的恩人奥托,奥托最后成了一个颓废而愤世嫉俗的老人。

卡尔的二哥阿道夫是一位出色的工程师。他 20 多岁的时候就到了巴西,给一家铁路公司做顾问。阿道夫深深地爱上了这个遥远、神秘而朝气蓬勃的国度。他相信这里不同于欧洲"腐朽的资本主义",将诞生一个融洽、自由的新社会。阿道夫倾注毕生心血,帮助巴西修铁路、港口、发电厂和工厂。但在巴西待的时间越长,阿道夫越是觉得希望幻灭。到老年的时候,阿道夫不得不感慨:巴西做得再好,经济也赶不上日本,而文化已经沦为迈阿密的"郊区"。

卡尔的三姐穆希是一颗耀眼的流星。她 19 岁就自己创办了一本杂志,而且大部分文章都是自己亲自撰写。穆希提出了"农村社会学"的思想,号召农民合作和社区自治。她的思想在东欧一带影响甚广。铁托年轻的时候就是穆希的信徒。斯大林曾经很恼怒地称铁托是"异教徒"。斯大林是对的。铁托服膺的,其实是穆希的"农村社会学"。穆希是一位美女,她一直活到 80 多岁,但她提前 60 年就放弃了自己的才华。但穆希 20 多岁出嫁之后,便专心致志地养儿育女,对其他一切都不再感兴趣。结婚之后,她一个字也没有再写过。

卡尔的弟弟迈克尔可能是家族里面智商最高的人,他不到 30 岁就成了爱因斯坦的助手。科学界纷纷议论这颗冉冉升起的新星,大家认为他迟早要拿诺贝尔奖,唯一不确定的是他会拿物理学奖还是化学奖。然而,迈克尔后来改研究宗哲学,而且他反对的正是从科学传统中出来的实证主义、理性主义,他也不认同社会主义和集体主义。他认为,人都是孤独的个体,人存在的基础是价值和伦理,而非逻辑和理智。我们所知道的,远远多于我们能表达出来的。这种只可意会、不可言传的"个人知识",才是我们需要珍惜的。1986 年,他的儿子约翰·波拉尼获得了诺贝尔化学奖。

卡尔·波拉尼年轻的时候就叱咤风云,他不到 25 岁就当选国会议员。第一次世界大战期间,卡尔投笔从戎,在战争中身负重伤。战后卡尔本来应邀担任匈牙利司法部长,但一场政变迫使他流亡国外。彼得·德鲁克见到卡尔的时候,他正在维也纳的《奥地利经济学人》杂志当编辑。尽管仍然才华横溢,但早已不再光芒四射了。

多年之后,当彼得·德鲁克已经成了一名崭露头角的管理学家。1942 年,美国一家女子学校本宁顿学院邀请德鲁克过去讲学,并请他推荐一位政治经济学方面的教授,德鲁克马上想到了卡尔·波拉尼。经历了多年的颠沛流离之后,波拉尼到了美国。就在这所小学校任教期间,波拉尼写出了他的伟大著作《大转型》。

波拉尼是在第二次世界大战最血腥的时候写作这本书的。目睹残酷的现实,他无法不回忆起美好的过去。从 1815 年到 1914 年,欧洲经历了前所未有的百年和平,这也是第一次经济全球化高涨的时代。为什么一个美好的世界，突然变得错乱和疯狂，出现了第一次世界大战呢？为什么一次世界大战不够，还会爆发第二次世界大战呢？

在波拉尼看来，19世纪的欧洲文明建立在四个制度的基础之上。一是各国之间的力量平衡，二是国际金本位制度，三是自我调节的市场经济，四是信奉自由主义的国家政权。在这四个支柱中，最重要、最基础的是自我调节的市场经济，即经济学家们鼓吹的自由放任的市场秩序。

19世纪的经济学家们相信市场经济是自发形成的，人们的逐利行为会理性地带来资源的最优配置，政府根本不需要插手干预。波拉尼认为，这不过是经济学家们幻想出来的乌托邦。他认为，就像种子要埋进土壤一样，经济系统始终是嵌入政治、宗教和社会关系的。市场经济当然是有效的，但它也会带来赢家和输家；在一个社会中，人们会本能地保护自己不要受到冲击，这就是波拉尼心目中的"双向运动"。市场经济义无反顾地要往前走，社会内部却会有一股力量把它往后拖。

在自由派经济学家看来，任何东西都是可以交易的。商品可以交易，资金可以交易，甚至土地和劳动力都可以明码标价，插上草标出售。波拉尼则指出，有些东西是万万不能完全视为商品交易的。土地不能完全自由交易、劳动力不能完全自由交易，甚至连资金的交易，也要受到限制。商品本来就是人们为了交易生产出来的，当然可以在供方和需方之间讨价还价。土地是自然之物，哪里是为了让人们买卖的呢？人是血肉之躯，有悲欢，也有尊严，怎么可以当牲口一样买卖呢？从原始部落开始，人们之所以聚居在一起，就是因为社会要承担起救济、互助和再分配的责任。如果让市场自由主义凌驾于社会组织之上,那就是在人间推行乌托邦。波拉尼说,这样的做法无异于"在物质上毁灭人类并把人间变为一片荒野"。

如果市场自由主义是一种虚幻,这种虚幻何以在第一次世界大战之前存在,而且似乎指挥得宜、游刃有余?

加州大学伯克利分校的巴里·艾肯格林教授关于 19 世纪国际金本位制的研究一语道破天机。他指出,在第一次世界大战之前,并没有真正意义上的民主政体。绝大多数男人,尤其是底层民众,都不能参加投票,更不用说女人了,少数民族也一直被排挤在外。在这种政体下,只有精英和贵族们才有发言权,他们当然会支持国际金本位制。

在国际金本位制下,能够从事国际贸易、国际投资的大资本家获益最多。国际金本位制下汇率是稳定的,根本不必顾忌汇率风险。黄金就是货币,货币就是黄金。提着一袋子黄金,不管是在伦敦还是在布宜诺斯艾里斯,都可以畅行无阻。但凡事有利必有弊。固定汇率的结果是,国内的经济政策必须跟着国外的经济形势走。如果美国的股市出现泡沫,美国联邦储备系统(以下简称美联储)本应提高利率,但提高利率就会吸引外资流入,美元就要升值,其他货币如英镑就要贬值,美元和英镑之间的固定汇率就岌岌可危了。1929 年美国股市崩盘之前的疯狂泡沫,在一定程度上要归咎于美联储为了保卫金本位制,在本该提高利率的时候,反而降低了利率。如果你相信经济自由主义,那么你必须有一颗冷酷的心,无论是看到国内经济衰退,还是大批工人失业,都能袖手旁观、镇定自若。你可以相信,哪怕经济危机给人们带来的苦难再深重,也会有过去的时候,正如你同样可以雄辩地声称,传染病在死了上万人、上百万人,甚至上千万人之后,总会逐渐消退。

正是这样一种冰冷的经济学,加上这样一种严重分化的政治结构,使得经济全球化出现了高潮,又从高潮走向了疯狂,最后从疯狂走向了死亡。

到第一世界大战结束之后,社会结构出现了重大的变化。民主政体如同解冻的春潮,汹涌澎湃,势不可挡。首先,原来的贵族阶层遭受了沉重的打击。第一次世界大战期间,前线的军官大多来自贵族家庭。为了树立榜样,他们身先士卒,在枪林弹雨中率先倒下。英国军队中 25 岁以下的牛津大学和剑桥大学的学生,在战争刚开始的1914 年,就已经有 1/4 战死沙场。其次,战争夺取了数千万人的生命,战争之后,劳动力变成了稀缺的资源。劳动力成本不断上升,在和资方讨价还价的过程中,劳动者发现自己常常能占据优势。为了拉拢民心,工人和妇女越来越多地得到了选举权。再次,第一次世界大战的大部分时间打的是壕沟战,双方都躲在战壕中坚守阵地,不敢轻易发动冲锋。士兵们在战壕里无所事事,马克思主义者恰好利用这个机会,宣传进步思想。战后的退伍老兵中,有一大批都是坚定的马克思主义拥护者。

社会结构发生了如此大的巨变之后,任何一个政权,都不可能再把国际经济政策放在比国内经济政策更重要的位置上。保增长、促就业成了各国政府最关注的事情。如果要坚持国内经济政策的自主性,那么,有取必有舍,政府将不得不放弃固定汇率的金本位制。遗憾的是,在"一战"之后,各国政府仍然觉得一定要回归金本位制才能过上好日子。在这种犹疑不决之中,各国的经济政策跌跌撞撞地向左走一步,向右迈一脚,一边信誓旦旦要恢复金本位制,一边又变本加厉地实施贸易保护主义,最后干脆撕破脸,一个接一个退出金本位制,纷纷实行以邻为壑的货币贬值。

诺贝尔经济学奖得主斯蒂格利茨在给《大转型》一书的前言中写道,波拉尼常让人们感到,他是在直接对当下问题发言。在他看来,苏联休克疗法的失败、美欧金融危机、国际货币基金在发展中国家的政策失误,无不验证了波拉尼的思想。和波拉尼一家过往甚密的德鲁克却自有一番更复杂的感受。常常有人在听他讲述波拉尼一家的故事之后说,你为什么不写一本关于他们的书呢? 德鲁克说,波拉尼一家是他见过的最特别、最富有才华的一家人,但他们已经不属于这个时代了。他们的理想是追求一个完美和公平的社会,但他们越追求,越失望,几乎每一个波拉尼成员,都从最初的充满激情,变得消沉和落寞。

卡尔·波拉尼晚年的时候,受聘于哥伦比亚大学。他的妻子曾是共产党员。当时美国的法律规定,麻风病人和共产党员不能入境。波拉尼只好把家安在加拿大的多伦多。从多伦多驱车到纽约需要六七个小时,在两地奔波之中,波拉尼一直在苦心钻研十六七世纪非洲的达荷美王国、古代的希腊、小亚细亚的古代文明和中国汉朝的历史,但他越来越不想再写东西了。当年那些气势恢宏的问题,对波拉尼来说已经索然无味。他甘心把自己的才华,消耗在枯燥的注释考订之中。

一个远远超越他的时代的天才,必然会走向这种黯淡的结局。

# 白色革命家

普鲁士有一颗躁动不安的心。直到 19 世纪中叶，德意志仍然是一群小邦国的松散联盟，普鲁士不过是这群鬣狗中更强壮的一个，而其他欧洲列强已成雄狮，根本就没有把普鲁士放在眼里。克里米亚战争之后，各国在巴黎开会，划分势力范围。英国和奥地利讨厌普鲁士摇摆不定的外交政策，拒绝让普鲁士的外交人员参会，直到会议快结束了才放他们进来。当俄国沙皇尼古拉一世听说普鲁士想统一德国的时候，他说这是一个愚蠢的空想。

越是在被别人忽视的时候，成长的速度越快。普鲁士在 19 世纪已经崛起。它是工业革命的后起之秀，拥有丰富的铁矿和煤矿资源，克虏伯钢铁等大型企业也陆续出现。在德意志联邦境内，公路和铁路四通八达，条条道路通柏林。普鲁士的教育制度是无与伦比的：独特的学徒制为现代工业培养了大批熟练技工，德国的大学是当时欧洲最好的大学，牛津大学和剑桥大学都曾经想仿照德国大学的样板进行改革。德国人的严谨和刻苦，锻造出欧洲最有效率的官僚体制。普鲁士实行了独特的兵役制度，成年男子要先在正规军服 3 年义务兵役,再转入预备役中服 4 年兵役,总共要服 7 年兵役。这使得普鲁士的陆军部队人数远远超过其他欧洲国家。普鲁士军队高度重视战略研究。在军事天才毛奇的领导下,总参谋部成为普鲁士军队的"中枢"。大批最优秀的年轻军官,孜孜不倦地研究作战计划,思考如何提高后勤保障的效率,深入研究历史上的重要战役和军事行动,制定出一套图上作业和演习的高超标准。铁路改变了陆地国家的军事劣势。用铁路运兵,使得陆军的机动性在历史上第一次超过了海军。

普鲁士的崛起适逢其时。北方的劲敌瑞典陷于崩溃和动乱,东边的强邻波兰被瓜分豆剖,普鲁士恰好填补了北欧出现的权力真空。从更大的棋局来看,在欧洲的政治地图上,俄国崛起,牵制了瑞典、波兰和奥斯曼帝国的力量。法国离普鲁士还很远,不会构成直接的威胁,普法之间还可结盟对抗奥地利。

普鲁士统一德国,犹如瓜熟蒂落,恐怕连他们自己也没有想到事情竟会这么容易。想要统一德国,首先要夺取奥地利对德意志的控制权。奥地利是一只多头怪兽,当时统治奥地利的哈布斯堡家族,势力遍及欧洲。他们一边要维持自己在意大利和南欧的地位,一方面还要在德意志联盟中压倒普鲁士。1866 年,普鲁士和奥地利之间爆发了战争。在这场战争中,年轻的普鲁士军队犯了很多错误。比如,他们用铁路把军备物资拉到边界,但由于调度失误,部队早已经出发了,铁路线边还堆积着小山一般的物资。普鲁士最终能够胜利的原因是因为奥地利在这场战争中犯的错误更加致命。奥地利在欧洲四处扩张的结果是让它到处疲于奔命。普鲁士可以倾尽全力,奥地利却不得不左支右绌。这场战争持续了不到两周,奥地利的军队就在萨多瓦遭遇了灾难性的失败。

更为棘手的是当时欧洲大陆的霸主法国。当时法国的人口远比普鲁士多,军备总体来说也比普鲁士精良。法国军队拥有世界上射程最佳的夏斯波步枪,比普鲁士士兵用的撞针枪远得多。法国还有一个秘密武器:每分钟能射出 150 发子弹的后膛装填机关枪。1870年,由于西班牙王室继承人之争,傲慢的法国愚蠢地向普鲁士提出挑战。法国根本不把普鲁士放在眼里。这是历史上又一次骄兵必败的典型案例。毛奇精确地判断出法国的铁路系统无法把士兵全部运送到前线,普鲁士军队以闪电速度将法国包围在梅斯。1870 年 9 月,色当一战,法国惨败,法皇路易·拿破仑和十万法军士兵被俘。也许是因为迫不及待,也许是因为故意想要羞辱法国,普鲁士首相俾斯麦在普法战争还没有结束的时候,就选择在路易十四金碧辉煌的凡尔赛宫宣布威廉一世登基。德意志帝国诞生了。

普法战争让德国势力大增。法国被迫赔偿德国 50 亿法郎,同时割让阿尔萨斯和洛林地区。德国拿到这笔战争赔款,兑换了大量黄金,用它铸造硬币,同时在国际金融市场上大量抛售白银,买进黄金,趾高气扬地跨入了金本位制时代。

对德国而言,更重要的不是金本位制,而是祖国的统一。而正是借助金本位制,德国实现了货币统一。1838 年,德意志联盟创立了一种松散的统一货币,即联盟塔勒(Vereinstaler),但德国货币状况之混乱,犹如一群孩子玩耍之后丢在地板上的玩具。1870 年,德国金融家路德维希·班伯格向国会演讲时提到,他从一个莱茵河畔农民的口袋里找到了总共值 15834 盾的货币。这些货币包括各种面值的双头泰勒币、皇冠泰勒币、法郎；各种各样的金币，如皮斯托金币、双头和单头弗里德里希金币、英镑金币、沙俄金币、美元金币、拿破仑金币、奥地利金币、荷兰威尔克姆金币、黑森金币、丹麦金币。

1871 年当 25 个邦国组成德意志帝国时，德国境内共有 7 个货币区、119 种不同的货币、56 种纸币、117 种银行券。很快，到 1876 年，马克就已成为整个德国的法定货币。1875 年德国成立了自己的央行，即德意志帝国银行(Reichsbank)。

德国统一之后，迅速成为欧洲大陆的工业领导力量，柏林也赶超巴黎，成为欧洲大陆的国际金融中心。统一之后的德国人口出生率剧增，加之源源不断的移民热潮，一时间德国成了欧洲最年轻、最有活力的国家。德国制定了宪法，成立了议会。凡是 25 岁以上的成年男子都有投票权，这些做法比当时的英国都要超前。经济自由主义主导了政府决策。在将近十年的时间里，俾斯麦操纵德国议会，主要靠的是和民族自由党结盟。受到经济繁荣的鼓舞，俾斯麦和他的议会想要建立一个自由的德意志。这一时期全民基础教育的提案很快就得到了通过，宗教政策上德国也更加宽容。德国是个新教国家，但在南部一些邦国，天主教势力更大。很多天主教的牧师对德国统一持抵触情绪，他们成立了自己的政党——中央党，强烈地反对俾斯麦和自由主义者的政策。

好景不长。德国毕竟是一个后进的工业化国家，当别人已经吃完正餐，端起餐后的咖啡时，德国才刚刚拿起吃色拉的刀叉。统一之后，德国也想效仿英国实施自由贸易政策，但这将对德国的容克贵族，即农村的资本家们带来巨大的挑战。一旦开始自由贸易，外国的农产品将蜂拥而入,尤其是在铁路修好之后,大量的农产品都等着运到德国。德国的工业资本家也主张实施关税保护。德国统一之后,很快就出现了经济过热现象,伴随着经济过热的是金融危机。1873年夏天的金融危机,已经给德国敲响了警钟。从1875年之后,德国的经济增长明显陷入停滞,在八年时间里,有七年人均收入都处于下滑状态。1882年出现了温和的复苏,但到1884年人均收入还没有恢复到十年前的最高水平。直到19世纪90年代,德国才再次出现经济高速增长。

也就是一眨眼的时间,俾斯麦从一个自由主义者变成了保守主义者。他放弃和民族自由党的结盟,如同换季的时候脱掉一条裤子一样轻易。而昨日的对手中央党,如今成了俾斯麦怀中的新欢。

1878年,一个疯狂的年轻人试图去刺杀年迈的皇帝,但没有成功。这件事情给了俾斯麦绝好的机会,他马上封杀主张社会主义政策的社会民主党,顺手也清理掉了过去的盟友民族自由党。暗杀事件之后,俾斯麦既不关心德皇的安危,也不用心去查凶手的身份。他故作惊慌地高喊:"我们要解散国会!"事后,俾斯麦得意洋洋地跟手下说:"这次总算抓住那些流氓了。"手下问:"您指的是社会民主党?"他说:"不,自由党。"

在中央党的支持下,俾斯麦转为实施关税保护政策。1879年,俾斯麦下令对进口钢铁和谷物征收高关税。高关税政策的实施对中央政权来说一举三得:其一,赢得了莱茵河畔的工业资本家和东普鲁士的容克贵族的支持;其二,征得的关税归中央政府,这增强了中央的权力,削弱了中央政府对地方财政捐献的依赖;其三,保护关税使得各个利益集团更加分化,如今,它们的经济利益都依赖于和政府间的讨价还价,都要拼命地讨好中央政府。

俾斯麦非常善于在不同的政治力量之间寻找平衡,他也从来没有什么原则性。有一次他跟自己的传记作者说,有人问我是红色的还是白色的,随他们说去。正是由于缺乏原则性,他才能更清楚地认识局势。从1883年到1889年间,在俾斯麦的强烈要求下,德国实施了一系列社会保障制度。1883年德国实施了强制性的健康保险。1889年实施了老年人和残疾人保险。当然,俾斯麦并非是出于对工人阶级的热爱而实行社会改革的。他的用意是为了让工人不要造反,或曰,让工人更加顺从。俾斯麦曾说:"任何一个有养老金的人,都会比那些没有这样的期望的人更容易感到满足,更容易管理。看看那些私人仆人和宫廷仆人的区别:后者能忍耐更多的东西,因为他可以期盼得到养老金。"

俾斯麦刚步入政坛时是做外交官,大部分时间都在国外折冲樽俎,和各国谈判。当他47岁当上普鲁士首相之后,才发现自己根本就没有稳固的根据地。所以,俾斯麦的政治生涯注定是随波逐流的。一切都是谈判,一切都可背叛。俾斯麦最擅长的就是用一只手洗净自己的另一只手。

一个如此擅长思辨和战略的民族,在最关键的历史时刻,决策的指导却是狡猾而细微的政治计算。但就在俾斯麦这些只为糊墙、没想盖房的应急政策中,却诞生出未来高楼广厦的图纸。俾斯麦自己对社会保障视之甚低,在他的《回忆录》中,对社会福利只字未提。但美国的罗斯福、英国的阿斯奎斯(Asquith)、劳合·乔治都曾借鉴俾斯麦的做法,逐步进行社会保障制度的改革。

然而,俾斯麦苦心搭建起来的政治平衡,却在他身后灰飞烟灭。从1874年到第一次世界大战爆发前,欧洲列强之间没有爆发过战争,德国的宪法也没有再修改,这一切都得益于俾斯麦纵横捭阖的政治手腕。但正如基辛格曾经指出的,这个时期的国际秩序,建立在"无节制的均势政策"基础上,缺乏道德约束的国际体系必然面临危机的不断升级。俾斯麦是政治平衡的天才,但他像表演杂技一样创造出来的这个复杂而微妙的平衡,已经达到了无人能够继续维系的地步。俾斯麦下台之后,德国外交政策的继任者迅速放弃了他那套复杂的联盟体系,转为运用赤裸裸的军备竞赛,结果导致了后来的一系列国际冲突,直至走进了第一次世界大战的深渊。

俾斯麦走得很远,而他根本就没有想到会走到那里。

# 帝国拯救者

来自欧洲战场的消息越来越叫人揪心。法国溃败了,英国军队刚刚从敦刻尔克仓皇溃逃,希特勒的飞机就追着逃兵的屁股飞到了伦敦上空。这是 1940 年,第二次世界大战到了最危急的关头。这一年的 11 月,英国新闻部的官员把一份来自德国的报告交给了凯恩斯勋爵。这是纳粹德国的经济部长瓦尔特·冯克提出来的"欧洲经济新秩序蓝图",史称"冯克计划"。英国新闻部希望凯恩斯对美国和英帝国自治领地的人民发表一个广播讲话,批评纳粹的计划。凯恩斯很快回信了,但回信的内容让英国新闻部的官员们大吃一惊。凯恩斯说:"这个计划非常好,这正是我们自己应该考虑去做的事。"

为什么凯恩斯会对希特勒的经济方案如此推崇呢?"冯克计划"的构想其实来自纳粹德国的前任经济部长亚尔马·沙赫特。沙赫特是欧洲公认的金融天才,他曾经做过德意志银行的总裁,后来又给希特勒做经济部长。1939 年因为得罪了希特勒被免职,改派为德国驻土耳其大使。二战之后,盟国曾指控他犯有战争罪行,后来被无罪释放。据说,最初盟国裁定要处决他,但要求他在上刑场之前,先写出一份报告,介绍消除德国恶性通货膨胀的经验。

"冯克计划"的基本构想是建立一个欧洲清算同盟。简单地说,就是借助央行间的合作,直接易货贸易。两个贸易伙伴国可以在各自的中央银行分别设立特别账户,用本国货币进行国际贸易结算,如果两国之间的贸易是平衡的,那就不需要货币兑换了。到 1938 年,德国已经和 27 个国家签订了这样的协定。这种做法的实质,是用汇率管制的方式保住了德国的对外贸易。凯恩斯在内心深处是信奉自由经济的,但和别的学者不一样的是,他随时愿意作出必要的妥协。哈耶克的《通向奴役的道路》出版之后,凯恩斯大加赞赏。但他很认真地和哈耶克讨论,为了保住"核心阵地",应该放弃哪些"外围工事"。在凯恩斯计划看来,沙赫特的设想当然不是最优的,但却是次优的。这种设想不正是放弃"外围工事",保住"核心阵地"吗?凯恩斯觉得是划得来的。

随着战争形势的好转,凯恩斯一直在思考战后的经济秩序重建。他深知英国将会遇到严重的危机,往日几乎统治了大半个世界的大英帝国,很快就要分崩离析了。英国将会面临严重的贸易逆差,而且将不得不低三下四、苦苦哀求美国的贷款。是沿着沙赫特的办法,用资本管制的方式构筑一条防护线,在保护英国经济的同时也保持英国的贵族气质呢?还是低下高傲的头,向美国臣服,但却能以国际合作的方式建造国际经济的新神庙?这两种选择,哪一种更高贵?这是困扰着凯恩斯的难题。1941 年的秋天,牛津大学的经济学家哈罗德先生在财政部的走廊里见到了凯恩斯。凯恩斯正靠着一个柱子沉思,哈罗德走过去对他说:"你必须降尊纡贵,和美国人站在一起。"凯恩斯表情木讷,眼神呆滞,他摇摇头说:"我还没有想清楚。"两种思想正在他的头脑中激烈地斗争,非凡的凯恩斯勋爵,也变得像哈姆雷特王子一样优柔寡断了。

凯恩斯不知道的是,就在大洋的彼岸,几乎同一时间,美国人也在思考着同样的问题。珍珠港事件爆发不久,美国财政部部长亨利·摩根索就授意他的手下哈里·怀特,制定战后国际金融新秩序的方案。

凯恩斯和怀特,他们是一对最不般配的谈判对手。凯恩斯是 20 世纪享有最高盛誉的经济学家,怀特是现代经济史上最神秘的人物。凯恩斯有着与生俱来的贵族气质,怀特是一个出身贫寒的第二代美国移民。凯恩斯少年时代在伊顿公学练习划船和辩论,怀特则在父亲的五金店里打工。凯恩斯 30 多岁的时候就写出了《和约的经济后果》等著作，成为妇孺皆知的名流学者，怀特 29 岁才上大学，他一生中发表的学术论文寥寥无几。凯恩斯行文汪洋恣肆，引经据典，他喜欢用神话人物比喻各国的领袖和精英。在《和约的经济后果》中，凯恩斯甚至不厌其烦地描写了每个国家元首的手。但是，他几乎没有评价过他真正的对手怀特。有趣的是，怀特其实是一个凯恩斯主义者。他在哈佛大学读书期间就服膺凯恩斯的学说，在美国财政部工作期间，更是曾因被贴上凯恩斯主义者的标签，和其他几位年轻的官员一起遭到排斥。

凯恩斯的计划和怀特的计划在很多方面都非常相似。他们都想避免 20 世纪 30 年代的货币战和贸易战，他们都想重建一个汇率稳定、贸易自由的世界。他们都认为，两次世界大战期间的全球经济动荡源于金本位的消失，而在战后，要想消除贸易障碍，应该从消除货币之间的障碍入手。选择货币问题为切入点的另一个好处是，货币问题太玄妙、枯燥，正好可以避开无聊政客们的纠缠，如果要谈论贸易问题，那就一下子把政客们的激情和偏见全部点燃了。当然，凯恩斯和怀特的计划也各有特色。凯恩斯计划构思更加精巧，他继承了英国金融中心伦敦城的传统；怀特计划则更加理想化，隐约可看出威尔逊总统国际合作思想的微光。凯恩斯计划和怀特计划最大的不同在于英美之间的利益冲突。作为贸易逆差国和债务国，凯恩斯力主对贸易顺差国施加压力，要强制贸易顺差国把赚的钱花掉。债务国最需要什么？当然是钱、钱、钱。所以凯恩斯坚持把讨论雏形中的国际货币基金组织规模做大，最好能直接发行货币。但怀特代表的是美国的利益,他只同意给贸易逆差国一些喘息的机会,最多只能适当提供短期贷款。

在谈判桌上,怀特不是凯恩斯的对手。凯恩斯口才出众,周身围绕着耀眼的光环。怀特则言辞笨拙,声音嘶哑。他最怕和凯恩斯公开辩论,因为每辩必输,这给他带来了巨大的心理压力。每次和凯恩斯辩论完,怀特都会感到像害病一样,但所有的牌都在怀特手中。怀特的身后,是强大的美国。凯恩斯一厢情愿地认为美国会帮助英国重建帝国,因为只有英国才是美国真正的盟友。但是他显然高估了美国支持英国的力量。美国人不喜欢英国的帝国,罗斯福总统对英帝国更是深恶痛绝,新政反对的就是像英国这样的以银行为中心的资本主义。20 世纪 30 年代英美之间频繁爆发货币战和贸易战。1931 年英国退出金本位制,引起美国人的强烈不满。美国国会 1931 年通过了《霍里-斯莫特贸易保护法》之后,英国旋即在 1932 年《渥太华协定》中用帝国特惠制加以报复。大多数美国人的感觉是,英国人太狡猾、世故,美国人一不小心就会中了圈套。罗斯福总统就曾经说过,不能让美国成为英国"那顶风筝的尾巴"。美国财政部长摩根索的态度极其鲜明:他支持英国和德国作战,但不支持英国的世界地位。摩根索见到来访的英国官员时,坚持要求英国人把"上下口袋都翻个底朝天",要把所有的情况都向美国汇报。他一定很享受这种感觉,就像一个有钱的老色鬼,让无知少女围着自己的钱袋子转。怀特本人既反英,又亲苏,跟亲苏比起来,他似乎更反英。有一种传言说怀特是苏联间谍,真实的情况是,怀特和美国共产党的地下组织有着紧密的联系,经常给他们提供情报。怀特的亲苏态度,是出于他的爱国主义。怀特敬佩苏联的计划体制,他相信苏共是唯一一个可以抵抗纳粹的可靠堡垒。而英国,在军事上是一个靠不住的盟友,看看英军在东南亚节节败退的窝囊劲吧。经济上,英国更是美国能看得到的竞争对手。由于苏联实行的是完全不同的经济体制,当时美国人并未把苏联视为直接的威胁。

在这种背景下和美国谈判,对凯恩斯来说是一种锥心的折磨。他跟友人说,每次去美国旅行都像是大病之后卧床不起。他抱怨美国人如此苛刻,"想要把大英帝国的眼珠子挖掉"。他受不了美国人的粗鲁无礼,居然在跟他谈话的时候突然出去接电话。1943 年 9 月,英美之间就凯恩斯计划和怀特计划进行了谈判。凯恩斯本来以为只要一个周末就能搞定,怀特觉得大概需要一周,结果凯恩斯在美国足足待了六个星期,两国专家的正式声明到 1944 年 4 月才正式对外发表。

先是漫长的谈判、激烈的辩论、无奈的妥协,然后是闹哄哄的大会。1944 年 7 月,45 个国家的代表在美国新罕布什尔州布雷顿森林的华盛顿山酒店召开会议,建立了所谓的布雷顿森林体系。为什么要选在布雷顿森林开会呢?因为凯恩斯致信给美国财政部说,请不要在华盛顿开会,那会让英国人感到颜面尽失。美国财政部部长摩根索说,那就在华盛顿附近找个山里的避暑胜地来开会吧。怀特成立了两个委员会,一个讨论货币基金的问题,一个讨论世界银行的问题。怀特自任货币基金委员会的主席,他故意把凯恩斯调到银行委员会做主席,这样就可以更多地牵扯凯恩斯的精力,省得他过问基金的事情,给怀特找麻烦。这场会议沉闷而又冗长。会上讨论的都是各国官员们听都没有听说过的技术性问题,而且会议一开就是二十多天。在怀特的邀请下,苏联派了个代表团参会,会议期间,苏联代表基本上都在睡觉。中国作为美国的联盟,也派出了代表团。中国代表团们听会听得太闷,干脆溜出去爬山。附近居民的政治觉悟极强,他们听说正在开一个重要的会议,又看到几个长得很像日本人的家伙在山上转悠,差点使用猎枪把他们击毙。

布雷顿森林体系的建立,给凯恩斯带来的不是荣耀,而是郁闷和痛苦。一个正在衰落的文明,在面对一个蒸蒸日上的文明时,必然会激起一种说不出来的嫉妒和屈辱感。一个秉承理性传统的经济学家,却不得不在政治的泥潭中弄脏自己干净的羽毛。他为这个国家殚精竭虑,最终得到的却是国内政客们的猜忌和指责。国际货币基金组合和世界银行是凯恩斯只手创造的。在1946年3月这两个机构的成立大会上,凯恩斯发表演讲。他说,刚刚诞生的基金先生和银行小姐会得到仙女们的祝福,他希望这两个孩子得到的礼物是"普世主义"、"勇气"和"智慧"。接着,他说,他最不愿意看到的是,一个邪恶的精灵会给两个孩子带来诅咒:"你们两个臭娃娃长大了就是政客,你们的每个思想和行为都将有不可告人的动机。你们所决定的每一件事情都将不是为了其自身的目的或根据本身的是非曲直,而是另有隐情。"

和美国人旷日持久的谈判消耗了凯恩斯的体力和精力,他的身体状况越来越差。凯恩斯的一位朋友这样评价他:"他太聪明,太咄咄逼人,到最后也太劳累。"1946年4月21日是复活节,凯恩斯躺在床上离开了人世。

凯恩斯去世的时候,他的妻子莉迪娅53岁。莉迪亚和凯恩斯的出身、性情迥然不同。她原本是俄罗斯的芭蕾舞演员，在凯恩斯的朋友们看来，这个女人是"没受过教育的"。但凯恩斯恰恰喜欢她无拘无束、自由自在的性格。凯恩斯死后，莉迪娅又独自生活了 36 年。没有凯恩斯保护她，她慢慢学会了自得其乐。除了看戏、买东西，莉迪娅基本上过着隐居的乡村生活。在阳光灿烂的日子，她会在花园里的刀豆、卷心菜之间半裸体地跑来跑去，或是在灌木丛中几乎一丝不挂地享受日光浴。有人问她，要是被人看见是否会觉得尴尬。她说："没有关系的，反正他们看见了也不敢相信这是真的。"

凯恩斯曾经说过："文明是少数几个人的个性和意志建立起来的一种单薄、脆弱的外壳。人们只能通过巧妙地制定和不择手段地维护规则和习俗来维持文明。"文明就是凯恩斯，他充满激情但内心脆弱，需要不断地勉力维护自己。历史却像莉迪娅，即使人们看到了，也不会认为她是真实的。

# 一场再也不会有的改革

如果林肯没有打赢南北战争，美国一定会分裂为两个国家。一个是羽翼未丰的工业化北方，在老牌欧洲列强的竞争下被压得出不来气;一个是仍然实行奴隶制的种植园南方,逐渐沦为欧洲的经济殖民地。"北美国"和"南美国"会一直互相猜忌、互相敌视。关系好的时候,它们会像巴西和阿根廷;关系坏的时候,它们会像印度和巴基斯坦。也可能更糟,它们可能会不断爆发冲突和战争,并在连绵不断的冲突和战争中过早地被耗尽雄心与朝气,变成两个暮气沉沉的偏僻国家。

但是,林肯赢了。美国在南北战争之后出现了快速的经济扩张,它很快从一个农业国走上了工业化的道路。南北战争之前,美国的工业主要以轻工业为主,比如棉纺、木材、制鞋业等。南北战争之后,美国开始大炼钢铁。1860 年美国的钢产量还几乎为零,1870 年达到6.9 万吨,1880 年超过了 120 万吨。美国还兴起了修筑铁路的"大跃进"。1869 年,横跨美国东西海岸的铁路在犹他州的海角点(Promontory Point)最终会合。铁路建设消耗了美国大约一半的钢铁产量,也雇佣了大约 1/10 的非农业劳动力。城市化也加速发展,一批新兴的工业化城市如雨后春笋般涌现,电报、电话等新的技术发明不断问世。亚当斯总统的后裔、美国著名作家亨利·亚当斯写道:"历史上第一次,美国人感到自己和英国人一样强大。"

但是,从 19 世纪 80 年代开始,美国的经济增长就开始放缓。技术进步没有惠及普通的工人,机器反而替代了工人的岗位。农民经受着农产品价格不断下跌的煎熬。很多农民借钱买地,谷物的价格没有上涨,被投机炒高的耕地价格反而下跌了,真是祸不单行。繁荣的背后隐藏着泡沫,尤其是对铁路的投机最为疯狂。1873 年,就已经出现过一次铁路公司破产和银行倒闭的危机,到 1893 年,一场更猛烈的危机到来了。就在克利夫兰举行总统就职典礼十天前,美国最大的铁路企业之一费城—里丁铁路公司(Philadelphia and Reading Railroad)宣布破产。随后,美国共有500多家银行、1500多家企业破产。1890年至1892年失业率仅为4%,到1894年就已经达到18%。这是1929年之前美国经历过的最严重的一次经济危机。

马克·吐温所说的那个"镀金时代"破产了。成群结队的失业工人组织起来到华盛顿抗议,工人们纷纷起来罢工。1892年在宾夕法尼亚州卡耐基公司的一家钢铁厂,工人为抗议工资降低举行罢工,州长出动民兵镇压工人,造成几十人伤亡。美国铁路工会抗议资本家乔治·普尔曼(George Pullman)削减工人工资,举行了大罢工,导致整个国家的铁路系统瘫痪。克利夫兰总统派出联邦军队弹压,引发了一场暴乱。农民们也纷纷组织起来,成立于1867年的格兰其农民协会力量不断壮大,其成员在好几个州里都担任了要职。1877年还成立了农民联盟(Farmer's Alliance)。

在这一背景下,民粹运动开始蓬勃发展。或许,美国民粹运动最有名的代表人物就是民主党总统候选人布赖恩,而民粹运动最有名的政策主张是反对金本位制,主张白银自由铸币。民粹主义者认为,金本位制是万恶之源。正是由于金本位制度引起了通货紧缩,尤其是农产品价格的紧缩。既然黄金的供给无法增加,而美国又有那么多的白银,为什么不用白银作为货币呢?从金本位制改为银本位制,实际上就是改为实施宽松的货币政策。布赖恩是个雄辩的政治家,他把白银铸币问题讲得极富有煽动性。布赖恩大声疾呼:"你们不能把荆棘王冠戴到劳工的头上,你们也不能把人们钉死在黄金的十字架上。"西部盛产白银的各州,南部和中西部农业为主的各州联合起来,成为民粹运动的大本营。

金本位和银本位之争成了民粹运动时期压倒一切的政治议题。其实,民粹主义还有很多其他的主张。有一些是进步的主张,也有一些是反动的主张。有很多民粹主义者深感垄断企业已经变成国家的主人,政府应该把权力重新还给平民。他们主张限制垄断企业、扩大公民的选举权。但是,很多民粹主义者把美国经济遇到的困难归咎于外国阴谋势力,比如罗斯柴尔斯家族。他们把克利夫兰总统说成是"犹太银行家和英国黄金的代言人"。也有很多民粹主义者反对外来移民,甚至主张赤裸裸的种族歧视。国会迎合大众的愤怒,在1882年通过了一项法律,对移民征收人头税,同时禁止华人入境。

如果布赖恩赢了,美国或许在19世纪就会变得和现在的南美国家一样,上台的民粹政权热衷于实行"劫富济贫"式的收入再分配政策,但利益受到损害的大资本家会伺机反扑,甚至支持军人政变。美国的政治会像钟摆一样,在左右两个极端之间摇摆。

但是,布赖恩输了,他比共和党的候选人麦金利少了60万张选票。布赖恩失败的原因:一是因为经济形势发生了变化。欧洲农业歉收,扭转了美国农产品价格下跌的颓势。在南非等地发现了新的金矿,而且提炼黄金的技术出现了突破,黄金的供给大幅度增加,也就不再像过去那样令人憎恶了。二是民粹运动内部不团结。城里的工人和农村的农民关心的问题不同,白人劳工和黑人劳工之间还存在着尖锐的冲突。三是大资本家在幕后对共和党的鼎力支持。突如其来的工农运动让资本家深为恐惧,他们担心"泥腿子"上台,为麦金利提供了充足的竞选经费。麦金利的竞选筹资至少有 350 万美元，而布赖恩只有 30 万美元。麦金利竞选成功的消息传来，大资本家们纷纷弹冠相庆，畅饮达旦。

如果这就是历史的结局，美国或许会变成寡头统治。好的情况，美国会像俾斯麦时期的普鲁士，依靠工业资本家和大农场主的结盟巩固统治，但对普罗大众实施一些小恩小惠的福利政策，缓和阶级矛盾。坏的情况，美国会变成苏联解体后的俄罗斯，政客变成了强盗大亨们操纵的傀儡。

但是，美国很快出现了一场声势浩大的进步运动。从 1896 年到第一次世界大战之前，总体来说，美国经济一直处于快速增长时期，经济低迷时期的失望和沮丧被一扫而清，整个美国社会变得积极、乐观、向上。

进步运动和民粹主义最大的不同是，民粹主义主要是一场农村运动，大部分民粹主义者既不喜欢工业化，也不喜欢城市化，他们怀念的是往日的好时光。但进步运动则主要是一场城市运动，其中坚力量是新兴的城市中产阶级，他们向往的是未来的新世界。

进步运动中的积极分子并非因经济增长而感到盲目乐观，相反，他们深切地感受到身处在一场巨大的变革中，有很多层出不穷的社会问题。企业通过兼并变得越来越大，小企业受到严重的冲击，工人被异化成了流水线上的螺丝钉。矿难事故不断发生，女工和童工的工作环境令人忧虑，新的移民大多既不是北欧的盎格鲁-撒克逊人，也不是新教教徒。大量新移民来自东欧、南欧和世界其他地区，其中有很多人是天主教徒，他们在美国社会中找不到自己的身份认同。

奴隶制在美国结束了近半个世纪,黑人的地位仍然一如既往地卑微。城市中摩天大楼一栋比一栋高,但贫民窟却像牛皮癣一样蔓延。巨大的进步带来了巨大的不满,每个人都认为这不是自己当初想要的天堂。

进步主义者最可称道之处是,他们没有时间抱怨,只想快点捋起袖子行动。他们相信,只要有问题,就一定有答案。他们不想幽怨地臆想到底是哪个阴谋分子在给自己下蛊,而是要亲身探究社会问题的真相。很多记者、作家深入一线,努力"扒粪",力求揭发阴暗面。作家辛克莱的《屠场》一书揭露了芝加哥肉类加工厂里工人暗无天日的生活,也顺便告诉了消费者,他们每天吃的罐头都是怎么做出来的。辛克莱写道,一个连续加班的工人累得实在撑不住,掉进了煮肉的大锅中,就被自动地做成了香肠。林肯·斯蒂芬斯(Lincoln Steffens)从密苏里城出发,沿路调查明尼阿波利斯、纽约、芝加哥、费城等地的政治状况,最后把发表过的文章汇编成《城市的耻辱》一书,抨击官商勾结,揭露美国各地触目惊心的贫民窟。另一位"揭黑"记者艾达·塔贝尔(Ida Tarbell)在1904年出版了《标准石油公司的历史》一书,把洛克菲勒如何操纵市场、控制油价的做法暴露在光天化日之下。著名的美国律师、后来成为美国最高法院第一位犹太人大法官的路易斯·布兰戴斯(Louis Brandeis)针对贪婪的投资银行,发表了一系列文章,后来以《别人的钱》之名结集出版,他指出政府管制不是为了限制企业创新,而是为了遏制银行家们无止境的贪婪。

进步运动中的积极分子满怀改造社会的雄心,他们提出的药方是:反对垄断、加强政府监管、改革政府、推动民主参与、重建社会和家庭价值。

垄断企业的力量不是太大了吗？那就把它们拆散。于是，美国国会先后通过了 1887 年的《跨州商业法》、1890 年的《谢尔曼反垄断法》、1914 年的《联邦贸易委员会法》和《克莱顿反垄断法》等重要法案。政府成立了专门的机构，调查大企业是否有价格歧视、互相派遣董事等"不正当行为"。

食品安全、工人劳动权利不是得不到保障吗？那就加强政府监管。受到辛克莱《屠场》一书的影响，食品安全引起高度关注，西奥多·罗斯福总统签署了《纯净食品和药品法》。美国农业部随后成立了食品和药品检查委员会，即后来食品和药品监督管理局的前身。辛克莱说："我瞄准的是人们的良心，但击中的是人们的胃。"美国各州陆续出台了有关妇女工作时间、最低工资等问题的法规，保护妇女和儿童的民间组织也风起云涌。

政府的贪污和无能不是让人们越来越不满吗？那就改革政府。首先，加快对财政体制的改革。原来在民粹运动时期就已经酝酿的个人所得税终于开始实施，征收个人所得税提高了政府的收入，也方便了政府进行收入再分配的调节。对政府预算的监督更加严格，各级政府都必须公开预算。其次，政府对社会福利的支出增加。除了对失业、工伤、妇女等福利项目的支出明显增加之外，政府还破天荒地增加了对教育的投资，尤其是对高中教育的投资。过去的高中教育是精英教育，学的是拉丁文课程，培养的是贵族。现在的高中教育开始面向大众，学的是英文课程，这大大提高了美国劳动力的教育水平，而且有效地对新移民的子女进行了"归化教育"。高中课程中有美国历史、社会研究等课程,通过这些课程的学习,美国逐渐把新移民融化在"大熔炉"之中。

城市化不是带来了贫民窟吗?那就去帮助他们。很多社会进步人士开始进入贫民窟,建立各种社会服务社。这些社会服务社给社区的穷人提供课程、托儿所、单身妈妈收容站,教育母亲如何照料孩子,大力提倡禁酒。在他们看来,需要改造的不仅仅是经济体系和政治体制,还有个人。这是一场野心勃勃的塑造"新人"的尝试。

如果美国进步运动的所有宏伟目标都实现了,那么,世界历史的进程可能从此改写。尽管进步运动的积极分子们不愿意承认,但他们其实深受社会主义的影响。事实上,或许只有社会主义的理想光芒才能化解资本主义的戾气。在第一次世界大战前后,正是各种社会思潮和社会制度的竞争白热化的时候。如果美国进步运动一直走得顺利,美国可能会率先走出一条中间道路。美国在第一次世界大战之后已经成为事实上的第一大国。试想,如果美国高举的是社会民主主义的旗帜,其号召力将远播世界各地。那么,还有可能会出现德国和意大利的法西斯主义、日本的军国主义和苏联的无产阶级专政吗?

但是,在第一次世界大战期间,美国的进步运动达到了顶峰,随后走向了衰退。很多进步主义者将战争看成一个绝好的机会。正如著名记者李普曼当时所说的,在对外和德国的独裁政权斗争的同时,"我们也要反对国内的暴君:科罗拉多的矿山、专制的钢铁行业、我们自己的血汗工厂和贫民窟"。进步主义者希望进一步扩大政府的职能,加强对市场的监管,并彻底改造美国国民。他们尤其对日益滋生的个人主义和享乐思想恨之入骨。"扒粪"记者雷·贝克（Ray Stannard Baker）这样描写他看到的美国公众："一群群普通人开着汽车在马路上无所事事地逛来逛去，上万名观众挤在电影院里，要不然就是喝着甜得发腻的饮料、吃着花里胡哨的冰淇淋。他们全都穿得花枝招展！他们全都吃得脑满肠肥！他们全都花得铺张浪费！"

遗憾的是，平庸的美国人民理解不了这样的良苦用心，进步主义者在他们眼里成了越来越令人反感的"事儿妈"。战争时期的征兵、经济管制，甚至对舆论的直接控制，都让美国人暗自担心，这是不是一种新的怪兽？战时的军事动员还带来了一种意想不到的后果。第一次世界大战刚一结束，美国就出现了罢工运动，1919 年爆发了 2600 次罢工，这是美国有史以来罢工次数最多的一年。受过军事训练的罢工工人和警察、军队发生冲突，规模一次比一次大，结局一次比一次惨烈。对共产主义的"赤色恐惧"也开始出现。比麦肯锡议员兴风作浪还早 30 年，美国就已经陷入了歇斯底里的症状。可以说"咆哮的 20 年代"，葬送了进步时代的伟大前程。

无论是 20 世纪 30 年代的罗斯福新政，还是 60 年代约翰逊的伟大社会，我们都能依稀看到进步运动的影子。但是，在这之后，没有一次变革像进步运动一样气势磅礴。像罗斯福这样有雄才大略的总统，也只是继承了进步运动对市场经济加强调节的衣钵，他根本就没有敢去想如何改造美国人民。像约翰逊这样胆大得近乎鲁莽的总统，也没有吸取进步运动的教训，他推行的大规模社会改造，在 20 世纪 60 年代再度引发示威游行、罢工和骚乱。美国之所以能够成就为一个伟大的国家，完全是拜当年的进步运动所赐，但美国政治生活中根深蒂固的对改革的恐惧、对政治的冷漠、对政府的怀疑，也是激进的进步运动留下的遗产。

历史起起伏伏，变革来了又去。无数次的改革，如同车站中人们熙熙攘攘的面孔，看起来既陌生又似曾相识。但是，在美国历史上只有一次改革，她刹那间出现，明艳照人，惊鸿一现，令人无限思恋。像这样的改革，从此之后，再也不会出现了。

## 黑的，还是白的？ 黄的！

多年之后，当行天丰雄最终上任日本大藏省①财务官（相当于财政部副部长）时，他一定会记得自己第一次到美国时的情形。

那是 1956 年，行天丰雄只是一名刚刚进入大藏省的小职员。他受到富布莱特奖学金的资助，到普林斯顿大学进修。坐了三个星期的船之后，行天丰雄终于跨越太平洋，踏上了美国的土地。他到美国的第一站是西雅图。刚到美国的行天丰雄，忐忑不安地走进一家快餐店，点了一份火腿生菜三明治。柜台后面的黑人服务小姐瞟了他

①　大藏省是日本自明治维新后直到 2000 年期间存在的中央政府财政机关，主管日本财政、金融、税收。——编者注

一眼,以一种居高临下的口气问他:"黑的还是白的?"

行天丰雄一下子愣住了,他不知道这个问题跟买个三明治有什么关系。是不是我说的英语不够清楚?于是,行天丰雄努力而缓慢地又说了一遍:"我要一份火腿生菜三明治。"黑人服务小姐不依不饶地问:"黑的还是白的?"窘迫的行天丰雄突然想到,别人都说美国有种族歧视,这会不会是问我是哪个种族的。经过激烈的思想斗争,行天丰雄觉得,自己必须接受良心的考验,要诚实做人。于是,他把胸脯挺了一挺,骄傲地说:"黄的。"

那个服务小姐被彻底激怒了。她一手举着一片白面包,一手举着一片黑麦面包,对行天丰雄吼道:"黑的,还是白的?"

日本和美国,是二战之后的一对奇怪的盟友。在第二次世界大战的太平洋战场上,日军给美军造成了巨大的伤亡。二战结束之后,美国本来是要狠狠地教训一下日本,但局势出现了奇妙的变化。美国人非常疑惑地发现,他们到了日本本土之后,遇到的不是日本军人顽强的抵抗,而是出乎意料的热情欢迎。这里有天真的孩子、美丽的女人、精致的文化,美国大兵们在东京乐不思蜀。美国本来要在日本移植民主制度,但当人们得到自由之后,他们支持的是共产主义。日本的工人和农民走上大街,如醉如痴地听共产党领袖充满激情的演讲。1946年吉田茂上台的时候,曾说自己是在"红旗的海洋中"任职的。出于对共产主义的担心,美国人选择了"拥抱失败",不再把日本视为敌人,而是刻意培养日美同盟。据说,裕仁天皇曾经想在东京审判的时候自杀,但麦克阿瑟将军告诉他,美国人会免除天皇的战争责任。

在美国的邀请下,日本参加了战后经济增长的盛宴。日本经济几乎在一片废墟之上迅速崛起。从 1946 年到 1952 年,美国对日本提供了 21 亿美元的金融援助,朝鲜战争也极大地刺激了日本的工业生产。在 20 世纪 50 年代和 60 年代,日本的年均国内生产总值增长率超过了 10%。由于美国承担了日本的防卫责任,日本可以心无旁骛地发展经济。在整个世界的眼里,日本人成了不折不扣的经济动物。1962 年,日本首相池田勇夫访问欧洲。当他在爱丽舍宫见到戴高乐总统之后,池田首相热情洋溢地向法国总统介绍日本的工业进步。等他离开之后,戴高乐对手下说,我怎么看都觉得这个人不像首相,更像个推销晶体管、收音机的商人。

随着经济的崛起,日本到 20 世纪 60 年代中期就成了发达国家的一员,但它是完全被动地被拉进来的。当时的发达国家都是欧美国家,彼此有着很深的渊源。尤其是在国际经济的谈判桌上,主要的参与者互相都很熟悉,甚至有着高度的默契。他们中的很多人亲身参与过布雷顿森林货币体系的创建,或者是创建者的门徒,他们感到,自己的肩上承担着保卫国际货币体系稳定的责任。这些长期浸淫在经济、金融事务中的官员们,说的是其他人都不了解的艰深术语,讨论的是政客们丝毫不感兴趣的枯燥细节,但整个世界经济体系的运转,就操纵在他们的手中。这很像一个高级祭司或流亡王子的俱乐部,对外充满了神秘色彩。

若论经济增长,日本就像一个身穿军装的士兵,顽强、坚韧、勇敢、冷酷,尽管衣衫褴褛,但始终斗志昂扬。在国际经济舞台上,日本就像一个裹在和服里的女人,胆小、羞涩、温顺、慌张,文静的外表下面,是复杂而世故的内心。在国际经济俱乐部里,日本始终是个尴尬的局外人。参加国际会议的日本代表团被称为"三 S 代表团"：smiling(微笑)，silent(沉默)，sometimes sleeping(有时候睡觉)。

1949 年，在美国占领当局经济顾问约瑟夫·道奇的建议下，日元对美元的汇率被确定为 360：1。据说，美国人听说日本的货币是"日圆"，既然是"圆"，那就 360 吧。这一比价一直持续到 1971 年。1971 年，尼克松总统突然关闭美元兑换黄金的窗口，迫使其他国家的货币升值。日元当时升值了 16.9％，从 1 美元兑换 360 日元升到了 1 美元兑换 308 日元。当时，天真的日本人并不相信美国人会让美元不断贬值，他们相信了尼克松总统和财政部长康纳利的话，以为这只是暂时的做法，美元很快还会回升，因此还在不停地以 360 日元的价格买入美元。

这还仅仅是一个开始。1973 年，当时还在美国财政部工作的保罗·沃尔克坐着一架喷气式加油机，开始了环球之旅。他的主要任务就是让其他国家的货币继续升值，他的第一站就是东京。沃尔克的飞机直接降落在东京的一个军事基地，再从军事基地坐上一辆茶色玻璃的轿车悄悄进了美国大使馆。保罗·沃尔克带来了美国的要求，日元对美元的汇率要升值至少 20％。经过讨价还价，日本接受了日元升值 15％。保罗·沃尔克略有些失望，但仍然很满意，他着急要离开，赶到欧洲继续做说客，匆忙之中，连帽子都忘在了日本。

看到日元不断地升值，日本政府也觉得隐隐不安。他们能够做的，就是入市干预。在整个 20 世纪 70 年代，日本一直在努力地维持日元汇率稳定，但几乎每次在付出了很大的代价之后，仍然是以失败告终。1977 年，日本花了不下 60 亿美元干预汇市，结果呢？年初的时候日元对美元的汇率是 291∶1,到年底就升到了 241∶1,整整升值了 20％。1978 年 3 月,日元又突然升值,日本耗费了 55 亿美元入市阻击,但在一个月的时间,日元对美元的汇率就从 240∶1 升至231∶1。

进入 20 世纪 80 年代之后,美元加速升值。起初,由于越南战争和约翰逊总统"伟大社会"的政策,美国的债务压力不断增加,通货膨胀愈演愈烈。1979 年保罗·沃尔克就任美联储主席,他果断地提高美国利率,最高的时候,利率一度超过了 20％,西德总理赫尔穆特·施密特曾经抱怨说,这是"自耶稣诞生以来最高的利率"。紧缩的货币政策很快就控制了美国的通货膨胀,美元也随之走强。一开始,这是美国乐于看到的。里根总统喜欢提的口号是:"强大的美国,强势的美元。"但美元的急速升值给美国的出口带来了负面冲击。

与此同时,美国的竞争对手干得越来越好。第一次石油危机爆发之后,日本显示出无与伦比的适应能力。作为一个资源极其稀缺的国家,石油危机对日本经济的冲击最大,但日本是第一个从石油危机中走出来的国家。1975 年日本尚有贸易逆差 5 亿美元,到 1978 年已经积累了 170 亿美元的贸易顺差。随后,贸易顺差占日本国内生产总值的比例越来越高,1981 年是 0.4％,1985 就已经升至 3.7％。美国人不乐意了。国会要求制裁日本出口的声音一浪高过一浪,美日之间的贸易战一触即发。

1985 年 1 月 17 日,在五国集团(G5)的财政部长、央行行长会议上,各国商议,要"视必要性对市场进行干预"。恰逢此时,美国财政部出现了换届,贝克代替了里根,成了新一任财政部长。过去的美国财政部长唐纳德·里根是理想主义者,他对日本的策略是想推动日本实行金融市场自由化和日元国际化，但最后发现行动太慢、效果不清晰。美国的急性子，遇上了日本的太极拳。詹姆斯·贝克是律师出身，非常务实，他一上台，就把汇率问题当做最重要的谈判目标。

这就是《广场协议》的签订背景。《广场协议》是 1985 年 9 月 22 日在纽约中央公园对面的广场饭店拍板的。其实，各国官员用了不到 20 分钟的时间，就通过并公布了联合声明。到午餐时间，大家秘密商议的是具体的操作方案：怎么救，谁花钱？在《广场协议》之前，美国早已心中有数。1985 年 6 月份在东京召开十国集团 (G10) 会议的时候，美国就已经和日本开始了磋商。7 月 22 日，美国已经把自己的方案内容透露给了日方。美国在谈判的过程中，采取的是"分而治之"的策略，先和日本达成原则上的一致，然后到欧洲，告诉欧洲各国，日本已经答应了我们。当欧洲各国也表示同意之后，美国再回到日本，用欧洲的合作敲打日本，要求日本接受更苛刻的条件。磋商的结果基本上符合美国的想法：干预的目标是，要让美元贬值 10％～12％；干预的方式是，各国均在外汇市场上抛售美元；干预资金的分配方案是，美国和日本各出 30％，德国 25％，法国 10％，英国 5％。

美国得到的，其实比他们想要的还更多。保罗·沃尔克在回忆录《时运变迁》一书中写道，当时让美国人吃惊的是，日本的大藏大臣（财务大臣）竹下登主动提出，日本可以承受百分之十几的日元升值。为什么日本会如此积极呢？这主要是因为日本政府非常担心，如果日元升值的幅度不够大，美国就会通过《美国贸易法》中的"301 条款"，对日本的出口实行严厉的制裁。日元升值固然会影响到日本的出口竞争力，但总比激怒了美国，让美国把市场的大门彻底关上要好。《广场协议》签订之后的七天之内,五国集团共抛售了 27 亿美元,其中日本最为卖力,卖出了 12.5 亿美元。

《广场协议》后来变得家喻户晓,但当时却极其神秘,像是黑手党要开秘密会议,美国要求各国国家必须严格保密,这对日本是个问题。日本有规定,凡是内阁部长出国,在国会开会期间必须得到国会的批准。要是拿到国会申请,国内市场马上就会知道一切。当时的大藏大臣竹下登和中曾根康弘首相想了一条"金蝉脱壳"之计。两人约定,中曾根康弘在竹下登不在期间代理大藏大臣。竹下登假装要到成田机场旁边的一个高尔夫球场打球。他带着高尔夫球杆和球鞋,但行李却已经藏在轿车的后备箱里。竹下登好像很悠闲地出现在球场,到球场打了九个洞,中途就匆匆赶往机场。他害怕被其他日本乘客认出来,甚至不敢坐日本的航班,而是订了泛美航空公司的航班机票,直接飞往纽约。

有一种流行的说法是,《广场协议》签订之后的日元升值,导致了日本经济的崩溃。这种观点在 1985 年和 1986 年较为流行,但到 1988 年左右就逐渐消失了。大家发现,日元升值之后,日本的贸易顺差还是很大。1986 年日本贸易顺差占国内生产总值的比例达到了最高值 4.4%,到 1987 年还高达 3.6%。提起贸易顺差,日本人自己都不知道该怎么降下去。田中角荣首相出于善意,想通过订购美国的飞机,把贸易顺差降下来,结果反倒惹了一身腥。国内公众指责他在这单生意中拿了回扣。中曾根康弘在访美期间,高调号召日本人多买美国货。他甚至在电视摄制组的陪同下,到了一家美国的商店,以身作则,购买了两条漂亮的领带。遗憾的是,这两条领带是法国生产的。

　　大多数日本的官员和学者都认为,真正造成日本经济崩溃的原因,不是因为签订《广场协议》之后引起的日元升值,而是因为紧接着的《卢浮宫协议》之后,日本过度放松货币政策,导致房地产价格和股票价格疯狂上涨,到了 1989 年,日本银行又突然加息,一下子戳破了泡沫,这才导致日本经济一蹶不振。

　　但日本的失误在于:始终没有想好如何处理国内经济和国际政治之间的关系。之所以当年如此配合美国,在某种程度上是由于中曾根康弘和里根的"友谊"。1982 年至 1987 年中曾根康弘执政期间,热衷于和美国搞美日安全保障合作。中曾根康弘把日本称作是美国"不沉的航空母舰"。美国人在谈判时的小小花招,也会让日本人轻易地上当。美国财政部长贝克曾经向竹下登低头鞠躬,恳求日本帮助美国,这对日本人来说,真是莫大的"外交胜利"。但当国内反对力量汹涌,中曾根康弘和竹下登一起写信给里根总统和财政部长贝克,请求他们帮助缓解日元升值压力时,美国客客气气但毫不犹豫地就拒绝了。但日本如果变得强硬起来,后果可能更糟。曾任日本大藏大臣、后来做过日本首相的宫泽喜一,能讲一口流利的英语,自恃已经是国际金融界"流亡王子俱乐部"的资深成员,他在见到克林顿总统的时候,居然跟克林顿说:"你是个新手,但我很有经验,我可以教你如何来做。"当时美国的副国务卿,私下对她的日本朋友就说,宫泽肯定干不长久。果然,不久之后,宫泽就下台了。

　　在参与国际经济谈判的战场上,日本屡战屡败,他们几乎把能够犯的错误都犯了:金融自由化惹出了金融危机,日元国际化最后半途而废,曾经想倡导亚洲货币合作,最后连日本人自己都渐渐淡漠了。

第三章

向后转！向前走！

# 向后转！向前走！

有时候，历史的演进会突然出现逆转。日本在 16 世纪就已经从西方引进了枪炮。16 世纪晚期，日本开始大规模制造和使用枪支、火炮，当时，日本军队在作战时使用的枪支数量甚至超过任何一支欧洲军队。但很快，在 17 世纪初，日本却主动放弃了枪炮。在这之后的 250 年时间里，日本人逐渐忘记了制造和使用枪炮的技能。直到 1853 年美国的"黑船"开到他们的门口时，日本人才如梦初醒，原来自己犯了一个如此巨大的错误。

仿佛一队行军中的士兵，好好地向前行进，却突然接到号令："向后转！向前走！"前队变成了后队，行进变成了撤退。为什么历史会出现这样的倒退呢？

1543 年，一艘中国船只被台风吹到了日本南部鹿儿岛的种子岛。船上大多是中国海盗，还有三个葡萄牙人。这三个葡萄牙人，是日本第一次见到的西方人。有一天，一个葡萄牙人拿枪打下来一只野鸭，被当地的统治者时尧公看到了。时尧公从没见过这种武器：一勾扳机，就可以置人于死地。他出价 2000 两银子，买了两杆枪。当时一个工人的月薪,也不过 6 两银子。枪支一到手,时尧公马上命令他手下的首席工匠八板金兵卫仿造一支出来。八板金兵卫是当地有名的能工巧匠,但他从来没有见过火枪,扳机部分到底是怎样一回事,他百思不得其解。事有凑巧,几个月之后,又有一只葡萄牙船又被台风吹到了种子岛。八板金兵卫不惜付出巨大的代价,答应将自己 17 岁的女儿许配给葡萄牙人,葡萄牙船长就让船上的铁匠教会了八板金兵卫如何造出枪支。不到一年的时间,日本人就学会了制造枪支。不出十年,日本人就已经能大批量地制造枪支。不到二十年,枪支就已经在战场上登台亮相。据记载,1560 年,一位身披重甲的将军在战斗中被子弹击毙。

最早,日本人对枪支的威力仍将信将疑,因为早期的枪支并不好使。16 世纪,火绳枪枪手装填一回弹药的时间,足够弓箭手射出 15 只箭。当时,火绳枪的射程只有大约 70～100 米。如果一下雨,火绳枪就点不着火,而日本又是一个多雨的国家。当时,日本的盔甲和刀剑质量远胜欧洲。一个流传甚广的故事说道:有一次,一位身受重伤的将军倒在战场上,他的敌人想砍掉他的头颅,但怎么也砍不下来。垂死中的将军睁开眼睛,跟敌人说:"你想砍掉我的脑袋吗? 先把我脖子上的咽喉轮(nodowa)摘下来。"日本的铁矿质量上乘,铸剑技术精益求精。一流的铁匠在锻造兵器时会反复锤打、包折、再锤打,直到一把武士刀的刃口有 400 万层优锻钢。在日本的一部纪录片中,15 世纪制刀大师兼元二世制造的一把刀,能轻易地将一挺机关枪的枪管劈成两半。

不过,日本人在很快掌握了制造和使用火绳枪的办法后,对其进行了革新。他们训练士兵，提高了射击的速度；校正了准星，提高了射击的精确度；他们还发明了一种罩在火绳枪上的小盒子，这样即使下雨天也可以射击。日本人造出来的火绳枪质量非同一般，很多火绳枪在 16 世纪和 17 世纪的战争中多次使用。17 世纪之后这些火绳枪被入库封存，直到 19 世纪后期，日本人又想起来要用枪炮时，把这些曾祖父辈的火绳枪拿出来，居然还能用。16 世纪，正是日本的内战时期，日本的三位英雄人物，即织田信长、丰臣秀吉和德川家康，陆续镇压了各地的诸侯。在战火纷飞的年代，日本人非常迅速地将枪炮的威力发挥到极致。尤其是织田信长，他原本是长矛刀剑的崇拜者，后来他又组织了一支强大的铁炮队。到 1575 年，在和武田胜赖的决定性战役长筱之战中，织田信长的部队有 3.8 万名士兵，其中 1 万名是火绳枪手。据说，武田的大军多为骑兵，试图从高地俯冲而下，踏破织田大军的阵营。但织田信长在营寨外设立了防马栅，栅栏后面的火枪手分成三队，分批射击，彻底击溃了武田多年经营的精锐骑兵。

令人奇怪的是，当德川家族最终统一了日本之后，就逐渐放弃了枪炮。德川家族并未明令禁止使用枪炮。日本放弃枪炮，是一个缓慢的过程，最早可追溯到丰臣秀吉统治时期。1587 年，丰臣秀吉曾下令，为了铸造一尊雄伟的佛像（大致有自由女神像两倍那么大），需要在日本全国收缴枪支，铸枪为佛。1607 年，德川家康再次下令，对枪炮的制造和购买实行政府直接控制；所有的枪炮，只能在长滨一地制造；所有购买枪炮的订单，必须经枪炮专员的批准。政府的枪炮订单越来越少，很多枪炮工匠最终改行，改为制造刀剑、盔甲和长矛了。

日本人也不再对改进枪炮技术感兴趣。17世纪中叶,欧洲军队开始装备更先进的燧发枪。有一种观点认为,燧发枪的点子是欧洲人从日本人那里受到的启发,因为日本人抽烟时会熟练地用燧石点火。但是,这时候,日本人自己对枪炮已经完全不感兴趣了。只有在一些仪式活动中,才能看到枪炮。

你可能会惋惜,认为日本这样做是出于愚昧和无知,但日本这样做自有其道理。当德川家康统一了日本之后,国内不再有战乱。日本孤悬海外,也没有什么外部的敌人。蒙古军队曾于1274年登陆日本列岛,遭到日本军队的激烈反抗。1281年忽必烈再度调集一支庞大的远征军讨伐日本,太平洋上突然刮起了台风,风暴持续四天,元军的舰船损失大半。他们走了,再也没有回来。西班牙王室专门叮嘱其在东亚的指挥军,不要招惹日本人。17世纪20年代,西班牙士兵和一批日本浪人在暹罗交手,结果西班牙人输了,这也让西班牙再也不敢小觑日本人。而在1592年,日本入侵朝鲜,并野心勃勃地打算进一步侵略中国,占领菲律宾,但在朝鲜就以失败告终。之后,日本人也放弃了对外侵略的意图。在整个德川家族统治的260多年时间,日本处于难得的和平与稳定时期。可以说这一时期的日本最关心的是国内稳定,而非对外扩张。而在西方,若不是欧洲在此期间一直经历着战争和冲突,西方的军事技术怎么可能遥遥领先?

如果考虑到政治稳定,那么放弃枪炮就是一种最佳的选择。因为枪支的扩散易于导致潜在的社会动乱。更为重要的是,日本的统治高度依赖于武士阶层的支持,而武士阶层强烈反对枪炮。据估计,在16世纪末,日本约有200万名武士,相当于总人口的7%～10%。

从某种意义上讲,日本的武士阶层与欧洲的骑士阶层有相似之处,但日本的武士更加注重文化修养。日本武士不仅要会舞刀用剑,而且要会吟诗作赋。武士阶层讲究优雅,讲究礼仪。两个武士交手之前,会先向对手鞠躬致意。火枪的出现,会打破武士的特权地位。一个泥腿子农民,也可以躲在壕沟里,用一颗子弹轻易地报销一名顶级的武士,简直是一种侮辱。火枪是胆小鬼的武器。其实,欧洲的骑士们也瞧不起火枪,但他们与日本武士相比,人数太少,几乎没有一个欧洲国家的骑士阶层人数能超过总人口的1%。对日本武士们来说,反对枪炮,是一种崇高的信念,是为了保存美丽而秩序井然的社会传统。

你或许认为,这是一种错误理念,因为没有枪炮、没有西方文明,日本的闭关自守让它成了一个落后而荒蛮的国家。的确,日本没有出现工业革命,军事技术也大大落后于西方。1853年,美国海军准将佩利的军舰开进东京湾的时候,岸边的炮台上,还是200年前的大炮,而且几乎没人会用了。日本国门开放之后,到日本的外国人原本以为将看到的是一片蛮夷之地,但他们很吃惊地发现:东京的人口死亡率比纽约和波士顿还低,因为日本的公共卫生体系远比美国先进;日本国内的道路四通八达,邮政系统比美国东北部新英格兰地区效率还高;日本的商船规模比大部分欧洲国家更大。他们看到的是3000万健康、快乐的居民,经历了200多年的和平、安定的生活后,人人脸上带着淳朴的笑容,日子过得健康、快乐。1858年,美国总领事汤森·哈里斯(Townsend Harris)就曾发出如此感慨:"这是我在别的国家从未见到的,这几乎就是一个朴素而诚实的黄金时代。"

日本为什么会出现历史的倒退，这本身就是一个错误的问题。历史犹如山路，有时候，会出现急剧的转弯，有时候，上山路会变成下山路，但在开车司机的眼里，他一直在小心翼翼地向前行驶，从来没有改变。

# 谁会为阿根廷哭泣？

犯错误并不难，难的是每一次都犯错误。经过将近一百年的努力，阿根廷终于成功地让自己成了"失败国家"的范例。

原来并不是这样的。大约在 19 世纪下半叶到 20 世纪 30 年代之间，阿根廷还曾经是世界上最富裕的国家之一。那个时候的阿根廷看日本，就像现在的日本看阿根廷一样高高在上。19 世纪末到 20 世纪初，是阿根廷经济增长的黄金时期。当时是历史上出现的第一次经济全球化，而阿根廷正是全球化的宠儿。阿根廷是贸易全球化的最大受益者之一。由于欧洲的人口不断增加，人均消费的食物数量也不断增加，阿根廷很快就成了世界上最重要的农产品出口国，先是粗羊毛，然后是小麦和冷冻牛羊肉。阿根廷也是金融全球化的最大受益者之一。在国际金本位制的庇护和低利率的刺激下，大量外资涌入阿根廷,支持了其国内铁路体系的建设。1900 年到 1914 年,阿根廷的铁路投资增长了 150％,成为拉丁美洲铁路最发达的国家。阿根廷更是劳动力全球化的最大受益者。从 1871 年到 1914 年,至少有 300 万欧洲移民来到阿根廷,他们在整个美洲都算得上是教育程度最高、技能最为娴熟的移民,即使是穷人和底层的工人,都很少有文盲。1913 年,阿根廷的人均收入比法国、德国、西班牙和意大利都高。

即使是遥远的第一次世界大战,也没有阻止阿根廷经济增长的步伐。在整个 20 世纪 20 年代,阿根廷的年均经济增长率高达 6.7％。但是,到了 20 年代,政治的节气已经变换。大量的移民带来了桀骜不驯的工人阶级,高速经济增长使得中产阶级满怀期望,但是,控制政权的大地主阶层并没有做好让大众参与政治的准备。1916 年激进党赢得了总统选举,上台的伊里戈延总统转而推行经济民族主义。当权者和工人形成了联盟,他们怂恿工人罢工,反对外国公司。1907 年在巴塔哥尼亚地区发现油田之后,政府毫不犹豫地禁止外国石油公司进入。有人问阿根廷国有石油公司的总裁恩里克·莫斯科尼将军,怎么看荷兰皇家壳牌石油公司和美国标准石油公司的区别,莫斯科尼将军说,一条是粗糙的绳子,一条是光滑的绳子,但都是为了勒死我们。

人们很快就对这种陈腐的经济民族主义政策感到失望了。1929 年美国经济大萧条也传染到了阿根廷。1930 年,阿根廷爆发了军事政变。1943 年,再一次爆发了军事政变。参与这次政变的都是一些低级军官,他们之中军衔最高的是胡安·多明戈·庇隆上校。在新政府中,庇隆上校先是担任劳工部长,最终以其色彩浓郁的民粹主义政策赢得了普通工人的支持。1945年30万工人在玫瑰宫前高呼:"庇隆,庇隆!"抗议军政府逮捕庇隆。工会领袖组建了工党,并推选他们的英雄庇隆以工党候选人的身份竞选总统。庇隆把自己的政治纲领称为"正义主义",但这面写着正义的旗帜,却将阿根廷带入了社会歧视和阶级斗争的政治荆棘丛中。到20世纪70年代,激进的大学生和工人组织了游击队,他们发动武装袭击和暗杀活动。1974年,年迈的庇隆死于心脏衰竭,庇隆夫人担任总统。不,这并不是那个你知道的庇隆夫人,那个出身卑微但光芒四射的艾薇塔·庇隆,早在20多年前就已经去世了。这位庇隆夫人是年轻的伊莎贝尔·庇隆。庇隆的遗孀面对混乱的局势显然不知所措,她甚至要靠星相占卜作出决策。1976年军政府卷土重来,发动了针对左翼势力的"肮脏战争"。为了清除剩余的大约2000名游击队员,军队杀害了将近2万名阿根廷人。在无休止的政治斗争中,阿根廷一步步走向衰落。1950年,阿根廷的人均国内生产总值相当于发达国家平均水平的84%,到1973年,已经下跌到65%,到1987年,更是跌至43%。

1989年,当梅内姆赢得总统选举的时候,阿根廷经济已经陷入了极度的混乱,年通货膨胀率高达3000%。阿根廷人自嘲说,总算到了坐出租比坐公交车还便宜的时候,因为坐公交车是上车就买票,坐出租车是到了地方才付钱。梅内姆总统试过狠招,他甚至下令没收中产阶级的短期存款,强制将其换为长期国债。1990年通货膨胀起初略有下降,最终还是达到了2000%以上。阿根廷似乎已经得了绝症。

1991 年 1 月 29 日，多明戈·卡瓦略被任命为经济部长。消息公布的当天，布宜诺斯艾里斯的股市上涨 30％。救星来了，奇迹似乎就要发生。市场对卡瓦略寄予厚望：他和别的官僚不一样，他是哈佛大学的经济学博士；他有经验，曾经做过阿根廷央行行长和外交部长；他做事雷厉风行，小时候他妈妈就把他叫做"闪电"。

果然，不出市场所料，卡瓦略很快就出招了。1991 年 4 月 1 日，卡瓦略宣布，废除上一任政府发行的旧货币，发行新比索。新比索和美元将严格地保持 1∶1 的兑换比率。这种严格的钉住汇率制，意味着阿根廷的央行不能再随意发行货币。没有等值的美元储备，央行就不能发新货币。如果想给别人 1 比索，自己必须得有 1 美元。曾经获得诺贝尔经济学奖的谢林教授说过，"绑起自己的手，反而得到更大的自由"。何以会有这样的效果？因为只有对自己加以严格的约束，才能够让别人相信自己的诚意。在卡瓦略的主持下，比索和美元举行了一场天主教的"婚礼"。按照神的旨意，这场婚姻是不可违约的。

起初，很多人不信卡瓦略的兑换计划能生效。至少，国际货币基金组织的很多经济学家就不信。但奇迹真的出现了。1992 年阿根廷的通货膨胀率下降到 17.5％，1993 年降至 7.4％，1994 年进一步降至 4.2％，随后在 20 世纪 90 年代的其他年份，阿根廷的通货膨胀率都为零。反通货膨胀战役的胜利，鼓舞了人们的信心，大家敢把自己的钱存到银行了。银行存款开始增加，有了更多的存款，银行才能对外放贷，经济生活中才有了氧气。1991 年和 1992 年，阿根廷的经济增长率高达 10％，1993 年为 6.3％，1994 年为 5.8％。闪亮的国内

若有所失

生产总值增长创造了更多的就业机会，贫困人口随之减少。

但是，卡瓦略的政策只控制了货币政策，他未没有控制财政政策。阿根廷从成功走向失败，转折点就是财政政策的疏忽。随着市场信心的增加，政府发现自己可以很方便地借债。国际金融机构推波助澜，帮助阿根廷政府发债。一波又一波国外投资者来到布宜诺斯艾里斯，在投行人士的安排下，白天开会，听阿根廷政府官员、学者充满信心的演讲，晚上在高档餐厅吃饭，看探戈歌舞秀。最受欢迎的地方是马德罗港一带的豪华酒店。这里原本是一个被废弃的码头，如今成为布宜诺斯艾里斯最时尚的社区。到过这里的外国投资者，没有几个能抵挡得住阿根廷的诱惑。高盛的一份关于阿根廷的报告，把这里称作"美丽新世界"。投资者热捧阿根廷国债，负责帮阿根廷发债的国际投行，数钱数得都手软了。阿根廷的外债急剧膨胀。1991 年，阿根廷的外债大约 600 亿美元，到 2001 年已经是 1270 亿美元。如果你是个政治家，看到可以如此容易地借到钱，你怎么还会有积极性，费力不讨好地增加税收、控制支出呢？

国际货币基金组织从最初的旁观者，变成了一个坚定的支持者。尤其是在 1998 年俄罗斯金融危机之后，市场的恐慌情绪在蔓延。俄罗斯金融危机导致美国长期资本管理公司破产，金融危机导致亲西方的俄罗斯政府下台，马来西亚总理马哈蒂尔公开抨击国际货币基金组织和国际投机资本。在此危难时刻，国际货币基金组织急于在全球范围内寻找榜样的力量，因此力挺阿根廷。阿根廷从各个方面来看，都是西方推行的"华盛顿共识"的最忠实的信徒。在 1998 年年底召开的世界银行和国际货币基金组织年会上，梅内姆总统享受到

100

和克林顿同席的殊荣。国际货币基金组织总裁康德苏对记者说，阿根廷实行了大胆的改革，经受住了1994年墨西哥金融危机和1997年东亚金融危机的冲击，在很多方面，阿根廷"都堪称楷模"。

东亚金融危机和俄罗斯金融危机之后，市场的情绪已经出现逆转，流入新兴市场的资金几乎枯竭。1999年1月13日，巴西又出现了危机，这也导致巴西的货币雷亚尔严重贬值。这次危机使得阿根廷的局势急转直下。巴西是阿根廷最大的出口国之一，阿根廷有1/3的出口销往巴西。巴西出现经济危机之后，阿根廷的出口暴跌。与此同时，美元走强，因为比索钉住美元，被美元拖着走，出口价格竞争力受到冲击，又被绊了个趔趄。金融危机之后世界市场上谷物和初级产品的价格下跌，这对阿根廷来说真是祸不单行。

经此轮冲击之后，阿根廷大势已去。阿根廷仿佛一条破船，船底漏水，桅杆折断，但暴风依旧刮个不停。1999年10月德拉鲁阿当选阿根廷总统。新政府希望通过削减财政赤字的计划赢得市场的支持，但很快就陷入了一个恶性循环：在经济衰退时期紧缩财政，经济会进一步下滑，债务进一步膨胀。国际资本已经不再相信阿根廷。无法在海外发债，阿根廷政府只得强迫本国银行购买国债。2000年10月，副总统阿尔瓦雷斯（Carlos Alvrez）因与总统意见不合提出辞职，这让市场更加恐慌。2001年阿根廷经济部长马奇内亚辞职，继任者没有干够两周就不干了。德拉鲁阿不得不请自己竞选总统时的竞争对手——当年的老英雄多明戈·卡瓦略出山担任经济部长。卡瓦略自1996年之后就没有继续担任经济部长，离开梅内姆政府之后，他自己组建了一个小党，一直在等待东山再起的机会。卡瓦略对自己的才能充满了自信,他曾跟美国财政部长奥尼尔讲:"你们的人生经历都是跟全球化打交道,我的人生经历就是跟经济危机打交道。"

即使自负如卡瓦略,也已经无力回天。他尝试过"债务互换",即劝说债权人自愿地把手中的短期债券换成长期债券。短期来看,这样的做法可以避免阿根廷出现偿债高峰,减少债务压力,但从长期来看,反而增加了阿根廷的债务负担。短期内减少压力,长期内债务更多。卡瓦略还试过"零赤字政策",下决心削减13%的公务员工资和养老支出,冻结各省的支出。结果,各省开始自己发行货币,局势更加失控。2001年10月,当国际货币基金组织总裁卡勒去见一群华尔街巨头的时候,华尔街的巨头们向他提出的建议是:让阿根廷债务重组。"债务重组"是华尔街上的黑话,翻译成白话,就是阿根廷可以部分违约,欠债不还。想象一下,一群债权人提出的建议是,让债务人不要再还我们的钱了! 华尔街已经看得透亮,阿根廷早已无药可救。既然总是要砍上来的,不如选一把快一点的刀。

还没有等到阿根廷政府制定好债务重组的方案,危机就已经爆发了。为了挪出钱还12月份的债,卡瓦略从国民养老基金中动用了数十亿美元的资产,这引起工会的强烈抗议。12月19日至20日,工人开始上街游行。在卡瓦略的家乡科尔多瓦,人们捣毁了市政府大楼。德拉鲁阿总统在电视上发布戒严令。这只能使人们更加愤怒,上街示威游行的人越来越多,很多超市和商店被洗劫一空。当有消息传来,在一场冲突中有16人被打死时,卡瓦略被迫辞职。德拉鲁阿总统也随之递交了辞呈,并于当日坐飞机离开了玫瑰宫。玫瑰宫外,是愤怒的群众。他们手里拿着平底锅,用敲打锅底的噪音表示抗议。在之后的两周内,阿根廷处于政治瘫痪状态,先后换了四位总统。最后一位是杜阿尔德总统,在他的请求下,阿根廷国会于 2002 年 1 月 6 日宣布,取消比索钉住美元的汇率制度,比索大幅度贬值,并开始浮动。神圣婚姻彻底破裂了。

其实,从 2000 年以来,阿根廷在很大程度上是靠着国际货币基金组织的贷款硬撑着。2000 年 12 月国际货币基金组织同意向阿根廷贷款 140 亿美元。2001 年 8 月又追加贷款 80 亿美元。但是,到了最关键的时刻,国际货币基金组织放弃了。2001 年 12 月 5 日,国际货币基金组织宣布,不再向阿根廷提供援助。这又是一个让阿根廷人难以释怀的始乱终弃的故事。当阿根廷躺在重症护理室的病床上奄奄一息的时候,是国际货币基金组织,在阿根廷还睁着眼睛的时候,拔掉了输氧的管子。

这并不是故事的结局。金融危机之后,比索大幅度贬值,阿根廷停止支付 1320 亿美元的债务,之后,阿根廷的经济开始发疯一样地增长。2003 年至 2007 年,阿根廷国内生产总值平均增速高达 8.3%,超过了除中国以外的其他任何经济大国。但是,又一场泡沫会出现,又一场泡沫会最终破灭。这就是阿根廷。在这里,未来是不能贴现的收益,历史是已经沉淀的成本。在阿根廷的大街小巷,你还能够听到 20 世纪 30 年代有名的探戈歌手加德尔忧伤的歌声:

尽管我不想回,
人们总是回到自己的初恋。

回去,带着萎缩的额头,

时光的雪花镀银双鬓,

感觉生命不过是一股清风吹过。

# 不平静的高加索

1837 年 2 月,莱蒙托夫被任命为下诺夫哥罗德高加索骑兵团准尉。这位年轻的诗人在途中染上了感冒,休养了一段时间之后开始追赶大部队。他翻山越岭,身着切尔克斯人服装,肩背步枪,在旷野中过夜,在狼嚎声中入眠。在《哥萨克摇篮曲》中,莱蒙托夫写道:"捷列克河在乱石中奔流,波浪拍打着两岸,可怕的车臣人爬到岸上,正在磨快他的刀剑。"

车臣位于俄罗斯南部,高加索山脉的北部。从黑海到里海,高加索山脉绵延约 700 英里。在高加索山脉的北部,一共有七个俄罗斯的共和国:阿迪格、卡拉恰耶夫-切尔克斯、卡巴尔达-巴尔卡尔、北奥塞梯、印古什、车臣和达吉斯坦,面积大约相当于美国的华盛顿州,或中国的贵州省。这里的人口大约有 600 万~900 万,是俄罗斯民族最多的地区。俄罗斯人散居在各地。索卡西亚人(包括阿迪格人、切尔克斯人和卡巴尔人)以及讲土耳其语的卡拉恰耶夫人、巴尔卡人主要住在西边的三个共和国。奥塞梯人主要住在北奥塞梯共和国。印古什人和车臣人分别住在印古什共和国和车臣共和国。达吉斯坦的民族最为多元,这里的人们讲30多种不同的语言。除了北奥塞梯苏维埃社会主义自治共和国(居民主要是基督徒),这个地区的大部分人口信奉伊斯兰教。

18世纪,彼得大帝的军队横扫高加索南北,使这一地区成为帝国的一部分。从1801年到1829年,俄国在高加索南部,即现在的格鲁吉亚、亚美尼亚和阿塞拜疆,把反对俄国的僧侣和贵族们赶走,牢牢地建立了自己的统治。由于在这些地方,原本就有一些势力较大的亲俄贵族,因此俄国并不需要从头建立政治秩序,它只需要支持和培养自己的代理人就行。但是,北高加索地区却始终没有安定下来,而是变成了一个血仇之地。

北高加索地区地形复杂,民族众多,这里没有强而有力的本地政治首领,没有龙头,只有一群扶不起来的地头蛇。起初,俄国试图拉拢当地的头领,给予他们权力,希望他们能给当地带来秩序。但是,被扶植的当地头领难负众望,不断有反叛力量起来,反对他们。俄国为了扶植自己的羽翼,不得不卷入当地的纷争。反叛者的力量日益壮大,比如在19世纪30年代突然崛起的山地领袖沙米尔(Shamil),猛烈地进攻在车臣和达吉斯坦的亲俄统治者。沙米尔的敌人是当地的统治者,他认为这些人背叛了伊斯兰教义,出卖了山地农民的利益,而俄国只是他的第二个敌人。

在苏联时期,苏维埃政权在这里镇压过土匪。1943年和1944

年,斯大林认为,北高加索人和纳粹互相勾结,乘机反抗苏联,于是,他强迫至少50多万北高加索人迁往中亚。直到1953年斯大林去世之后,这批北高加索人才被允许回到家乡。这一辛酸的历史给北高加索人留下了屈辱的记忆。第一次车臣战争中,车臣首领是杜达耶夫。他在出生不久就随亲人一起被关进铁罐车,开始了流放生涯。

1994年,叶利钦总统派兵进入车臣,镇压车臣的分裂势力。第一次车臣战争爆发了。首先,俄军的轰炸造成了大量的平民伤亡,接着,当俄军慵慵懂懂地进入车臣首府格罗兹尼的时候,遇到了激烈的巷战抵抗,俄军伤亡惨重。从1994年12月战争爆发到1996年12月俄军撤出车臣,俄罗斯出动了17万兵力,阵亡数千人。1999年,车臣叛乱分子首领巴萨耶夫发动对达吉斯坦的袭击,声称要"解放高加索"。和第一次车臣战争不同,第二次车臣战争的双方,目标均有了很大的改变。第二次车臣战争也吸引了很多境外的穆斯林的关注,他们希望能够在这里掀起来一场宗教复兴运动。普京也不再把打击对象定性为分裂分子,这次的打击目标是恐怖分子。这一场"反恐行动"一打就是十年,到2009年4月,俄罗斯才宣布第二次车臣战争结束,从车臣撤军。

北高加索仍然处在动荡之中。2009年夏天,北高加索地区恐怖事件仍然不断,至少有5起针对当地亲俄官员的暗杀行动。恐怖袭击已经不仅仅局限在车臣,印古什过去被认为是温顺而和平的,但现在却成了最不安分的共和国,恐怖事件也已经扩散到了达吉斯坦和卡巴尔达-巴尔卡尔。来自北高加索的恐怖分子还到了莫斯科和其他地方。2009年11月,一辆从莫斯科驶往圣彼得堡的豪华列车,因发生爆炸脱轨,造成 30 名乘客死亡。2010 年 3 月,莫斯科地铁发生两起人体炸弹爆炸事件,40 多人死亡。俄罗斯内政部官员说,2009 年,在北高加索发生的恐怖事件比 2008 年增长了 60％。俄罗斯发生的恐怖事件中,有 80％发生在北高加索。俄罗斯首相德米特里·梅德韦杰夫(Dmitry Medvedev)承认,北高加索是俄罗斯最严重的国内政治问题。

在北高加索问题上,俄罗斯软也不是,硬也不是;放也不是,收也不是。如果俄罗斯对待北高加索的恐怖分子太过软弱,就会引起公众的不满。俄罗斯的民族主义者就会利用这种不满,登上政治舞台。当前,已经出现了极端民族主义暴徒袭击来自高加索和中亚的穆斯林的事件。如今,穆斯林已经占到俄罗斯人口的 15％,大约有 200 万穆斯林住在莫斯科。如果这种民族对立的态势继续恶化,俄罗斯可能就真的会爆发内战了。但如果俄罗斯采取强硬态度打击恐怖分子,一来可能使公众的自由受到限制,二来反而可能激化矛盾。当那些从土耳其或埃及回国的穆斯林被当地的警察或联邦安全官员视为潜在的恐怖分子,严加审讯甚至拷打之后,他们可能会真的被逼上梁山。

俄罗斯从车臣撤军之后,本来是希望通过采取"当地化"的政策,逐渐让车臣问题淡化,试图减少对北高加索地区的干预,不再介入当地的纷争,把维持治安的任务交给当地政府。但是,当地的社会矛盾并未得到化解。掌权的本地官员依靠莫斯科的支持,获得了大量的资金援助,也借此机会中饱私囊,普通人却一无所获。本地官员固然对实际情况更加了解,但是他们有强烈的动机对上隐瞒。他们喜欢把所有的问题都归咎于恐怖分子,但却不肯承认自己的贪污腐败。

这种"当地化"政策的另外一个不利影响是,俄罗斯人越来越对北高加索感到疏离和陌生。在大部分俄罗斯人看来,高加索是"国内的外邦"。俄罗斯人把他们不熟悉的高加索人视为不可靠的、狂热的宗教分子。放权不行,俄罗斯又开始收回权力。2010 年 1 月,梅德韦杰夫总统建立了一个新的机构:北高加索联邦区,并任命亚历山大赫洛波宁为总统驻北高加索联邦区全权代表,同时兼任俄罗斯副总理。这意味着俄罗斯将大大加强中央对地方的直接控制。

俄罗斯在北高加索问题上的失误究竟在哪里? 首先,苏联时期采取了错误的民族政策。从历史传统来看,北高加索人一直充满了自豪感,热情好客,而且他们更关心自己的家族,他们仍然有着氏族部落遗风,若干个小家庭组成一个大家庭,大家庭的长老具有绝对的权威,他的决定可以凌驾于法律之上。一直以来,北高加索人并没有非常鲜明的民族意识。由于苏联强力支持自己在当地的代理人,并按照民族的不同,划分出不同的共和国,这逐渐强化了北高加索各地人民的民族意识。其次,俄罗斯依靠代理人统治本地人民的办法,滋养了一群靠从莫斯科得到权力和金钱、但却和当地百姓越来越对立的官僚。在北高加索爆发的一系列人体炸弹,目标不是俄罗斯人,而是和当地人同一民族的亲俄官僚。再次,俄罗斯采取的"当地化"和集中打击恐怖分子的做法,加剧了俄罗斯政府和北高加索人民之间的隔阂。当地人民的生活难以改善、腐败横行、失业率高升,北高加索人在俄罗斯找不到自己的归宿,所以才会产生越来越高涨的宗教热情,而且越来越多地加强和国外的联系,从国外的伊斯兰世界里找到自己的认同感、精神目标。其实,激进的伊斯兰教义在北高加索本来是没有土壤的，这里文化混杂，北高加索的伊斯兰教掺杂着大量的基督教，而且受到苏菲派的影响很大，而这在伊斯兰教中都是非主流的。北高加索年轻人对宗教的热情来自于对现实的幻灭。

罗马当年就是靠在各地派遣总督的方式，维持庞大的帝国，遗憾的是，帝国的根没有扎下去，终于倒掉了。俄罗斯一直幻想着依靠代理人官僚，维持北高加索的稳定，政府的根没有扎下去，于是就摇摇欲坠。俄罗斯习惯于统治的权术，但缺乏治理的决心。治理好北高加索，需要让政府和当地的人民直接贴近，需要让北高加索地区和俄罗斯的其他地区真正融为一体。

# 尘封缅甸

## 依稀旧梦

乔治·奥威尔 1903 年出生于原属印度的孟加拉。他的父亲是印度总督府鸦片局的一名基层官员。到了要上学的时候，奥威尔回到了英国。1921 年，奥威尔从著名的伊顿公学毕业，由于家境贫寒，他没有办法像其他同学那样到剑桥、牛津上大学，而是到了当时已经成为英国殖民地的缅甸,成了一名助理地区警监,负责搜集当地犯罪团伙的情报。奥威尔以缅甸为背景,写过一部小说《缅甸岁月》,他后来还写了一篇更精彩的短篇小说《猎象记》。

奥威尔自己的缅甸岁月是青涩而暗淡的,他曾在曼德勒居住过。关于曼德勒,他写道:"这里尘土飞扬,热得令人难以忍受。曼德勒盛产五样东西,都是以'P'开头:佛塔(pagodas)、贱民(pariahs)、猪猡(pigs)、传教士(priests)和娼妓(prostitutes)。"在《猎象记》中他写道:"在下缅甸的毛淡棉,我遭到很多人的憎恨。在我的一生中,我居然这么引起重视,也就仅此一遭而已。"

这个孤傲的年轻人沉浸在自己的落寞之中,他没有真正领略到当年缅甸曾经拥有的风韵。英国人在1885年彻底占领了缅甸,随后将缅甸划为英属印度的一个行省。印度是大英帝国的一颗璀璨明星,英国人把缅甸当做是护卫印度的东部堡垒。在20世纪初期,缅甸的繁荣程度超过了印度和中国。20世纪30年代,缅甸的人均国内生产总值至少是中国的两倍以上。印度人大量流入缅甸,就像中国沿海开放之后,四川或湖南人纷纷奔赴广东和海南。

20世纪20年代,仰光是世界上移民人口最多的城市。印度移民已经超过了当地的缅人,华人也来这里寻找做生意的机会。仰光还有来自欧洲、美国、南美的移民,当时的热闹程度堪比新加坡,比香港还风光。轮船定期从仰光开往加尔各答。飞机刚问世不久,就有航班从仰光飞往雅加达、悉尼、伦敦和阿姆斯特丹。

那时,缅甸是一个充满着东方风情、又向全世界敞开胸怀的国度。吉卜林在19世纪80年代曾经游历缅甸,他写下了一首诗歌《通向曼德勒之路》。诗中写道："曼德勒之路啊，那里有阳光、棕榈和叮叮作响的风铃。"20世纪20年代，智利诗人聂鲁达曾经在仰光做过外交官。大约在同一时候，毛姆从仰光一路走到海防，穿越了缅甸、暹罗和印度支那，写下了一本风趣机智的游记《客厅里的绅士》。

被缅甸吸引来的不仅仅是文人骚客，这里也是淘金者的天堂。缅甸盛产稻米、柚木、石油，还有各种各样的矿产，钨矿、银矿、铅矿、锌矿、锡矿。赫伯特·胡佛在没有当上美国总统之前，曾经是一名找矿的工程师，他的足迹几乎遍及全球。就在缅甸和中国接壤的地方，胡佛找到了银矿，自己开了公司，赚了一大笔钱。这让他对缅甸人有非常好的印象，他说："缅甸人是亚洲唯一的真正幸福和快乐的民族。"英国石油公司(BP)是世界上最大的石油公司之一，却很少有人知道，这家公司的前身之一是缅甸石油公司(Burmah Oil Company)。

这段风光的日子很快就消逝得无影无踪。第二次世界大战爆发后，日本在1942年5月占领了缅甸。缅甸人认为日本能够帮助他们反抗英国人的殖民统治。当日本军队打过来的时候，缅甸人夹道欢迎，但日本根本就没有打算解放缅甸。英国军队在缅甸惨败之后耿耿于怀，想收复失地。罗斯福总统对缅甸人殊无好感，对帮助英国收复缅甸更没兴趣。他下令开辟缅甸战场，是为了保障盟军对中国的补给。在第二次世界大战中，缅甸是东方的一个重要战场。然而，无论怎么重要，缅甸不过是外国军队交战的战场。无论谁胜谁败，留给缅甸的只是战后的一片瓦砾。

1945年日本投降之后，英国重新占领了缅甸。第二次世界大战彻底耗尽了大英帝国的元气。丘吉尔十分不情愿放弃英国的海外殖民地,他曾经说,我出任首相不是为了给帝国主持葬礼,但他已经阻挡不了印度、缅甸的独立。大英帝国的最后一位印度总督蒙巴顿勋爵对圣雄甘地说:"我们走后,你们很快就会陷入混乱。"甘地说:"是的,但那也是我们自己的混乱。"

　　缅甸如愿以偿地实现了独立,也不出所料地带来了"自己的混乱"。还在第二次世界大战期间,昂山将军就在日本人的支持下组织了缅甸独立义勇军,他率军和日军一起参加了对英军和中国远征军的战斗。1944 年日本败退之后,昂山又投奔美英,带领部队追击溃逃的日军。1947 年昂山遇刺身亡。1948 年缅甸正式独立。独立之后,缅甸很快陷入了内战。

　　内战的起因之一是政治上的分裂。缅甸共产党曾经是追求独立的缅甸民族主义者的精神导师。1939 年缅甸共产党成立的时候,昂山当选总书记。他曾代表缅甸共产党,想到延安找中国共产党,但到了厦门就被日军软禁。昂山权衡之后,觉得借助日本人的力量实现缅甸独立或许不失为良策,最后从共产主义者变成了民族主义者。缅甸独立之后,当局开始在各地逮捕共产党员。缅共随后转入农村,领导土地革命,开展长达半个多世纪的武装斗争。内战的起因之二是民族间的冲突。缅族在缅甸人口中约占 70％,但还有很多其他的少数民族生活在偏僻的山区。历史上这些民族一直是独立的,并不归缅甸皇族统治。英国人来了之后,才把周边的这些民族收编到缅甸之内。缅甸独立后,忽视了这些少数民族要求自治的声音,于是爆发了旷日持久的内战。直到现在,战火仍未能完全平息。

　　1958 年,缅甸出现军事政变,以奈温将军为首的军政府上台。

缅甸从此进入了历史上时间最长的军政府执政时期。军政府时期，缅甸逐渐与世隔绝。当东南亚其他国家像一排大雁一样，次第起飞，陆续实现了经济繁荣的时候，缅甸却关上了通向外部世界的门窗。西方国家对缅甸实行长期的经济封锁和制裁，所有的西方公司都在缅甸销声匿迹了。这里没有麦当劳和肯德基，没有星巴克和希尔顿，没有 IBM 和苹果。缅甸收到的国际发展援助，比任何一个发展中国家都少。就连邻国老挝，人均得到的国际发展援助都比缅甸的 10 倍还多。

繁华旧梦，已经依稀难辨。缅甸曾是一颗那么晶莹的珍珠，如今却掉落在经济落后的尘埃之中。

## 中国之南

即使被掩埋在尘埃之中，也没有人能怀疑缅甸在地缘政治上的重要性。

缅甸并非是一个小国，它的国土面积比英国和法国都大。从地图上看，缅甸像一只在空中飞扬的风筝。它的东北部是掸邦高原，横亘着一片崇山峻岭，与中国、老挝接壤。掸邦高原的面积几乎相当于英格兰，这里的人主要是掸族，信奉佛教。掸族又可以细分为 30 多个较小的民族，他们皆和中国云南的傣族、泰国的泰族、老挝的老族以及印度东北部的阿萨姆族同出一系。西北部是连绵不绝的那加-若开山脉，像一道天然的屏风，分开了南亚和东南亚两个世界。这里居住着克钦族、那加族等不同民族。受英国人的影响，很多克钦人信仰基督教。缅甸西南濒临孟加拉湾和安达曼海，和孟加拉国接壤。

东南与泰国交界,两国的边界线蜿蜒南下,将一道狭长的半岛分割成两半。缅甸的中部是伊洛瓦底江冲积平原,地势平坦,2/3 的缅甸人口居住于此。东北部有水流湍急的萨尔温江,在中国境内叫怒江。

从地缘政治的角度来看,缅甸的重要性在于,它恰好坐落在中国和印度这两个正在崛起的大国之间。联合国第三任秘书长吴丹的孙子,缅裔作家吴丹敏(Thant Myint-U)最近出版的一本关于缅甸的书就叫做《中国和印度相遇之地:缅甸和亚洲的新十字路口》。

英国人还没有占领缅甸的时候,就已经想过,把缅甸当成通往中国的后门。英国人原本有一个宏伟的计划,想从加尔各答出发,修一条铁路,经过缅甸,直接到达中国长江流域的各个城市,但后来却发现,这根本不可能。从加尔各答向西,是无法逾越的群山和雅鲁藏布江。如果这条路行不通,那么能不能先用轮船把货物从加尔各答运到仰光,再从仰光沿着伊洛瓦底江逆流而上,最后到达中国呢?1885年,英国人在曼德勒打败了缅甸最后一个皇帝之后,马上开始从曼德勒出发,向北修铁路,一直修到了距离中国边界不远的地方。但再往前,又修不动了。英国人忽然意识到,即使把铁路修到了中国境内,还是到不了中国的腹地。从中国的边界到昆明,路程几乎和从巴黎到罗马一样远。当时中国国内又爆发了太平天国运动,政局动荡,所以通向中国的铁路,到了离中国只有一箭之遥的地方就停止了。

第二次世界大战期间,连接缅甸和中国的通道才真正建成。各种战时物资源源不断地装上火车或汽车,从仰光运往曼德勒,再从曼德勒翻越群山,经过眉苗到腊戍。从腊戍到昆明,是一条新修的将近1000 千米的滇缅公路。为了修建滇缅公路,中国调集了 20 万名劳工。这些劳工中，青壮男子很少，大部分是老人、妇女和孩子。他们背着背篓，拉着石碾，用了不到两年的时间，修出了这条抗战时期的生命线。1941 年，日军迅速侵入东南亚，1942 年 3 月切断了滇缅公路。盟军一边用飞机"飞跃驼峰"，从印度飞过青藏高原向中国运送物资，一边加紧修筑另一条公路。这条公路从印度东北部的雷多出发，经过缅甸的密支那，然后分成南北两线，最终都与滇缅公路连接。这条公路被蒋介石命名为"史迪威公路"。但史迪威公路通车不久，盟军就将日军赶出了缅甸。再过几个月，美国向日本的广岛和长崎投放了两颗原子弹。第二次世界大战很快就结束了，史迪威公路也逐渐被废弃，成了深藏在崇山峻岭之间的幽灵公路。

　　二战之后，中缅关系非常友好，缅甸是苏联阵营之外第一个承认新中国的国家。在文化大革命期间，中缅两国一度交恶，直到中国结束了"文革"，中缅转为更为务实平和的外交政策，两国关系才有了好转。缅甸在军政府统治下长期对外封闭，西方对其实行了全面经济封锁，来自中国的援助，在很大程度上支持了缅甸的经济建设。

　　中国经济对缅甸的影响，就像一滴饱满的墨汁掉在了宣纸上，很快就浸洇成一大片。尤其在缅甸靠近中国的边界，更是热闹非凡。在掸邦北部聚居着果敢、佤族等少数民族，果敢其实就是生活在缅甸的汉人，佤族也和汉人生活习性相仿。这些地区尽管在缅甸是偏僻的边疆，但到了这里，尘土飞扬的土路就变成了平坦开阔的公路。这些地区的用电，是中国的电网供应的，手机使用的也是中国电信的网络。在仰光都用不了的黑莓手机，在这里信号畅通无阻。仰光的街道上跑的是破旧的二手汽车，在这里到处能看到各色崭新的 SUV。

人民币是最流行的货币,反而很少有人用缅币。

但是,对中国来说,缅甸真正的重要意义并不仅仅是熙熙攘攘的边境贸易,不是源源不断流入中国的柚木和玉石。缅甸是中国破解"马六甲难题"的关键。

在马来半岛的南部,是全长 1000 多千米的马六甲海峡,最窄处只有 37 千米,主要的深水航道不过两三公里。全世界 1/4 的油轮不得不途经马六甲海峡,全世界海上贸易的 1/5～1/4 不得不途经马六甲海峡。中国进口原油的 4/5 是通过马六甲海峡运输的。这里是中国、日本、韩国等东亚国家的海上生命线。但马六甲海峡自古就不安宁,19 世纪海盗猖獗,20 世纪周边战事不断。可以设想,只要切断马六甲海峡,就可以牢牢地扼住中国的咽喉。

要想破解马六甲海峡的困局,就必须找到新的通道。曾经商议过的方案包括从巴基斯坦直达中国新疆的中巴输油管道,从孟加拉国通往西藏的中孟输油管道,在泰国克拉地峡开凿一条运河,以及中国和俄罗斯之间的输油管道、中国和哈萨克之间的输油管道等。在这些方案中,最简单有效的莫过于中缅石油管道和铁路方案。

想象一下,如果这一方案最终能够实施,将在多大的程度上影响中国和缅甸。和美国不一样,中国只在东部有海岸线。中国没有自己的加利福尼亚,而美国历史学家特纳曾说,美国的历史在很大程度上就是一部西部拓殖史。美国的经济扩张,甚至民主制度,都得益于西进运动。中国近年来大力推进西部开发,要想给西部开发带来活力,离不开西部的对外开放。仅仅通过陆地对外开放,辐射范围有限,如果打开通向印度洋的通道,才能形成中国的"新边疆",包括云南、贵州、广西、四川、重庆，都能得到更广阔的新天地。发展经济学指出，落后地区加快发展的主要契机就是和一个强大的增长极联系起来。和中国联通，也是缅甸经济破茧而出的第一步。受到和中国经济合作的强烈刺激，缅甸和印度的经济联系也会更加紧密，缅甸和东南亚联盟其他国家的合作也将加快。一个火花，引燃另一个火花，缅甸将会从一个落后地区，发展成亚洲的枢纽。仰光将再度挑战新加坡，成为一个繁华的国际化大都市。

## 印度之东

只要中国人来了，印度人一定会随后赶到。中国和印度这两个正在崛起的大国之间，一直存在着微妙的竞争关系。

印度刚独立之后，尼赫鲁总理奉行的是一种充满了理想主义的外交政策。他坚持认为，印度和中国将成为风起云涌的第三世界民族独立运动的领袖。但是，中国和印度之间的边界纠纷始终没有解决。1962 年，中印之间爆发了一场战争。印度军队只接受过平原作战的训练，根本没有想过还会在寒冷的高原打仗，而中国的军队已经在朝鲜战场上积累了丰富的经验。这场战争以印度惨败告终，也给印度军方带来了长久的心理阴影。1958 年，尼赫鲁告诉美国记者埃德加·斯诺，中印冲突的主要原因是两个国家都是刚刚独立的"新国家"，而且，"这是我们历史上第一次在边界线上相遇"。尼赫鲁谈到，中国和印度之间自古都有缓冲地带，他指的是西藏。但中国和印度真正的缓冲地带是缅甸。

尽管中国经济对缅甸的辐射力大大超过印度，但历史上，缅甸和印度之间的联系远比中国密切。在英国殖民统治时期,缅甸曾经是印度的行省,直到 1937 年才从印度分出来。当年,大量印度人迁移到缅甸。1931 年,印度人已经占缅甸总人口的 7.5%。在 1941 年日军侵略缅甸之前,居住在缅甸的印度人大约有 110 万。缅甸刚独立的时候,印度和缅甸的关系处在"蜜月期"。印度的尼赫鲁总理和缅甸的吴努总理都是不结盟运动的领导人。但缅甸军政府执政之后,双方的关系急转直下,上万名印度人在缅甸独立的时候离开了。1964 年,又有 40 万印度人被驱逐出境,昔日穿梭如织的加尔各答到仰光的航班也停运了。

印度和缅甸的关系在 20 世纪 70 年代略有好转,1987 年印度总理拉吉夫·甘地访问缅甸。但世事难料,一年之后,缅甸爆发了大规模的学生抗议、民众示威。印度随后对缅甸采取了极其严厉的政策。这里面有意识形态的因素。印度一向标榜自己是世界上人口最多的民主政治国家,所以一直支持亲西方的缅甸反对派,这里面也有豪族之间的亲密联系。拉吉夫·甘地是尼赫鲁的外孙,他们一家和昂山家族是世交,和军政府推翻的缅甸前总理吴努也关系甚好。缅甸最著名的持不同政见者昂山素季是昂山将军的女儿,她的母亲曾任缅甸驻新德里大使,昂山素季小时候在印度上学。1993 年,印度政府授予昂山素季一项最高荣誉:尼赫鲁国际理解奖。印度对待缅甸的政策比西方国家还要强硬。西方国家不过对缅甸实行经济制裁,印度还直接对缅甸的反对武装组织提供资金和其他支持。

但激昂的外交政策到头来还要服从于惨淡的现实,印度无法负担和缅甸彻底交恶的代价,这要从印度的国内政治说起。

英国人离开的时候,把英属印度殖民地分成了两半。中间是印度教徒居多的印度,两边是穆斯林建立的巴基斯坦。到 20 世纪 70 年代,巴基斯坦又分裂为西部的巴基斯坦和东部的孟加拉国。印度和巴基斯坦之间兄弟阋墙,几乎耗尽了两个国家的精力。

中国是东部地区发达,西部地区落后。印度则恰恰相反,西部地区发达,东部地区落后。由于印度的主要精力被西边的巴基斯坦牵制,东部印度逐渐开始衰落。印度主要的经济发达地区有两块,一块从首都新德里南下,到达南边的海滨城市孟买。另一块是在印度南部的金奈和班加罗尔之间。班加罗尔和海德拉巴已经是世界有名的 IT(信息技术)业外包中心。但过了班加罗尔,再往东去,就到了印度的落后地区。加尔各答曾是英国东印度公司的总部所在地,但印度独立之后逐渐衰败,如今已经和仰光差不多一样落后。

比东部更落后的是印度的东北部。印度东北部主要包括较大的阿萨姆邦(Assam)和其他几个邦,其中部分地区和中国仍然存在领土争议。这里山高谷深,地势复杂,混居着各个民族,大多过着贫困的生活。印度独立之后,这里更是成了一片被遗忘的荒凉之地。孟加拉国从印度独立出去,几乎切断了印度东北部和外部的联系。从孟加拉国的达卡或锡尔赫特(Sylhet),如果能直接修铁路或高速公路到阿萨姆邦的首府高哈蒂(Gauhati),也许要不了几个小时的车程。但如今,要想从印度东北部出海,必须绕一个大圈子,先向西走,经过一个狭长的咽喉地带,最窄处只有 30 千米,然后折向南方,到达加尔各答。坐火车走完这段路程,至少得需要 18 个小时。印度东北部就这样被囚禁在落后之中。往北,是罕有人烟的喜马拉雅山脉,往南,是贫穷且人满为患的孟加拉国,往西,是印度落后的农村,往东,是几乎一样封闭和落后的缅甸。

印度东北部原本就不属于印度,阿萨姆邦过去一直是一个独立的国家。19世纪初期,缅甸占领了阿萨姆邦。后来,东印度公司打败了缅甸皇帝,阿萨姆邦才到了英国人的手里。一开始,英国人也不知道拿这块偏僻的土地干什么。后来,英国人偶然发现了山坡上的野茶树,才发现了阿萨姆的经济价值。1835年阿萨姆茶叶公司成立。大批印度人随后涌入,充当管理人员和劳工。印度独立之后,印度东北部从来就没有被中央政府重视,任由这里的人们在绝望的贫穷中挣扎。当地的人们越来越不满意,反叛武装应运而生。除了势力较大的阿萨姆独立军,在其他各邦,如曼尼普尔、那加兰地,也有各种各样的游击队和地方武装。这些反叛武装聚集在印度和缅甸接壤的地方,活跃在深山老林之中。为了遏制反叛武装,印度不得不调整政策,加强和缅甸政府军的合作。1995年,印度军队和缅甸军队进行了联合军事演习。

印度也逐渐看出,经济落后是导致东部、东北部政局动荡的深层原因之一。20世纪90年代,印度提出了"向东看"(look east)政策,希望通过加强和东南亚各国的合作,推动印度东部、东北部的发展。然而,这一政策的实施并不顺利。东南亚经济较为发达的国家离印度都很远。离印度近的国家如缅甸、老挝,是东南亚各国中最贫穷的。印度和缅甸之间的贸易并未对东北部印度的发展带来多大的影响。事实上,印度和缅甸之间有时候甚至难以直接完成贸易结算,大部分印度和缅甸的贸易要通过新加坡中转。到了21世纪之后,印度官方对"向东看"政策也渐渐冷淡了。他们看重的是"向东南亚看"，印度东北部再次受到了冷遇。大部分印度人对印度东北部都很陌生，很少有印度官员访问过东北部，了解东北部的实际情况。在印度政府的计划中，有一个野心勃勃的计划是设计一条铁路，从基里巴穆，连接缅甸的摩里，直通河内。对印度来说，要想从西到东打通通向太平洋的通道，缅甸将是最重要的一个棋子，但这枚棋子，迟迟未能落下。

中国想要从北到南，印度想要从西向东，两个正在崛起的大国，怀抱举国腾飞的宏大梦想，注定要在缅甸交汇。实现这一宏伟梦想的困难在于，缅甸是个落后的国家，连接的又是中国的落后地区和印度的落后地区。缅甸的经济发展，注定不会是"被邀请的发展"，不是得到赠送的舞会门票之后，直接入场狂欢就行。只有拿出当年修筑滇缅公路那样的血汗，才能铺出一条通向共同繁荣的通道。

## 政治拼图

有了天时和地利，还需要人和。稳定的政治秩序是经济繁荣的前提条件。但是，缅甸的政局会出现动荡吗？在西部和东部的偏僻山区，反政府武装的枪声此起彼伏。昂山素季在1991年获得了诺贝尔和平奖，成了世界知名的政治人物。知道昂山素季的人，比知道缅甸到底在哪里的人都多。继1988年缅甸数十万群众上街游行之后，又出现了2007年的"袈裟革命"和2008年的"纳吉斯革命"。民众对缅甸军政府的不满在慢慢地积聚，一开始是文火慢炖，到最后会不会突然沸腾？

　　缅甸不是朝鲜,也不是古巴。一方面,尽管缅甸有 150 多年的殖民历史,而且西方长期对缅甸实行经济制裁,但是,缅甸不像朝鲜和古巴那样,有一个清晰可见的敌人。缅甸周围的国家没有哪一个会对其发动侵略。无论是西方国家还是缅甸军政府,都出现了一些政策的松动。如果一个社会出现慷慨激昂的民族主义,要么这是一个普遍贫穷的国家,比如朝鲜和古巴,要么这是一个经济快速扩张的国家,比如印度和土耳其。但缅甸是一个既贫穷又有严重贫富分化的社会,社会内部对阶级之间的矛盾的焦虑,远远超过对"帝国主义敌人"的关注。

　　另一方面,缅甸也缺乏一位拥有超凡魅力的领袖。在朝鲜和古巴这样长期对外封闭的国家里,意识形态的宣传强化了领袖的地位和作用。如果不能被人民爱戴,至少也要让他们畏惧。超凡魅力领袖是这些政权统治的基石。但是,在缅甸军政府内部找不到这样的人物。据传,缅甸财政预算中至少要有一半用于维持内部的稳定。这一数据未必准确,但至少能折射出缅甸政治的现状。社会各阶层对现政权都不满。受到西方影响的富有阶层和中产阶级对政府不满,因为他们没有言论自由和政治自由。年轻气盛的学生们不满,因为他们没有看到激动人心的变革。城市和农村的贫苦百姓不满,因为他们在这样的一个鱼米之乡,居然还时常会有稻米和食用油的短缺。就连远离俗尘的僧侣们也不满意,尽管军政府曾经热心地支持在缅甸召开世界佛教徒大会。

　　有意思的是,或许,恰恰是因为缅甸军政府控制不了整个政治和经济体系,才使得大众能够暂时容忍目前的局面。缅甸是个很贫穷的国家。工业只占其国内生产总值的8％,出口约相当于马来西亚的2.6％。军政府不善管理经济,没有收入的话就印钞票。市场受到野蛮干预,物价时常扭曲。缅甸实行双重汇率,有时候甚至三重。道路破败,电力匮乏。由于缺电,有时候夜间城市里一片漆黑。但是,黑市在缅甸非常猖獗,老百姓需要的日常用品大多可以在黑市上买到。廉价的中国产品从边界流入曼德勒,再从曼德勒流入仰光。在街边的旧书摊上,到处可以看到奥威尔的《缅甸岁月》。如果你再向老板询问,他就会从箱子里偷偷地拿出来一本《1984》。正是由于军政府无法完全控制偏僻的山区,这些地方的反政府力量逐渐失去了闹独立的积极性,转而致力于发家致富。昔日毒品交易盛行的"金三角"已经大不一样。过去的贩毒头领修建了"禁毒博物馆"。当然,这是因为他们有了新的生财之道,他们改为开赌场了。

缅甸不是韩国,也不是印度尼西亚。这两个国家也曾是军政府执政,但在军政府执政期间实现了经济起飞。韩国的经验是实行了开明专制主义。军人总统会把部长、企业家、经济学家定期召集起来,讨论如何发展经济。印度尼西亚实行的是家族统治。就像家族企业的老板会关心自己的产业一样,印度尼西亚的苏加诺总统也关注本国的经济增长。缅甸军政府缺乏发展经济的强烈动机,这在很大程度上是由于西方长期对缅甸实施经济封锁。由于缺乏外部的资金和技术,缅甸变得越来越落后,越落后反而越封闭,形成了一个恶性循环。也有西方人士呼吁放松对缅甸的封锁,但有意思的是,以昂山素季为代表的缅甸反对派强烈反对解除对缅甸的经济制裁,因为这几乎成了他们和缅甸政府对抗的唯一一张王牌。

　　最坏的情况,缅甸不会变成利比亚。旷日持久的内战已经让交战的各方疲惫不堪,发展经济的愿望超过了武装斗争的信仰。时至今日,缅甸国内主要的反政府武装大多与政府签订了和平条约。比如,最大的反政府武装佤邦1989年已经与政府签订了和平协议。尽管依然能够听到零星的枪声,但缅甸军政府大体上仍然能够控制国内的政局。缓慢的政治变革正在发生。地缘政治的变化使得缅甸军政府开始采取更加灵活和机会主义的政策,中国对缅甸的重要性越来越重视,印度也不甘落后。2004年印度尼西亚发生海啸之后,美国的海军就以提供援助为名,悄悄地进入了东南亚。随着"重返亚洲"呼声的高涨,美国对缅甸也不再横眉冷对,而是暗送秋波。在这样的博弈之中,缅甸军政府很可能会更加左右逢源。

　　最好的情况,缅甸会变成1980年的中国。当局势逐渐趋于稳定,被压抑的求富、求变的欲望被释放出来,一个长久沉寂的国度会突然爆发出火一般的热情。即使一穷二白、百废待兴,但好比江水在山谷内千回百转,终于挣脱了束缚,一定会奔涌向前,一泻千里。经济增长也是政治变革的催化剂。如果没有西方的蛊惑,没有外力的干预,在经济增长的过程中,缅甸会变得更加乐观、开放和自信。到那时,缅甸的政治家会小心翼翼地,把一片片政治碎片收拾起来,拼成一副完整而精美的图画。

# 果壳中的伊朗

## 一颗坚果

2007 年,麦凯恩在竞选美国总统的时候,参加了南加州的一个活动。有人问他对伊朗的看法。麦凯恩说:"海滩小子(Beach Boys)不是有一首老歌吗?'轰,轰,轰,把伊朗炸平'(bomb, bomb, bomb, bomb, bomb Iran)。"

这个老男人,老得连老歌都记不住了。海滩小子是一支在 20 世纪 60 年代非常活跃的乐队,但早几年出道的甲壳虫乐队几乎把他们的风头全压下去了。海滩小子从来没有唱过轰炸伊朗的歌。麦凯恩提到的,是 1979 年伊朗学生扣押美国使馆人员之后,有人把海滩小子翻唱的一首歌《芭芭拉·安》改了歌词。歌词变成了:"轰,轰,轰,把伊朗炸平,把伊朗炸成停车场。"

麦凯恩的记忆力已经不那么清晰,但他要传达的信息却非常清晰。有很多美国人认为,解决伊朗问题的办法,就是打一仗,教训下这个"流氓国家"。

美国会打伊朗吗？

美国不是打不了伊朗。2011年美国军费预算高达7393亿美元，约相当于排在后面的25个国家军费支出总和，占全球的45.7%。美国在军事技术方面令对手望尘莫及。1991年海湾战争中，"战斧"巡航导弹、精确制导导弹、带夜视仪的新型坦克等新型武器纷纷登台亮相，令人眼花缭乱。2003年美国入侵伊拉克，不到四周就摧毁了萨达姆政权，更是让全世界的军事观察家们目瞪口呆。俄罗斯前任国防部副部长说，我们的将军们没有预料到伊军的惨败。但是，打赢了之后才是战争的开始。如今，美国在伊拉克已经耗费了将近十年的时间。根据美国五角大楼的统计，美国为伊拉克战争累计投入将近7700亿美元。美国国会预算局说，从2003年到2012年，美国纳税人每天都要为伊拉克战争和伊拉克重建项目承担2650万美元的支出。美军已经有4000多名士兵因战争死亡，以后还将有更多。基地组织的一名高官就曾说，穆斯林们应该感谢真主，让美国人来到了伊拉克，到了穆斯林自己的地盘上。他们鼓励圣战分子见到美国人，不分军民，全部杀光。

如果美国打的不是伊拉克，而是伊朗呢？

伊朗是个大国，不是个小国。伊朗的国土面积是伊拉克的4倍，人口是伊拉克的3倍。伊朗的国土面积为168万平方千米，比法国、德国、荷兰、比利时、西班牙和葡萄牙加在一起还大，超过了美国密西西比河以东的地区，也比中国长江以南的华中、华东、华南各省、市、自治区的面积总和还大。伊朗有大约7000万人口（2006年统计数据），伊拉克的人口约为2500万。伊朗的人口超过了英国、法国和意大利,相当于加拿大的 2 倍,沙特阿拉伯或马来西亚的 3 倍,是以色列的 10 倍。

更重要的是,伊拉克是一片平原,而伊朗则四面环山、依山傍海,像一座堡垒,易守难攻。

横亘欧亚大陆的阿尔卑斯—喜马拉雅山系,在伊朗境内分成了两个支脉,像张开的两个手臂,把伊朗紧紧地环抱起来。一支是厄尔布尔士山脉,沿着里海南岸绵延,如波涛般起伏不定,最低的是低于海平面的里海洼地,最高处是海拔 5604 米的锥形火山达马万峰。厄尔布尔士山脉向东到达伊朗和阿富汗边界之后,再向东向南,连接上兴都库什山脉。另一支是扎格罗斯山脉,它是高加索山脉的南支脉,起自伊朗西北部的乌鲁米耶湖,一直向东南延伸到霍尔木兹海峡。扎格罗斯山脉其实包括了几条平行的山脉,好像感觉对伊朗的保护还不够严密,它们更仔细地多加了几道"锁链"。

在群山环绕之中,是伊朗高原。伊朗高原的中央,有两个巨大的沙漠盆地,即卡维尔盐漠和卢特荒漠。卡维尔盐漠的表层有一片脆弱的盐壳,下面是黏稠的泥浆。在盐漠之中,没有任何动植物能够生存。卢特荒漠炎热多风,和盐漠一样荒凉。曾经到过这里的俄罗斯旅行家尼古拉·哈内科夫说,要是跟这里相比,戈壁沙漠应该算是肥沃的。

这样的地理条件,决定了伊朗是一个防守型的国家。即使伊朗有对外扩张的野心,也难以遂愿。往北去,在破碎的厄尔布尔士山脉之间,断断续续有一些山口,但是北部的土耳其和俄罗斯都是伊朗的劲敌。伊朗的东北部毗邻土库曼斯坦,通向中亚草原,但那里几乎和伊朗一样贫瘠、荒凉。伊朗的东部是阿富汗和巴基斯坦,地势比伊朗更为险恶。往南,要跃过高山,才能到海边。伊朗有大约 1300 千米的海岸线,一半在波斯湾,一半在阿曼湾,但伊朗没有强大的海上力量,始终是陆地国家。如果伊朗对外扩张,最便捷的通道是朝西,顺着河谷打出去。古代的时候,波斯人曾从这里一直打到埃及和希腊。但是打出去之后如何补给大军呢?这是一个令人头疼的问题。即使在波斯一度对外扩张的时候,他们对占领地区的统治也很宽松,随时准备收缩战线后退。如果伊朗想成为一个帝国,唯一的可能性是向西南部进军,彻底征服两河流域,以这里的沃土平原为根据地,图谋天下霸业。但遗憾的是,伊朗从来不曾完全占领两河流域。相反,外国统治势力,从马其顿的亚历山大大帝、罗马帝国、拜占庭、奥斯曼,直到英国和美国,都曾占领伊拉克,或让伊拉克成为自己的代理人,直接威慑伊朗。

作为防守者,伊朗占尽地利。入侵者想要从西部直接越过扎格罗斯山脉进攻伊朗几乎是不可能的。1980 年两伊战争期间,萨达姆曾经尝试过,但以失败告终。伊朗的西南部,是一片潮湿的沼泽,阻挡了阿拉伯人的入侵。伊朗在北部和东部都有严密的防守,可以高枕无忧。历史上伊朗几次沦陷,大致都是从东北和西部两个通道被攻破的。公元前 4 世纪,亚历山大先占领巴比伦,再从西部山口进入伊朗,消灭了波斯帝国,波斯的国库被洗劫一空,雄伟的宫殿化为灰烬。公元 642 年,穆斯林军队也是从扎格罗斯山脉的隘口攻入伊朗高原的。公元 13 世纪,由于伊朗东部的花剌子模杀害蒙古商队和使者,成吉思汗率领蒙古主力亲征,发动了一场残酷的复仇战争。成吉思汗的进攻路线是从伊朗东北部入境，从东一直打到西，横扫伊朗、伊拉克和叙利亚。

　　伊朗有自己的致命弱点，狡猾的敌人可以利用其弱点，不战而胜。和所有的山地国家一样，伊朗的人口种族极其多样化。除了占人口 50％～60％左右的波斯人之外，还有库尔德人、阿拉伯人、亚美尼亚人和亚述人等。从表面上看，伊朗 99％的人口都是穆斯林，但占90％左右的什叶派和 10％左右的逊尼派之间存在着长期的对立。此外，还有伊朗土生土长的古老宗教琐罗亚斯德教，以及基督教、犹太教和巴哈教等。种族和宗教的分化，给外国势力提供了从内部颠覆伊朗的绝好机会。俄国和英国在第一次世界大战之前，就已经以此为契机不断介入伊朗内政，翻手为云，覆手为雨。美国在"二战"之后继承了同样的衣钵。无论是库尔德人或亚美尼亚人争取独立，还是在伊朗的宫廷政变中，都能够清楚地看到外国势力的幕后阴影。

　　这在一定程度能够解释，为什么伊朗会出现一个高度集权的政权。由于平地多为荒凉不毛之处，伊朗绝大部分的人口都居住在山地。伊朗的首都德黑兰就是山脚下的一座城市。在西南和东南地区的富饶平地上居住的居民，又大多不是波斯人。比如库尔德人就住在伊朗西南部的两河流域平原上。山区的经济状况总会较为落后，受到自然条件的限制，伊朗无法发展强大的工业和商业。如果山区的人口较少，他们会很穷，如果山区的人口众多，他们会更穷。山区的居民各自过着贫困的生活，彼此间不通音信，也难以被同化。没有一种像伊斯兰教这样的宗教力量，难以将伊朗的民众团结起来。

　　一般认为，伊斯兰教的两大派别——逊尼派和什叶派之间的分歧在于,逊尼派认为穆罕默德的合法继承人应由穆斯林公社选举产生,而什叶派则坚持世袭制的原则,他们将自己的最高宗教领袖称为伊玛目,从穆罕默德的堂弟、女婿阿里开始,直到第 12 代伊玛目,均为阿里的嫡传子弟。但事实上,什叶派更多的是一种波斯化的伊斯兰教。从什叶派伊斯兰教中,可以若隐若现地看到琐罗亚斯德教的影子,但逊尼派完全不受其影响。直到 16 世纪之前,什叶派的力量都并不强大。16 世纪伊朗历史上最强大的萨菲王朝建立,才带来了什叶派的兴起。从某种意义上讲,这有些像西欧的新教革命。什叶派教义给波斯人找到了一种自我定位,他们既可以遵从伊斯兰教,又可以保持自己的自尊和特色。

同样的逻辑可以解释,为什么伊朗始终对国内有严密的控制。伊朗到处是无孔不入的安全情报部门人员和高高在上的神职人员。在国家的军队之外,伊朗还要建立服从于宗教的伊斯兰革命卫队。伊朗政权对国内的不同政见和反对力量高度警惕,总是本能地认为其背后一定有外国颠覆势力从中作梗。千百年的历史教训是,对伊朗来说,一旦后院起火,将无险可守、无路可退,没有任何回旋和缓冲的余地。

这就是伊朗。美国如果去打伊朗,不会赢得最后的胜利,伊朗也不会彻底失败。美国会陷入一个比朝鲜战争和越南战争更深的泥潭。伊朗是一颗坚果,一颗蒸不烂、煮不熟、捶不扁、炒不爆、响珰珰的铜豌豆。

## 两个冤家

没有无缘无故的仇恨,但如果成了世世代代的宿仇,就很少会有人记得最初到底是为什么引起了仇恨。如今谁能知道罗密欧家族和朱丽叶家族之间的仇恨是因为什么？根据美国历史上的真实故事拍摄的电视剧《血仇》，讲述了哈特菲尔德家族和麦考伊家族之间长达百年的仇杀、纵火，但最初的原因竟是因为一家偷了另一家的一头猪。美国和伊朗俨然已成为一对冤家，但又有谁知道，这两个国家之间其实原本无冤无仇。

在第一次世界大战之前，美国和伊朗仿佛在两个不同的星球上。美国是一个奉行孤立主义的新兴国家，而伊朗刚刚懵懵懂懂地撞上西方列强的政治蛛网。要论两国之间的关系，美国和伊朗之间的亲密程度，估计相当于今天的蒙古和新西兰。1856 年，美国和伊朗签订了友好通商条约，但既不是在美国签，也不是在伊朗签，而是两国的领事，在奥斯曼帝国的首都君士坦丁堡签的协议。想象一下，蒙古和新西兰在香港签订了一份友好协议。

美国在"一战"之后，奉行的是威尔逊式的理想主义外交政策。1919 年在巴黎和谈的时候，美国出于道义，想帮伊朗讨一个公道，至少要让伊朗有讲话的机会，但英国根本不予理睬。当然，美国对伊朗的兴趣并不完全出于高尚的理想。美国也想得到商业上的利益，尤其是想在肥得流油的石油市场上分一杯羹。但当美国提出，想让自己的石油公司美国标准石油公司进入伊朗的时候，英国当即一口回绝。

"二战"期间，美国有大约 3 万名士兵在伊朗，负责盟军的后勤供应。大量的军火和其他物资从伊朗输送到苏联。美国也通过《租借法案》对伊朗进行了支持，但美国仍然在伊朗问题上插不上手。1942

年,英国和苏联干脆联手,废黜了野心勃勃的伊朗国王礼萨沙·巴列维。当时,伊朗事实上已经被英国和苏联瓜分。苏联控制伊朗北部,英国占据伊朗南部。要是依着英国和苏联的意思,干脆找个完完全全的傀儡做自己的代理人得了,但由于它们彼此之间互相忌惮,所以才没有下手,而是让国王传位于自己的儿子穆罕默德-礼萨·巴列维。礼萨沙本人被流放,最后到了南非,1944年死于当地。

1943年11月28日到12月1日,罗斯福总统来参加德黑兰会议。这是罗斯福第一次到伊朗。他在会议期间一直待在苏联使馆的深宅大院里,几乎没有出来看看这个国家到底是什么样子。但罗斯福明确支持伊朗独立。他曾说:"我们要把伊朗当做一个样板,展示美国怎样施展无私的外交政策。"他想通过经济和技术援助,把伊朗变成不发达世界的一个榜样。之后,美国陆续为伊朗提供在公共卫生、农业、教育、公安等领域的经济和技术支持。但最关键的政策是1947年6月,美国向伊朗提供了第一笔2500万美元贷款,用于购买美国武器。从此,这成为连接两国政府友谊的重要纽带,来自美国的军火,如潮水一般涌入伊朗。

要是按照这样的情节发展,美国和伊朗本应成为亲密的兄弟。毕竟,美国没有像英国和苏联那样侵略和欺凌过伊朗,伊朗人原本不像仇恨英国人和苏联人一样仇恨美国人。但是,1953年发生的一场动乱,彻底改变了伊朗人民对美国的态度。

1950年,伊朗民族阵线的领导人摩萨台就任首相。他提出将英伊石油公司完全国有化。这一提案让摩萨台成为伊朗人心目中的民族英雄,但也彻底激怒了英国。第一,英国人认为,像伊朗这样的劣等民族怎么有资格和英国谈条件。伊朗不过是一个落后、腐败、幼稚的"亚洲"国家，伊朗人能理解的只有贿赂和暴力。第二，英国的确离不开伊朗的石油。经过两次世界大战之后，昔日的大英帝国已经彻底败落，成了一只死而不僵的百足之虫。英国每年从英伊石油公司的税收中获得巨大的收入，还能获得丰厚的公司股份分红。这样的利益，怎么能拱手交出去呢？

美国在这场动乱中扮演着极为微妙和尴尬的角色。美国人一开始很同情伊朗，他们也知道，英伊石油公司的内幕太黑了。伊朗政府怎么说也拥有英伊石油公司20%的股份，但英国人连账簿都不给伊朗人看。再说了，伊朗也同意，国有化之后会给予英国适宜的补偿。在美国人看来，这是一件可以谈判的事情，但英国人的态度则非常坚定：绝不谈判。英国增派驻波斯湾的军队，而且已经准备登陆作战。同时，英国人撤走了所有的英籍员工，使这个公司基本停工，还冻结伊朗在英国的银行存款。英国对美国的态度也极其不满，声称如果美国再帮助伊朗，就要和美国断交。

这让美国感到非常为难。最终，还是英国帮助举棋不定的美国下了决心。狡猾的英国人知道，要想把美国拖下水，不能就石油说石油，而是要拉响红色警报。只要吓唬美国人，说苏联想要颠覆伊朗，美国就会激动地将袖子上阵。看来英国人熟读过17世纪法国作家拉·封丹的一篇寓言《猴子与猫》：猴子骗猫从火中取栗子，栗子让猴子吃了，猫却把脚上的毛烧掉了。英国军情六处成功地说服美国新任国务卿约翰·福斯特·杜勒斯，要是美国不推翻摩萨台政府，伊朗就会成为中东地区倒塌的第一张多米诺骨牌。

　　美国的判断力实在不敢令人恭维,但其执行力却非常强悍。约翰·福斯特·杜勒斯的弟弟艾伦·杜勒斯就是当时中情局的负责人。1953 年 2 月,美国和英国共同制定了一个代号为 Ajax 的秘密行动。不,更正一下,这个计划主要是军情六处制定的,但却由美国中情局执行。中情局专门拨款 100 万美元,用于这一秘密行动的经费。艾伦·杜勒斯找到西奥多·罗斯福总统的孙子克米特·罗斯福。这位公子显然很喜欢刺激性的工作,他马上飞往伊朗,在美国使馆坐镇指挥。克米特·罗斯福一方面到处散布假消息,污蔑摩萨台,煽动公众骚动和部落动乱,雇佣恶徒假扮左翼的图德党人上街游行滋事;另一方面,秘密地和几位伊朗军官勾结,鼓动他们发动政变。参与政变的伊朗军官以扎黑迪和卡尚尼为首,这两个军官都以贪污腐化著称。更具讽刺意义的是,卡尚尼曾经和图德党秘密接触,打算让图德党支持他做首相候选人。

　　1953 年 8 月 19 日是伊朗政变的日子。一群高呼支持国王口号的人群沿着德黑兰的大街游行,沿途袭击了支持摩萨台的国家广播电台和其他机构。他们的真实身份是德黑兰贫民区的职业流氓,上街闹事拿到的报酬是由中情局现金支付的。与此同时,几支军队包围了摩萨台的官邸,并迫使他投降。后来,摩萨台被判犯有叛国罪,一直被软禁至死。

　　如果要理解伊朗人对美国的刻骨仇恨,就得了解美国在 1953 年伊朗政变中的所作所为,仇恨的种子就是在此时种下的。

　　摩萨台下台之后,巴列维国王控制了伊朗的政局。巴列维国王是美国驻伊朗大使乔治·艾伦的好朋友,他们平时经常一起打网球,两家每个星期都会一起聚餐。1949 年年底，年轻、英俊的巴列维国王访问美国，受到明星一般的隆重欢迎。在美国人民的眼中，巴列维就是伊朗，伊朗就是巴列维。

可惜的是，伊朗人并不这么看。他们看到的是，摩萨台政府被推翻之后，巴列维是在美国人簇拥下回国。他们看到的是，巴列维用卖石油的钱，大量从美国进口武器。巴列维甚至想在军事力量上和苏联抗衡，而且他对新式武器极其痴迷。当地有个笑话说，别的男人是看《花花公子》会兴奋，巴列维读介绍新式武器的小册子就能达到高潮。伊朗人看到的是，美国的石油公司在巴列维时期终于挤进了伊朗，成千上万的美国军事人员和工人涌入。伊朗的经济增长速度的确较快，但财富并没有公平分配。石油出口换回的收入除了进口军火，就是建造一些华而不实的建筑。在伊朗这个拥有丰富能源的国家，许多农村却没有通电，甚至德黑兰都经常断电。尤其是，伊朗人看到的是一个越来越狂妄自大、暴戾残忍的国王。在巴列维时期，国王就是一切，议会变成了摆设。1975 年，连原本只是装装样子的两党制也被取消了。伊朗成为复兴党领导下的一党专制国家。从某种程度上讲，正是由于国王镇压了所有他能看得到的政治对手，才迫使反对力量都投奔宗教阵营。

正是巴列维政府自己的愚蠢，点燃了 1978 年至 1979 年的伊斯兰革命。事情的导火索是，一份半官方的德黑兰报纸发表了一篇文章，污蔑流亡海外的宗教领袖霍梅尼是英国间谍，甚至可能是个同性恋者。这篇蹩脚的文章燃起了伊朗人的怒火。愤怒的人们上街游行，而政府的镇压活动几乎变成了肆意的报复。危机不断升级，死难人数越来越多。1978 年 11 月 5 日，德黑兰爆发了一场严重的暴乱。英国大使馆遭到攻击，政府部门被洗劫，很多商店被焚烧和抢劫，德黑兰大学的国王雕像被推倒。此后一个多月，德黑兰重要的集市一直罢市，交通瘫痪，经常大规模停电，政府瘫痪，军队人员大量逃跑，有些士兵甚至掉转枪口对准自己的长官。12 月 10 日，德黑兰爆发了大约 200 万人的示威游行。巴列维国王在 1979 年 1 月 1 日宣布出国"休假"。他这一去，从此失去了自己的祖国，美国也从此失去了伊朗。

美国和伊朗之间的仇恨开始不断升级。仇恨的眼中看到的只有仇恨。美国人看到的是人质危机。1979 年 11 月 4 日，一群伊朗学生占领美国驻伊朗大使馆，并扣押 60 多名使馆人员为人质，直到 444 天之后才释放。伊朗看到的是美国在两伊战争期间站在伊拉克一边，给伊拉克提供军火，帮助萨达姆攻打伊朗。美国人看到的是，1979 年 11 月 20 日，一群激进的伊朗穆斯林占领麦加的大清真寺。伊朗人看到的是，1988 年 7 月，美国的巡洋舰在伊朗的领海内，用导弹击落伊朗的一架民航飞机，机上 290 名乘客全部遇难。

到最后，两国之间的仇恨更是"升级"为意识形态。伊朗人认为，美国的最终目的就是要颠覆伊朗政权。美国人认为，伊朗就是一个邪恶国家，除掉伊朗是美国的神圣使命。

在伊朗和美国，都是"鹰派"占上风。1989 年，哈梅内伊接替霍梅尼，成为伊朗的最高领袖。哈梅内伊一直是霍梅尼的追随者，在巴列维国王执政期间曾被捕入狱，受尽迫害。1981 年，他曾在一次集会上被反对派炸成重伤，右手至今残疾。哈梅内伊一生的经历和信念,让他深信,伊朗最重要的战略目标就是和美国断绝关系,坚决不能让像巴列维这样的美国走狗东山再起。

如果说伊朗对美国的警惕多少有些神经质,那么美国对伊朗的敌意则来得莫名其妙。小布什总统上台之后,召集了一批头脑顽固但意志坚定、外交经验缺乏但善于操纵决策的"新保守主义者"。在副总统切尼、国防部长拉姆斯菲尔德等人的支持下,他们开始鼓吹对伊朗采取强硬政策。新保守主义者人数稀少但能量巨大,他们中大部分人是犹太人,和以色列以及美国的犹太院外集团有紧密的联系,信奉一位孤僻的哲学家列奥·施特劳斯的哲学思想,错误地认为伊朗是个摇摇欲坠的国家,一推就倒。一位新保守主义者声称:"对伊朗的外交政策可以休矣,现在要的是一个自由的伊朗。"受到新保守主义的影响,小布什在 2002 年将伊朗归入"邪恶轴心国"。和伊朗的和谈,甚至是正常的外交对话都终止了。2007 年,小布什甚至曾提出过"三天闪电战计划",说美国要是再不向伊朗动手就晚了。

美国一再地用错误的政策,加深了伊朗对美国的仇恨。当奥巴马总统上台之后,向伊朗伸出了和解的手。奥巴马不再提要颠覆伊朗政权,也不再提军事打击伊朗,他希望用各种可行的办法妥善处理伊朗核武器问题。

哈梅内伊的第一反应是:我凭什么要相信你?

## 果壳中的核问题

美国和伊朗的外交政策和我们表面上看到的都完全不一样。

美国的外交政策看似深思熟虑,似乎每一项政策都是大战略棋盘上搜肠刮肚想出来的一步棋子,都有反复计算过的深远用意。但事实上,美国在"二战"之后,多次在重大外交决策中犯过愚蠢的错误。在朝鲜战争期间,狂妄自大的麦克阿瑟就是不相信中国会出兵援助,他扣押了前方传来的和他意见不一致的重要情报。20世纪70年代,美国那么热衷派兵越南也令人百思不得其解。按照美国的解释,是担心红色中国借道越南,将势力扩张到东南亚。且不说中国根本就没有这样的野心,就算是中国要打东南亚,也不会从越南出兵。越南是个地形狭长的国家,一边临海,一边傍山,最窄处不过几十千米,美国只要控制住这个隘口,敌人就算插上翅膀也飞不过去。无论从老挝还是从缅甸出兵,都胜过借道越南。美国在"9.11事件"之后忽然去打伊拉克,更是匪夷所思。很多美国人错误地认为,劫机的恐怖分子是伊拉克人。错,他们大多是沙特阿拉伯人。很多美国人错误地认为,本·拉登躲在伊拉克。错,伊拉克和基地组织更是风马牛不相及。有人在美国的背后给了他一拳,他在气头上,一巴掌就扇在站在面前的小个子路人乙脸上。美国的外交政策看似精明,其实一直在犯错误。这只能说明,一个大国在外交政策上犯错误的空间有多么的大。美国犯了几十年的错误,仍然可以自以为是、自行其是。

伊朗看似激进而顽固,但其外交政策却一直小心翼翼。它的激进是表演出来的激进,它的谨慎是为求生存逼出来的本能。由于跟对手相比处于弱势,而且周围都是敌人,所以伊朗刻意将自己装扮成顽固的极端主义。这种激进的宗教就像豪猪身上的刺,是为了吓唬敌人,又像变色龙的皮肤,是为了蒙蔽对手。每一个小孩子都知道,要得到想要的东西,当个好孩子是不行的,只有又哭又闹、不听话,才能逼迫父母就范。用博弈论的术语讲,这样子,你的威胁才是可以置信的。但是,伊朗从来没有做出过任何自杀性的决策。美国攻打阿富汗的时候,恰逢新保守主义者一派狂言,扬言要打伊朗,但伊朗却在暗中帮助美国。伊朗将可疑的基地组织成员驱逐出境,而且用自己的影响力,说服阿富汗的地方军阀们站在美国一边。这说明,一个小国,有一点点小的疏忽都可能是致命的。犯错误是大国外交的奢侈品,哪怕像伊朗这样看似不按牌理出牌的国家,其实都是谨小慎微的现实主义者。

伊朗是美国自己"制造"出来的敌人。伊朗不过是一个区域性的国家,而且是一个处于防守状态的国家。和当年波斯帝国的疆域相比,在外国的侵略和干预之下,如今的伊朗国土已经小了很多,但它根本就没有想过要恢复往日的荣光。即使是在中东,伊朗也是一个防守型的国家,其对外输出革命的劲头,远远比不上埃及、沙特阿拉伯或土耳其。伊朗自己也清楚,作为一个波斯人占人口比重最多的国家,怎么可能在阿拉伯世界里当上盟主呢。即使伊朗是一个少有的政教合一的国家,宗教人士希望用伊斯兰教、而非西方的法律治理国家,但所有的伊朗人都有对安全、繁荣的渴望,他们最渴望的是,过上一种有尊严的生活。哈梅内伊说,伊朗追求的目标是"科学和技术上足够先进,先进到可以自力更生,自力更生到可以经济独立,经济独立到可以政治独立"。

你能想象伊朗去攻击美国本土吗？谁才是更真实的威胁呢？

真正的问题是伊朗想要发展核武器。这将彻底改变美国和伊朗之间的谈判筹码,也将在整个中东激起阵阵波澜。

最早是美国怂恿伊朗发展核武器。那时,美国正和巴列维国王打得火热。1979 年伊斯兰革命之后,霍梅尼认为核武器是反伊斯兰教义的,他坚决反对发展核武器。那为什么现在伊朗又想要拥有核武器了呢?

伊朗现在面临的外部形势是,东边的阿富汗、西边的伊拉克都被美国占领。伊朗并不惧怕美国部队的地面进攻,只要能守住厄尔布尔士山脉和扎格罗斯山脉,伊朗就安然无恙。但是,伊朗害怕美国以伊拉克和阿富汗为基地,再加上在中东的其他盟友,对伊朗进行内部渗透。这不是伊朗的幻觉。美国支持伊朗西南部俾路支人的分裂运动,也在支持伊朗产油地区库泽斯坦省的阿拉伯人闹独立,美国在伊朗的西北部支持库尔德人,还在阿塞拜疆收容了一批从伊朗流亡过来的阿塞拜疆独立分子。美国几乎把其一半的海军力量都部署在伊朗周边。数百枚巡航导弹瞄准了伊朗的城市、工厂、军队和核设施。在卡塔尔、伊拉克、土耳其、乌兹别克斯坦、阿富汗的美军基地,整装待发的飞机、直升机、两栖攻击舰,随时准备命令一下,在几个小时之内就"插入"伊朗。平日,还经常有美国的侦察飞机在伊朗上空盘旋。

伊朗能够采取的对策是,继续加紧对国内的严密控制。外部的威胁越是紧迫,伊朗国内政治中的强硬派越是得势。继续扩军备战,伊朗的军队加上伊斯兰革命卫队一共有 45 万兵力,足以保证依托有利地形,和入侵的军队打游击战。伊朗也会以攻为守,渗透到伊拉克、阿富汗和巴勒斯坦,干扰美国的战略部署。伊朗还可以展开外交攻势,加强和欧洲、日本这些石油进口国的联系,同时积极拉拢印度、中国这些新兴大国。

但最根本的是核武器,国际社会最担心的就是伊朗会发展核武器。核武器不是一种进攻性的武器,而是一种防守型的武器。除了投在广岛和长崎的两颗原子弹,至今为止,从未有哪个国家,哪怕在最凶险的时候使用过核武器。但一旦你拥有了核武器,就等于拥有了和敌人同归于尽的力量,敌人就无法彻底摧毁你。伊拉克没有核武器,最后被美国灭了;利比亚没有核武器,也被西方推翻了;朝鲜有核武器,所以到现在还能逍遥自在。有核武器,生存;没有核武器,灭亡。这是一条铁律。更不用说,如果伊朗有了核武器,将给其领导人增加多少光辉,也让普通百姓感到何等振奋。这是一种不设身处地难以理解的微妙情感。白崇禧的儿子、著名作家白先勇曾经回忆,当1964年中国的原子弹爆炸成功时,他在美国激动得热泪盈眶。激动完了,才想起来,这是共产党的原子弹。

　　按照美国原有的外交政策,伊朗核武器问题将成为无解的难题。如果实施"外科手术式"的打击,直接摧毁伊朗的核设施呢?以色列曾经打击过伊拉克的核设施,但萨达姆很快就重建起来。消除伊拉克制造核武器的能力,最终是在美国彻底摧毁萨达姆政权之后。但是,如果美国出兵攻打伊朗,势必陷入一场旷日持久的战争。无论是罗马帝国,还是大英帝国,帝国灭亡的根源都是战线拉得太长、消耗过大。美国真的想让伊朗变成自己的最后一站? 如果采取和谈呢?估计伊朗会采取"边打边谈"的政策,一边游走在民用和军事的边缘,打擦边球,一边时硬时软地和美国及国际社会谈判,直到最终临门一脚,拿出自己的核武器。

　　每增加一个核大国,都会为整个世界增加更大的风险。解决伊朗的核问题,要靠国际社会的共同努力。但解铃还须系铃人,美国必须对其伊朗政策作出重大的调整。

首先要消除的是对伊朗的恐惧和仇恨。伊朗没有消灭美国的雄心,也没有这个能力。伊朗关心的是内部的稳定问题。退一步讲,即使伊朗有了核武器,也不意味着中东地区会落入伊朗之手。以色列的军事力量足以震慑伊朗。伊朗有了核武器之后,其他中东国家不会立刻团结在伊朗的旗帜下面,相反,他们会吓得紧紧扎入美国的怀抱。所谓的核武器"多米诺骨牌理论"认为,一旦伊朗有了核武器,其他中东国家就会群起效仿。但朝鲜有了核武器之后,韩国和日本都没有跟进,尽管它们完全具有很快制造出核武器的能力。美国的过度恐惧,反而会增加中东核竞赛的可能性。

想要彻底地解决伊朗核武器问题,需要在中东建立无核区。一个无核的中东对各方都是有利的。但棘手的地方在于以色列已经拥有了核武器,而且以色列多次声称,如果美国不打击伊朗,它就会自己发动对伊朗核设施的袭击。如果双方都不使用核武器,难道伊朗能够在军事上战胜以色列吗?事实上,以色列已经成为美国在中东的"负债",美国的中东政策,被越来越不耐烦的以色列挟持。美国必须重新反思自己在中东棋局的每一步棋子。

美国长期以来实施的对伊朗的经济封锁、经济制裁,效果并不理想。受到经济制裁影响最大的不是独裁者,而是普通的中产阶级和劳动者。尤其是穷人和孩子,受到经济制裁的影响,没有足够的医药和营养,甚至因此死去。统治者却恰好可以利用这个机会加强对内部的高压控制。伊朗希望成为世界经济舞台上正常的一员,它想成为世界贸易组织(WTO)的一员,却遭到美国的反对。为什么不相信市场和开放的力量呢？

伊朗可以变成坚硬的壳,也可以长成嫩绿的芽,它的命运如何,要看它落在什么样的土壤里。

# 中东局外局

## 历史迷局

从地中海东海岸出发,向东向北,越过高加索山脉,是一望无际的中亚草原。再向东,可到达阿富汗和巴基斯坦。从高加索山脉向南,是两河流域。再向南,越过波斯湾,是茫茫的阿拉伯沙漠。如果再越过红海,可以到达古老而神秘的埃及。这一大片支离破碎的土地,横亘在西方的欧洲和东方的印度之间,被欧洲人称为"中东"。

中东有着至少 5000 年以上的历史。但是,如果你只是好奇,为什么中东总是充满了冲突和战争,那你根本不需要熟知其古代的历史。90 年,也就在过去不到 90 年的时间里,那个曾经宁静而单调的中东,变成了世界上最动荡的地方之一。

一百年前的中东和现在几乎完全不一样。那时的中东没有巴勒斯坦,也没有以色列,没有伊拉克,也没有约旦。第一次世界大战之前,中东的大部分地区和巴尔干半岛地区都在奥斯曼帝国的版图之中。但辉煌一时的奥斯曼帝国已经日薄西山,苏丹能够统治的不过是君士坦丁堡附近的一小块地方。广阔的帝国,溃散成了半自治的乡土社会。历史的时钟在这里仿佛生了锈,中东在当时只是一个被遗忘的角落。20 世纪以前,中东也不时会出现骚动,但那大多是地方性的不满,是小小池塘里的涟漪。

第一次世界大战彻底地改变了中东的政治格局。奥斯曼帝国加入了德国一方阵营,不幸在"一战"中失败。欧洲列强肆意瓜分中东地区,埋下了冲突和仇恨的种子。英法俄在"一战"还没有结束的时候就秘密签订了《赛克斯-皮科特协定》,将原属于奥斯曼行省的叙利亚一分为二。法国占据了叙利亚北部。战后,法国为了遏制逐渐觉醒的阿拉伯民族主义者,不断肢解叙利亚。20 世纪 20 年代黎巴嫩的独立,就是得自于法国的支持。阿拉伯半岛西部汉志地区的哈希姆族人在"一战"期间曾经给予英国很大的支持,英国也曾许诺支持成立一个独立的阿拉伯国家。但"一战"之后,英国背信弃义,将阿拉伯半岛的统治权拱手让给另一支阿拉伯部落,即沙特人,这就是今天的沙特阿拉伯。哈希姆人则辗转到了伊拉克。1958 年伊拉克爆发军事政变之后,哈希姆人又迁至约旦河东岸,成立了后来的约旦王国。这些突如其来的变化给中东各族带来了深深的创伤。

以色列的出现,使得本来就危机四伏的中东地区更加动荡不安。从 19 世纪 80 年代开始,大批犹太人开始迁居中东,梦想着成立他们的犹太家园。外来的犹太居民和当地土著阿拉伯人之间的敌意越来越大。历史上并没有一个叫巴勒斯坦的国家，巴勒斯坦人的民族情绪是在反对以色列占领的抵抗运动中逐渐培养起来的。最早，美国对以色列并不感兴趣，美国的兴趣是在希腊和土耳其，那里才是冷战的前沿。以色列一度以苏联和法国为靠山。直到约翰逊总统任期内，美国才和以色列越走越近。尤其是 20 世纪 60 年代中期，苏联的势力已经渗透到叙利亚和伊拉克，以色列在美国全球战略中的地位才一下子得到了提高。

欧洲列国在分割中东的同时，还想把西方政治体制的种子，培植在中东的土壤里。然而，宗教、种族和石油这三个独特的因素，使得中东的政治生态系统异常脆弱。这里干燥异常，无法滋养民主的绿洲，时常又会黄沙漫漫，激荡起内乱的沙暴。

和世界上其他地方显著不同的是，宗教在中东的社会生活中扮演着极其重要的角色。宗教在一定程度上可以超越狭隘的民族主义，凝聚人心。当年的奥斯曼帝国是一个穆斯林帝国，不是一个土耳其人的帝国。但宗教能在多大程度上整合社会，也就能在多大程度上分裂社会。哈佛大学政治学家亨廷顿提出"文明的冲突"，而历史学家弗格森则说，真正的冲突是"文明内部的冲突"。人们真正的敌人是熟悉的陌生人，即和自己最相近的另外一个人群。穆斯林最大的敌人是另外一派穆斯林，逊尼派和什叶派长期以来势如水火。让中东的形势更加扑朔迷离的是，这里不仅仅有穆斯林，还有大量的希腊天主教徒、罗马天主教徒、亚美尼亚使徒教会、基督徒、景教教徒、叙利亚东正教徒、马龙派教徒、基督一性派、撒玛利人、犹太教徒等。宗教上的纠葛，加上种族之间的猜忌，使得原本可以和谐相处的社会、邻里，甚至家庭，都被撕成破碎的残片。伊拉克美国使馆的一名什叶派女雇员说："我都不敢跟我妈妈一起看电视，她是个逊尼派，她看到所有的坏消息，都要抱怨是因为什叶派在政府里当权。"

　　民族主义可能是西方国家带给中东的"最好的礼物"，这里本来就是一个种族的"百衲衣"。欧洲之所以能够形成民族国家，首先是因为欧洲的各个民族已经相对成型，聚居而生。无论在英国还是法国，如果你走出几十千米甚至更远，你看到的人们还是和你长相一样，说同样的语言，信仰同样的宗教。但是在中东，你不用走出几十千米，很可能你的邻居就和你完全不一样。没有所谓的"阿拉伯人"，"阿拉伯人"过去是指过着游牧生活的贝都因人。埃及人和叙利亚人，伊朗人和伊拉克人，全都不一样，长相不一样，语言不一样，各自有各自的历史和宗教信仰。但传统的中东社会，有种族的不同，却没有民族主义。按照伊斯兰教的教义，"温麦"即信众共同体才是穆斯林唯一效忠的对象。无论民族、语言、文化，所有的虔诚穆斯林都应被视为兄弟姊妹。令人意想不到的是，西方的民族国家和民主制度激发了中东不同种族之间的仇恨。具有讽刺意义的是，当专制者统治的时候，民族之间的矛盾反而有所缓解。萨达姆时期，伊拉克不同种族之间的通婚率一直较高，但暴君被除掉之后，仇恨反而被释放出来。2005 年伊拉克选举中，92％的选民关注的是种族间的差异和矛盾。就连中东地区政治现代化程度最高的以色列，也陷入了建国的两难选择：如果要建立一个民主国家，势必要融合境内的阿拉伯人，但如果融合了阿拉伯人，以色列就不再是一个纯粹的犹太人国家，这又违背了当初的建国初衷。

石油使得中东政治局势更加扑朔迷离。20 世纪 70 年代之前,中东的石油开采主要集中在西方跨国公司,即所谓的"七姐妹"手中。中东国家在 20 世纪 70 年代之后开始实行石油国有化,并在 1973 年中东战争之后提高油价。1972 年油价只有 2.5 美元一桶,到 1974 年就已经涨到 12 美元一桶。控制了石油就控制了中东的政治。萨达姆当年是伊拉克政坛的第二号人物,但正是由于他主持石油国有化,才势力暴涨,终于取代了当时国内头号人物艾哈迈德·哈桑·贝克尔(Ahmad Hasan al-Bakr),成为伊拉克总统。凡是富有石油资源的中东国家,均无意推动民主化。由于控制了石油资源,中东国家不必要通过征税获得财政收入,自然也不必要向公众公开自己的财政预算。萨达姆时期,伊拉克一半以上的财政收入来自国有石油公司,而其财务报表从未对外披露。如果国内的公众有不满的意见,产油国家不是厉行改革,而是通过提高福利的办法,平息大家的怨气。由于手中有钱,产油国家也会大量在军队上投资。不难理解,为什么当"阿拉伯之春"进行得如火如荼的时候,富有石油的阿曼和沙特阿拉伯能够依然岿然不动。即使像伊拉克这样,在外力的干预下推翻了原有的专制政权,新上台的领导人,即使是民选出来的领导人,也未必会推行民主制度。委内瑞拉的查韦斯、俄罗斯的普京,均是在油价上涨时期,趁机扩大了自己的强权统治。而产油国走向真正的民主政治,要么是在油价低迷的时候,要么是其国内的石油资源开发殆尽,不得不改弦更张的时候。

中东本来是一辆缓慢行驶的列车,突然被一个粗心又自负的扳道工改变了方向,从此脱离了传统社会的轨道,但隔着深谷激流,无法到达西方政治的彼岸。这辆列车，一头扎进了沉沉的雾霭，迷失在崇山峻岭之中。

## 政治残局

一个错误跟着另外一个错误，一个错误引发了更多个错误。于是，中东政治成了不治之症。由于西方国家的不断搅局，和平的幻梦一再破灭，繁荣的前景遥遥无期，中东政治是一盘无人能够破解的残局。

在冷战时期，中东的政局就已经险象丛生，但却总能化险为夷。1967年以色列发动对埃及、叙利亚和约旦的空袭。1973年埃及和叙利亚发动对以色列的袭击。但每次打完仗，双方就会回到谈判桌上。1977年埃及的萨达特总统戏剧性地飞抵耶路撒冷，和以色列人坐下来和谈。1979年伊朗爆发"伊斯兰革命"，63名美国使馆人员被扣押为人质，但一年半之后所有的人质都被释放，美国和伊朗达成了和解。这一时期的中东政治犹如游乐场中的过山车，一会儿，你觉得好像要被甩出了轨道，一会儿，你觉得好像马上要撞上地面，但实际上却有惊无险，你被安全带紧紧地绑在座位上，游乐园的管理员定期会检查各项安全装置。无论形势看起来多么恶劣，这一时期中东的政治走势，更多的是由外部的两个霸权国家操纵的。美国和苏联通过各种手段在中东争取盟友，制造矛盾，但如果形势真的快要不可收拾的时候，两个老大总会心照不宣地各自退让。

在专制统治时期，中东的政局也能较为稳定，社会也在缓慢地走向现代化。中东有几种不同的政治体制。沙特阿拉伯是一种半封建式的政体,世袭的王室成员统治着整个国家。伊朗在霍梅尼发动"伊斯兰革命"之后成为一个神权政体,最高领导人霍梅尼的称号是"法基赫",即首席神学家。除了这些政体,在中东经常能遇到的是强权领导人的统治。从土耳其的凯末尔,到埃及的纳赛尔,从伊拉克的萨达姆,到利比亚的卡扎菲,他们大多来自军方,上台之后大权独握,而且不肯放手,几乎都是终身统治。乍看起来,这是一种非常落后的政治体制,但在中东,却是相对开明和现代化的。在所有学习西方文明的努力中,军队的反应速度最快。军队是中东各国现代化程度最高的社会组织。专制者统治时期,往往会推行一些民族融合、鼓励科研教育、改善民生,甚至提高妇女地位的政策。但为什么"阿拉伯之春"运动中,自发性的群众抗议运动会摧枯拉朽一般地导致一系列专制者下台呢？ 一个重要的原因恐怕是,这些专制者在位时间太长,已经到了不得不退出政治舞台的时候。这就激发了潜在竞争者的无限遐想。专制者会传位给自己的儿子呢,还是给自己的部下？ 如果是传给儿子,会传给哪个儿子呢？ 如果是传给部下,会是哪个部下呢？ 这种猜疑导致了统治阶层内部出现罅隙,才使得街头的民主运动发挥出异乎寻常的威力。

中东曾经有一个难得的历史机遇,能够实现持久的和平和发展。那就是在冷战之后。当时,如果美国想要改变中东的政治格局,在武备和文事方面均有得天独厚的优势。1990 年伊拉克入侵科威特的时候,苏联自己已经陷入危机,这才使美国可以独断专行,从中亚抽调兵力,迅速击溃伊拉克。在这之前,1980 年至 1988 年的"两伊战争"已经在很大程度上消耗了这两个地方小霸主的实力。"沙漠风暴"行动像一部极具震撼力的大片,展示了美国的军事力量。之后,美国在中东大规模部署兵力。以美国的实力,完全可以对当地的潜在冲突具有绝对的威慑力。在和平谈判方面,由于美国的协调和斡旋,也出现了显著的进步。1993 年 8 月,以色列总理拉宾和巴勒斯坦解放组织主席阿拉法特在白宫草坪上握手。转机好像就在眼前。

然而,希望很快成为泡影。2001 年美国遇到了"9.11"恐怖袭击事件。小布什总统随后在 2003 年发动对伊拉克的入侵,据称是要摧毁伊拉克的大规模杀伤性武器。这是一场彻头彻尾错误的战争。大规模杀伤性武器根本就没有找到,"自由"和"民主"也没有在伊拉克建立起来。相反,中东的力量平衡被打破。失去了伊拉克的制衡,伊朗的力量迅速扩大。国际恐怖主义也没有被肃清,反美的情绪空前高涨。

美国和其他西方国家正在沿着错误的道路继续走下去,中东很可能会进入一个混乱而动荡的新时期。

第一个严重的错误是盲目相信武力。法国和其他西方国家贸然干预利比亚内战,西方国家不断对叙利亚施加制裁压力,美国和伊朗之间剑拔弩张,随时可能擦枪走火,引发战争。由于美国有强大的军事优势,面对任何一个中东的敌手,美国都可以轻而易举地彻底击败敌人,让它们的军事力量至少倒退二十年。但是,战场上的胜利不是结束,只是一个开始,战后重建带来的巨大成本会把美国拖入一个泥潭。

美国主张对伊朗发动战争的主要理由是,伊朗很快就会制造出核武器,而这将直接威胁到美国的利益,并可能导致连锁反应,其他的中东国家会群起效仿,制造自己的核武器。有的观点认为,伊朗有了核武器,就会将之卖给塔利班,恐怖分子就会如虎添翼。也有学者认为,如果伊朗有了核武器,其他中东国家难免会抛弃美国,转入伊朗的阵营。主张打击伊朗的观点认为,可以对伊朗的核设施发动"外科手术式"的精准打击,不会引发严重的伤亡或其他负面后果。这些观点没有一个是站得住脚的。即使伊朗有了核武器,也不会狂妄到了用核武器去攻击美国的地步。核武器不是一种进攻性的武器,而是防守性的武器。即使伊朗有了核武器,其他国家也未必会加入开发核武器的竞赛。朝鲜有了核武器,韩国和日本并没有非要制造核武器。印度和巴基斯坦都有核武器,而且两国关系始终非常紧张,但在最紧张的时候,双方均保持了克制,从来没有提出要使用核武器。假如伊朗有了核武器,恐怕它会把核武器捂得紧紧的,怎么会把自己的看家法宝随便送给别人？伊朗有什么理由相信自己能完全控制塔利班？如果伊朗有了核武器,考虑到伊朗和大部分阿拉伯国家之间的嫌隙,可能出现的结果反而会是阿拉伯国家会更加靠紧美国,要求美国提供更多的保护。认为"外科手术式"的精准打击能彻底摧毁伊朗的核设施,也是一种空想。1981年以色列曾经轰炸过伊拉克的核反应堆,但之后萨达姆反而加快了重建核设施的步伐。真正让伊拉克放弃核武器,是之后美国发动了对伊拉克的全面打击,迫使萨达姆下台,而这前后花费了大约十多年的时间。

纵观历史,帝国的全球战略总是分而治之,寻找均势。当年古罗马和大英帝国是这样做的,美国过去在中东也是这样做的,所以当伊拉克力量强大的时候美国就支持伊朗,而当伊朗爆发宗教革命之后,美国就支持伊拉克。如今,伊拉克仍然处于半无政府状态,埃及很快就要步其后尘,叙利亚和伊朗的局势岌岌可危。比专制统治更可怕的事情,就是专制突然消失之后,留下巨大的权力真空。土耳其在中东的力量将趁机壮大,任何一个具有强烈对外扩张冲动的国家都有可能成为未来地区不稳定的隐患。以色列的处境会更加凶险,四邻的阿拉伯国家只会对以色列更加敌视。过去,美国或许还能约束以色列的行为。但随着中东和谈的失败,美国作为中间人和协调人的信誉一落千丈。以色列可能会不顾美国的劝阻,一意孤行。比如,如果以色列袭击伊朗,很可能引发伊朗的报复性行为。或许,伊朗真的会封锁霍尔木兹海峡,而这就不可避免地会把美国卷入中东的战争。过去,以色列可谓美国深深插入中东的楔子,但如今,它已经成了美国的一个"负债"。

第二个严重的错误是盲目相信民主。正如哈佛大学政治学家亨廷顿指出的,政治的有效性才是第一位的。如果没有办法维持政治的稳定,无论采取什么政体,都是失败的政体。西方政治学家中流行的"民主和平论"只是一种空洞的臆想。或许,成熟的民主政体有助于防止狂人发动战争,但在中东地区,民主政体有名无实,似是而非。仿佛一瓶晃动了很久的香槟,终于冲开了瓶塞,首先喷涌而出的,并不是清爽的美酒,而是愤怒的气泡。民主需要漫长的学习和磨合,但在缺乏经验的情况下,被催熟的民主政治只会鼓励更多狂热的民族主义、原教旨主义。任何一派政治力量上台之后,都极有可能变本加厉地压迫在原政权中占有优势的民族、宗教或阶层。新仇旧恨层层累加,中东未来可能陷入无休止的内战。原来的旗帜已经褪色。阿拉伯民族主义、阿拉伯社会主义已成往事，而一个健康、稳重的民主政体尚在明日，在今日的中东大行其道的是宗教原教旨主义。从表面上看，西方国家制裁叙利亚、伊朗都得到了阿拉伯联盟的支持，但这只是表面。阿拉伯国家政府的表态，和大街上阿拉伯人民的表态，是两种截然不同的声音。在"阿拉伯之春"运动之后，将是美国和其他西方国家与中东关系的寒冷"冬天"。反美和反西方干预将成为新兴的政治力量寻求民众支持的最佳策略。这倒不一定是因为美国在中东的政策样样都是错误，中东国家内部存在的诸多问题，可能是阻碍这一地区和平与发展的更深层原因。但是，批评美国比改革自我要容易得多。美国不请自来，恰好成为中东民众愤怒情绪的发泄对象。

更为糟糕的是，伊斯兰教的影响力远远超越了中东。在欧洲国家，有大量来自北非和中东的穆斯林移民。在美国也有大量的穆斯林、犹太人。西方国家在中东外交政策的失误会反过来伤害到自己的内政。尤其是在全球金融危机之后，西方国家会进入较长时期的经济衰退，社会福利支出有可能进一步削减，就业状况不容乐观。哈佛大学经济学家本杰明·弗里德曼在《经济增长的道德含义》一书中讲到，凡是在经济增长较快的时候，社会风气也会更开明、宽容、乐观，但在经济增长停滞的时候，社会风气就会更加狭隘、排外、悲观。在这一背景下，动荡的中东局势，会越过高山海洋，把社会的震荡带给其他国家。

没有一个帝国会永不衰败，尤其是像美国这样一个天生缺乏帝国气质的国家，力量过于强大，神经过于脆弱，时常会在国际事务中作出过激的反应。如今,美国在中东陷入了前进不得、倒退不成的窘境。如果说美利坚帝国也会走向衰退的话,那么中东很可能会是这最后一幕的场景。这里将成为美利坚帝国的悲伤沼泽。

## 局外做局

猝不及防的"阿拉伯之春"运动爆发,它声称要摧毁一个旧世界,但却不知道新世界身在何方。专制者下台之后,留下了任人争夺的权力真空。新生的弱势政府势必难以遏制被激发起来的民族主义和原教旨主义。欧洲国家面临债务危机,难以集中精力应对中东问题。美国在中东耗费的时间越长,遇到的国内和中东当地的反对力量就越大,而美国撤出中东的速度越快,中东的局势就会恶化得越快。在美国、中国等石油消费国强劲需求的影响下,近期内油价难以明显下跌,高企的油价将使得中东的内部改革缺乏动力。中东将不可避免地经历一个混乱和动荡的时期。但是,没有永久的混乱和无序,乱后有治,在经历了即将到来的一段动荡之后,或许,中东地区会在痛苦的摸索中,慢慢找到新的稳定和均衡。

中国和中东没有直接的重大利害关系,也没有很深的历史文化渊源,双方之间没有深入广泛的了解,而且,中国参与中东事务谈判缺乏足够的筹码。卷入中东乱局,是不智之举。正是因为美国将在中东问题上牵涉大量的精力和实力,而且可能深陷其中,不可自拔,这恰恰是中国在未来战略机遇期面临的战略资源。作为一个负责任、讲道义的大国,中国想要在中东问题上起到更积极的作用,关键是领悟"功夫在诗外",要局外做局。

一是能源。从表面上看，中国从中东大量进口石油，因此也是中东政局的利益攸关者。但是，即使中国担心石油问题，也没有必要、没有可能直接介入中东局势。所谓能源安全，包含三个问题，首先是能否买得到，即石油的可获得性；其次是能否买得起，即石油的价格波动性；再次是能否运得回，即运输线的安全性。从当前的形势来看，中东爆发战争，导致石油供给中断仍然是小概率事件。尽管中国是主要的石油进口国，但却缺乏定价权，因此只能被动的承受油价的波动。由于中国缺乏强大的海军力量，海上石油运输线的安全问题也是我们难以在短期内主动控制的。考虑到中东政局动荡对石油供给和石油价格的影响，中国应该在能源政策方面布局，从而间接地应对中东政治动荡的风险，增加自己的筹码。首先是要减少对石油的消费，节约能源，从而减少中国在中东政局动荡中的潜在损失，并化中东危机，为国内经济结构改革的机会。其次是倡议建立石油进口国组织，建立包括欧洲、中国、日本、韩国、印度，或许也包括美国在内的国际组织。这一国际组织可以使得中国有一个新的平台，在远离中东动荡、超脱中东具体政治事务的条件下，和其他国家交流对中东政治的关注，可以让中国在一个新的多边平台里增强和中东各方的对话和谈判，可以扩大中国和其他国家在中东问题上的利益交集。再次是倡议建立新能源联盟，从地缘政治的高度考虑新能源产业的重要性，先行一步，构筑后石油时代的新能源国际秩序。

二是投资。从表面上看，中国在北非和中东的投资因该地区政局动荡受到巨大的损失，这在一定程度上动摇了中国继续增加对中东投资的信心。此外，中国和中东的贸易、投资关系，既有利于拉近双方的关系,也可能为双边关系制造新的矛盾和摩擦。中东的民众已经在抱怨中国产品挤占了当地产品的市场,中国企业害得当地的企业破产、工人失业。解决这一问题的出路,可考虑通过双边合作、多边机构,扩大对中东基础设施、民生工程的投资。如果有多边机构致力于中东基础设施的投资,将必然在当地经济发展中起到越来越重要的作用,并进而在政治决策中发挥积极的影响力,中国应在这样的多边机构中占有重要的一席之地。通过增加对农业、城市化、工业化等项目的投资,有助于改善当地的就业、促进当地产业结构的多元化,必能赢得当地的民心。如果未来中东政局将持续动荡,那么与其援助当地政府,不如直接投资于人民。赢得了当地民心,就可以在错综复杂的中东政局中立于不败之地。

三是金融。从表面看,中国和中东在金融合作方面的潜力并不大。中东手中攥着大把的石油、美元,并不需要外来的资金。但事实上,通过金融合作,可以最小的成本最大化中国和中东之间的共同利益,且开辟中国和中东合作的新舞台。中国和中东面临的共同问题是,双方均持有大量的美元资产,而在美元可能长期贬值的背景下,双方均急需分散风险,使得外汇储备进一步多元化。可考虑中国和中东通过相互投资,互相持股,你中有我,我中有你,这种相互投资的关系将有助于形成密不可分的中国和中东利益共同体。与此同时,金融投资技术性较强,不会直接影响到国内各阶层的利益分配,可避开国内、国际政治的干扰。在国际货币体系改革方面,中国和中东有着共同的主张,通过进一步的交流和合作,完全可以在适当的时机提出共同的改革建议,形成统一战线。

　　四是意识形态。尽管中东的政治动荡没有直接影响到中国，但间接的冲击也是不容忽视的。从表面上看，中国不宜于直撄其锋，可以以更加主动积极的、平淡务实的发展理念，冲淡激进、进攻性的意识形态。中国应强调并坚持政治稳定和经济发展，民族间的融合和团结高于民族自决。在沧海横流的革命岁月，这样的观念明显缺乏煽动力。但当激情消散、铅华洗尽、人心求稳、黎民思安的时候，中国的"和谐社会"、"可持续发展"理念，最终会得到更多的认同。在国际上的意识形态斗争中能够取得一份成绩，也就能为国内的社会稳定和政治发展作出一份贡献。

　　五是均势策略。没有均势，就没有平衡。物理学的定理如此，政治学的定理亦然。中东的政治游戏，主要是由几个地区大国主导的，其中包括土耳其、叙利亚、伊朗、伊拉克、沙特阿拉伯、以色列和埃及。如今，埃及和伊拉克几乎陷入无政府状态，叙利亚处于内战边缘，伊朗面对外部的围堵，沙特阿拉伯暂可自保，唯有土耳其和以色列的力量尚未受到冲击。面对这样的局势，中国应尽可能帮助中东恢复新的力量平衡。中国和埃及之间存在长期的友好关系，当埃及处于变革期的时候，中国有责任增加对埃及的援助和支持，帮助其尽快恢复政治稳定和经济增长。中国和以色列之间有着复杂而微妙的感情，两国之间由于历史的渊源，有着天然的好感。面对不断壮大的土耳其，中国应保持足够的关注，加强和土耳其之间的合作。和这些力量消长较为显著的国家相比，中国和伊朗、沙特阿拉伯等国的关系，大体可以在维持现状的基础上，逐渐谋求进一步的发展。

第四章

衰退中的一代

# 从第一次经济全球化
# 到第一次世界大战

　　那是一个令人魂牵梦绕的时代。英国人把它叫做"维多利亚大繁荣"(great Victorian boom)，美国人把它叫做"镀金时代"(gilded age)，阿根廷人把它叫做"美丽年代"(belle époque)，这就是经济史学家所称的"第一次全球化"。19世纪中叶，经济全球化达到了一个鼎盛时期，国际贸易和国际投资空前繁荣。然而，它来得耀眼，去得匆匆。19世纪70年代之后，保护主义的潮流开始高涨。进入20世纪之后，欧洲列强的军备竞赛逐渐升温。1914年，第一次世界大战突然爆发。一个最伟大的时代，却以最悲惨的结局收场。

　　著名经济学家凯恩斯曾在其《和约的经济后果》一书中，无限叹惋地写道"一战"之前英国人的生活：

　　　　当时的伦敦人可以在床上一边喝着早茶，一边通过电话订购世界各地的各种产品，想订购多少悉听尊便，他还可以放心地等着这些东西运到自家门口；同时，他也可以把自己的财富投资到地球任何角落的自然资源开发和新的冒险事业中……如果他愿意，他可以利用廉价和舒适的交通工具，立即动身去任何国家而不需要护照或填写各种表格；他可以派自己的仆人到附近的银行大厦，取出似乎非常方便的贵金属，然后可以在世界各个地方通行无阻。

经济全球化的快车，为什么会坠入第一次世界大战的深渊呢？

1800 年，新世纪刚刚露出一丝曙光。清晨的雾气尚未消散，苍白的月亮仍然挂在天边。经济全球化的列车已经悄悄开出了站台。

这时，工业革命已经从英国传播到欧洲的其他国家，科技创新大幅度降低了远程交易成本。1807 年，克莱蒙特(Claremont)的蒸汽轮船在哈德逊河上初次亮相。1836 年，第一条横跨大西洋的轮船航班开通。一开始，蒸汽轮船还只能用来运输一些昂贵的货物，随后的一系列改进，如螺旋桨、铁皮壳、大船舱，让蒸汽轮船更加普及。1869年，苏伊士运河开通，这意味着蒸汽轮船不仅能在大西洋两岸航行，也可以开往遥远的亚洲了。1830 年，英国的第一条铁路，从利物浦到曼彻斯特的铁路建成。就在同一年，美国第一条铁路，从巴尔的摩至俄亥俄的铁路也开始通车。美国在南北战争之后掀起了铁路建筑狂潮。1869 年 5 月 10 日，第一条横贯北美大陆的铁路建成。在这条铁路建成之前，美国的东西部之间被崇山峻岭、浩瀚沙漠阻碍。纽约人要想到旧金山,需要乘船绕行南美洲合恩角,最短也要花六个月的时间。1866 年,跨越大西洋底的电报电缆铺设成功。投资电缆铺设的"大西洋电缆之父"菲尔德说:"我的越洋电报是一条狗,从伦敦踩着它的尾巴,会在纽约发出叫声。"过去从伦敦发一条消息到纽约,至少需要十天的时间,如今连一天都用不了。伦敦和纽约市场上的同类金融资产的价格差下降了 69％。在资本市场上,无论是后来的电话还是互联网,都无法和电报的影响媲美。交易成本的下降带来了国际贸易的勃兴。在这段时期,国际贸易的增长速度比世界经济的增长速度快得多。

　　1850 年,灿烂的阳光照在开满鲜花的原野上。太阳已经升起来了,但还没有把驾驶室的铁皮屋顶晒烫。清爽的风吹过。汽笛发出一声粗犷的长鸣,列车加速前进。

这是自由贸易凯歌高奏的时代。英国是自由贸易的积极倡导者。1846 年,英国废除了《谷物法》。《谷物法》是 19 世纪英国政治斗争的主线之一。地主们主张对进口谷物征收高关税,逐渐兴起的城市资本家则强烈反对。1838 年,曼彻斯特的制造商们联合起来,成立了"反谷物法联盟"。大卫·李嘉图等经济学家将自由贸易的理念阐述得淋漓尽致。《经济学人》杂志就是谷物法的反对者为了宣传自由贸易而创办的。经济学家喜欢把反谷物法的胜利算到自己的头上,其实,哥伦比亚大学教授贾格迪什·巴格瓦蒂在《贸易保护主义》一书曾谈到,英国废除《谷物法》在一定程度上得益于持有自由贸易

立场的皮尔首相权势很大，能够力排众议。首相皮尔的父亲就是个
工厂主，而他的内阁成员中也有多名坚定的自由贸易支持者。1845
年爱尔兰爆发了饥荒，眼看着英国也快出现食物短缺了，这才使得皮
尔痛下决心，一锤定音。随后，自由贸易政策开始为欧洲各国效仿。
1860 年英法签订《科布登条约》协定，双方互相降低关税。在这个贸
易协议中，有一个设计精巧的机关，那就是"最惠国待遇"。按照最惠
国待遇，最初签署贸易协定的国家，无论对方再和其他国家签订什么
样的贸易协议，均能自动获得同样的优惠政策。这等于国家和国家
之间构架了一套自由贸易的网。到 20 世纪 70 年代，英国、德国、荷
兰、瑞典和瑞士的制造品平均关税下降到不足 10％，法国和意大利则
略高于 10％。

　　　　1870 年，天气变得越来越热，热得让人昏昏欲睡。列
　　车的速度已经达到了极限，车身轻微地飘忽晃动。铁道拐
　　了一个大弯，滑进一条长长的下坡路。司机不断地扳动制
　　动，试图使车速慢下来。

　　全球化在其最繁荣的时候，也种下了自我毁灭的种子。表面上
看，这时经济全球化仍然非常风光。发展迅猛的不仅仅是国际贸易，
还有国际投资。到 19 世纪 70 年代，欧美各国都已经实行了金本位
制，国际金本位制将各国的金融市场融为一炉。在美国的铁路投资
热潮中，不乏英国投资者的身影，甚至还有中国的商人，如怡和行的
创始人伍秉鉴。1870 年，外国资产占世界 GDP 的比例为 7％，到第

一次世界大战前夜,已经上升到 20％。法国和比利时在德国钢铁业中的股份占 20％。1910 年,德国和比利时企业在法国洛林铁矿中持有的股份多达 35％。法国企业在比利时、德国和荷兰的煤矿中均有投资。和资本的流动比起来,人口的流动更是蔚为壮观,当时对跨国的人口流动基本上没有限制。不要忘了,当马克思从德意志移居英国,去大英图书馆里写他的《资本论》时,他根本不需要办护照和签证。从 1840 年到 1870 年,每年由欧洲移民到美洲的人数平均为 30 多万人,从 1870 年到 1900 年,每年平均有 60 万人,到第一次世界大战前,每年的移民人数已经上升到 120 万人。欧洲内部的移民也非常活跃,大量的爱尔兰人在饥荒之后涌入英国,东欧人口也在源源不断地向西欧国家迁移。到 1912 年,法国的洛林工业区有 57％的人口是外来移民。

国际贸易、国际投资和国际移民都会带来巨大的收益,但它们也会带来赢家和输家之间的尖锐对立。来自北美和乌克兰的价格低廉的粮食让欧洲的农民叫苦不迭。来自"旧大陆"的移民也让"新大陆"的工人提心吊胆,担忧饭碗会被夺走。北美的制造商把自己称为"幼稚产业",让一个刚刚学会走路的孩子和拳王泰森同台竞赛,这怎么能算是公平呢?从 1870 年起,欧洲的保护主义暗潮涌动,欧洲各国纷纷出台农业贸易保护政策。1870 年,俾斯麦告诉德国人,一个新的德国将由铁和血铸成。十年之后,人们发现,德意志帝国是由铁和黑麦铸成的,俾斯麦的政策保护的是国内的工业资产阶级和容克地主。1880 年之前,德国的小麦进口关税只有 6％,其他谷物的进口关税是 8％。1887 年,德国将小麦的进口关税提高到 33％,黑麦的进口关税提高到 47％。法国在 1887 年将小麦的进口关税提高到 22％。

1892 年,法国推出了《梅里纳关税法案》,对农产品和其他初级产品的进口都征收惩罚性的关税。没有实行有效的农业保护的国家呢?1879 年至 1894 年间,爱尔兰、西班牙、西西里和罗马尼亚都曾发生多起农民暴动。在大西洋的彼岸,盛行的是对工业的保护和限制移民政策。即使是在欧洲各国纷纷降低工业品关税的时候,美国也没有追随这一潮流。美国独立战争之后,林肯总统进一步提高了工业品的进口关税。1866 年之后,美国的进口关税平均在 45%以上,且在第一次世界大战之前始终没有降低。著名国际政治学家罗伯特·基欧汉曾说,自由贸易政策从经济上讲是对的,但从政治上讲极其有害。自由贸易的结果将使南方的棉花种植园主变本加厉地维护奴隶制度。美国原本是个移民国家,几乎所有的美国人都是移民的后代。但新的移民如潮水般涌入,引起了老移民的恐慌。美国最早、最臭名昭著的排外法案是 1882 年的《排华法案》。至少有 14000 名中国劳工,曾参加了美国太平洋铁路的修筑,美国人不仅没有感激,反而很快就通过一部法案,规定华工十年之内不准赴美。从爱尔兰来的大批天主教信徒同样受到歧视,在纽约、马萨诸塞和马里兰等州经常发生袭击爱尔兰人的事件。

国内政治风雨如晦,国际政治亦彤云密布。帝国主义的战舰紧随着国际贸易和国际投资,来到了落后国家。1875 年,由于财力不支,土耳其还不起英国、法国等债权人的钱。欧洲列强当即胁迫其苏丹,要求其建立一个让外国人管理的机构,负责征税并偿还国外的债务。1882 年,当埃及国内激进的民族主义势力可能威胁到英国投资者的利益时,英国毫不犹豫地入侵埃及,最后干脆直接控制了埃及。

当时的英国首相格莱斯顿对接管埃及格外支持,因为他本人在那里有大量的投资。1905 年,当多米尼加共和国无法偿还美国的债务时,西奥多·罗斯福总统迅速派战舰过去,控制了多米尼加的海关,把该国的关税收入运回美国还债。经济衰退和国际竞争加剧,也刺激了欧洲列强向外扩张,正如 1900 年美国的一位国务院官员说:"领土扩张不过是商业扩张的副产品。"

> 1910 年,天气说变就变。午后下起了瓢泼大雨,视线变得越来越模糊。火车开进了一条山谷,两边都是陡峭的山壁,路边经常会看到一堆堆崩塌下来的山石沙砾。列车开过一滩积水,溅起了污浊的浪花。

保护主义的本意是要在每一个民族国家的国界线上建造政治防御工事,以防外国竞争对本国的入侵。适当的保护主义或许能暂时平息骚动不安的国内政治,但过分的保护主义却打开了军备竞赛的大门。1910 年之后,欧洲各国的猜忌和竞争日益加剧。这的确令人费解。全球化不是意味着国家间的相互依赖吗?俄国的廉价谷物支持了德国的工业化,德国的农业发展靠的是从俄国和奥匈帝国来的移民。1913 年,德国进口的铁矿石 1/3 来自法国,而法国 80% 的焦炭进口来自德国。德国最重要的贸易伙伴是英国和俄国,英国的第二大贸易伙伴是德国。如此紧密联系的世界经济,为什么没有带来永久和平,而是带来了越来越白热化的军备竞赛呢?

全球化带来的经济繁荣提高了平民的工资。既然挣钱的机会多了,自然没有人愿意当兵。欧洲各国普遍感到征兵越来越难,这让各国的军事将领们不得不为本国的安全忧心忡忡。当时,法国军校的毕业生有一半以上流失到私人部门。1909 年,英国招募的 3.5 万名新兵中,有 80% 的新兵身高都达不到 1867 年的征兵要求。到"一战"前夕,法国的军队缺编 800 名中尉、6000 名中士和 1.5 万名下士,而德国的军队中有 1/5 的中尉空缺。越是兵力不足,越是让欧洲各国感到不安。于是,他们开始互相结盟。1882 年 5 月,德国、奥匈帝国和意大利在维也纳签订《同盟条约》,形成同盟国。1892 年至 1907 年,俄、法、英三国先后签订协约,形成了与同盟国对立的协约国。事与愿违的是,结盟不仅没有让欧洲国家获得和平,反而加剧了两大阵营间的冲突和较量。尤其是在摩洛哥和巴尔干半岛出现的一系列危机事件,使得欧洲列强在 1912 年之后加快了扩军备战的步伐。到战前的 1913 年,德国常备军已扩充至 87 万,法国达 80 万,俄国也准备增加到 230 万。德国和英国在海军竞赛中从暗斗转正了明争。1900年德国制定了海军法,打算扩充海军规模。英国则针锋相对地在1905 年开始建造无畏舰。德国毫不示弱,在 1907 年也开始建造无畏舰,英国则宣称要保持 2∶1 的比例,在军舰的数量上压倒德国。到这时,欧洲已经充满了火药味,一场战争随时可能爆发。1914 年 6 月28 日奥匈帝国皇储弗兰茨·斐迪南在萨拉热窝的遇刺事件,只是掉进这个火药桶的一根小小的火柴。

　　1914 年,铁轨上突然出现了一块硕大的石头,司机急忙拉闸刹车,但高速行驶的火车在惯性下继续向前冲,金属摩擦发出尖锐刺耳的噪音,铁轨上火花四溅。火车重重地撞到了石头上,冲出了轨道,磕在坚硬的山崖上,翻了一个身,从悬崖边上掉了下来。山谷里传来沉闷的撞击声。火车的车厢一节节断裂,翻滚着坠入了迷雾朦胧的深谷。

到现在,也没有人能够说清楚为什么会爆发第一次世界大战。有人说是因为电报。当电报取代了信件之后,信息传递的速度突然加快,信息量突然暴增。当时欧洲的国王和外交部长们感到不知所措,在匆忙决策中失去了判断力。也有人说是因为机关枪。欧洲的军事将领们把机关枪错误地认做是一种进攻性武器,所以即使发动战争,也可以速战速决。德国一开始的作战计划是想在六到八周之内拿下法国,结果这场战争一打打了四年。还有人说是因为英国参战。如果英国不参战,法国和俄国也能勉力支撑,未必就会输掉战争,但英国一旦介入,就把一场局部战争的战火引向了全球。

那么,经济全球化应该负什么责任呢?如果全球化的速度慢一些,事先系上安全带,并让巡路员提前认真检查下行车路线,这场悲剧是否能够避免呢?当时占据思想主流的经济自由主义可谓全球化这辆列车的司机,我实在不忍心指责这位"倒霉"的司机。毕竟,在我们能够找到的所有的治理社会的观念里面,经济自由主义的胸怀最为宽广、道德最为高尚、逻辑最为清澈、持身最为谨慎,但经济自由主义的致命缺陷在于,它对自己的理性自视过高。治理社会所需要的妥协、忍让、变通和抚慰,在经济自由主义这里似乎全都消失了。或许,这又是另外一种致命的自负?

# 货币死了,民主死了

在很多德国人看来,第一次世界大战结束得莫名其妙。1917年,德国军队在鲁登道夫(Erich Ludendorff)元帅的带领下,在西线挡住了英法盟军猛烈的攻势。东线的战局也发生了有利于德国的变化。1917年11月沙俄爆发了十月革命,流亡瑞士的列宁在德国威廉皇帝的默许下,悄悄乘火车回到彼得格勒,领导成立了苏维埃共和国。列宁随后和德国签订了停战协议,割让上百万平方千米的土地,并赔偿德国60亿马克。东线的局势平息之后,鲁登道夫元帅挥师西向,在1918年3月到7月发动了5次大规模进攻,一度进逼到距离巴黎仅有30多千米的地方。但是,美国军队如黑云压城一般,突然登陆欧洲战场,协约国士气大振。7月份,法国军队在马恩河发动反攻。8月份,英国和加拿大军队突破了德军在亚眠的防线,随后德国苦心经营的兴登堡防线土崩瓦解。9月之后,德国的颓势愈益明显,部队节节败退,国内的工人运动如火如荼,威廉港等多个军港的海军哗变,这场战争再也打不下去了。短短六周之后,德国就签订了停战协议。第一次世界大战来得匆忙,去得仓促,仿佛一场两个小时的电影,放到 110 分钟的时候还没有看懂情节,到最后十分钟却草草收场了,看得人一头雾水。难怪德国人对"一战"的失败一直耿耿于怀。很多德国人感觉,他们不是在战场上被打败的,而是被人从背后刺了一刀。数年之后,鲁登道夫元帅应大英百科全书出版社的邀请写关于"一战"的回忆文章,他文章的题目就叫:"德国从未战败!"

尽管名义上德国和协约国签订的是停战协议,而非投降协议,但没有比德国更失败的战败国了。德国需要赔偿 1320 亿金马克,主要是赔给英国、法国和比利时。原本在普法战争中从法国抢走的阿尔萨斯和洛林,要归还法国,还得被波兰、丹麦、比利时和卢森堡割让部分领土。被割让出去的不仅是土地,还有 700 万人口,大约是当时德国人口的 1/10。协约国占领了莱茵河的西岸,东岸被划成非军事区。"一战"之后,德国一共失去了 15% 的可耕种土地,26% 的煤炭资源,38⅓ 的钢铁生产能力,75% 的铁矿资源。所有的海外殖民地都被瓜分,所有的海外资产均被没收。1921 年至 1922 年,德国的总财政支出不到 120 亿马克,其中支付战争赔款的部分就达 51 亿马克。

德国统治者需要赔偿的不仅仅是敌国,国内的欠账也一大堆。战争留下了 80 万名伤兵、53 万名战争寡妇、120 万名战争孤儿。拖欠的工人工资要还,退伍的大批老兵需要工作,战后的德国满目疮痍,房屋需要重建,物资紧缺,政府得保障食品供给,发放补贴。

德国原本是一个君主制国家,1918 年爆发的十一月革命推翻了帝制。经过一段混乱的国内政治动荡,1919 年 2 月德国国民会议在小城魏玛召开,宣布成立德意志共和国,史称魏玛共和国。这个仓促之间拼凑出来的民主政权,是一个先天不足的早产儿。它被紧紧地包裹在各种政治力量的夹缝之中,小心翼翼地保护脆弱的自己。只有强大的领导人才能引导他的人民,而孱弱的领导人可能只会误导人民。

魏玛共和国的政客很快就发现,巨额的战争赔款是最好的替罪羊,而通过发钞票还债,似乎是一个受尽凌辱的弱者反抗强横的正义之举。从 1921 年开始,德国的央行就开始授意其国内商业银行在国际金融市场上大量买进外汇,因为德国有得是纸币,但却缺乏外汇,这一做法的结果就是马克不断贬值。在第一次世界大战爆发之前,德国马克、英国先令、法国法郎和意大利里拉的币值大体相当,但到了 1923 年年底,大约 1000 亿马克,才能兑换 1 先令、1 法郎或 1 里拉。

从表面上看,德国让马克贬值,是为了逃避战争赔款,但贬值并不能直接减少德国的战争赔款。按照《凡尔赛和约》的规定,德国需要按照固定比率的"金马克",即按马克的黄金含量支付战争赔款。即使马克的名义汇率一贬再贬,也没有办法甩掉赔款负担。那么,马克贬值的真实企图是什么呢?

马克的贬值很像一部惊悚片,它牵动了全世界的神经。德国人就是要用这种很有戏剧性的悲情故事告诉全世界,德国已经被沉重的战争赔款压垮了,没有别的办法了。《时代》周刊的一篇报道中写道,一位身在德国的外国商人说:"德国到处都是繁荣,这个国家没有贫困。想象不出来这样的一个国家为什么还不起战争赔款,这个国家里人人都是演员。"即使马克贬值没有让德国直接减少债务负担,但却让德国享受到了其他的好处。货币贬值有助于德国企业增加出口,通货膨胀对经济增长也有一定的刺激作用。在这段时期,德国是通货膨胀,而英国是通货紧缩。德国后来滑入恶性通货膨胀,是自己把一件可取的事情做得太过分了,而英国则是做出了倒行逆施的选择。德国在经济虚弱的时候选择了"输血",但最后疯狂到了"打鸡血"的地步。英国却是在经济虚弱的时候,幻想通过"放血",能让身体更快健康。

马克贬值的背后是德国在开动马力印钞票。滥发货币的结果一定是物价上涨,但是,德国的公众却更愿意相信,带来通货膨胀的元凶不是国内错误的货币政策,而是外国人——因为战胜国要把巨额赔款强加给德国,因为外国的投机分子在兴风作浪,因为万恶的犹太人! 看到物价上涨,德国的公众不是要求政府稳定物价和币值,而是要求政府提高工资。这带来一个恶性循环:通货膨胀导致工资提高,德国政府不得不印更多的钞票,好去安抚群情激愤的公众。一开始是"输血",很快就成了"血液透析"。1922 年,温和的通货膨胀,变成了脱缰的野马。1922 年下半年,物价上涨了 21 倍。1923 年上半年又上涨了 13 倍,到了下半年,7 月涨了 4 倍,8 月上涨 12 倍,9 月上涨25 倍,10 月上涨将近 300 倍。为了加印钞票,德国央行雇佣了私人印刷厂。1923 年,在最疯狂的时候,德国央行印刷的钞票只印一面,为的是节省墨水和时间。

最初,大家并不觉得通货膨胀有问题。很多企业主都有不动产,如厂房、土地、设备和存货,货币贬值之后他们反而受益。借债的企业债务压力减轻了。跨国公司在海外经营,赚的是硬通货币,马克贬值对他们也没有影响。公务员和参加了工会的工人得到政府的承诺,工资会稳步上涨。但很快,人们就意识到了通货膨胀的残酷。尤其是那些只能靠工资收入的普通人家和那些领养老金的老人们受到的损失最为惨重,他们只能眼睁睁地看着放进银行的钱在缩水。通货膨胀带来了恐慌,原本是每个月发工资,现在工人们要求每周发两次工资;人们学会了在饭馆吃饭的时候提前付款,因为可能吃完饭价格就涨了;推着一小车钞票去买东西,成了对那个时代难以磨灭的记忆。恐慌又带来了绝望,走投无路的人们只能变卖家具;钢琴尤其受欢迎,甚至变成了一种货币;绝望的壮年人走上街头抢劫;绝望的老人走到厨房,打开煤气,把脸蒙上去,安静地自杀。

凯恩斯在《和约的经济后果》一书中,借列宁之口说,要想摧毁资本主义,最好的办法就是摧毁它的货币。乍看起来,德国的垮台就是因为恶性通货膨胀,其实,德国后来很快就控制住了恶性通货膨胀。1923 年 11 月德国开始控制恶性通货膨胀。一开始,作为过渡,德国发行了以土地为储备的"土地马克"(rentenmark),一土地马克相当于一万亿旧马克。1924 年德国正式发行金马克,旧马克被彻底扔进了垃圾箱。尽管德国人民经历了一段不堪回首的岁月,但总体来讲,一个有黄金、资产和劳动力的大国,是可以从恶性通货膨胀中迅速恢复的。1924 年到 1929 年,德国工业增长速度远远超过其他欧洲国家。

真正摧毁德国的,不是货币的死亡,而是民主的自杀。

1929 年美国金融危机爆发之后,德国也深受其害。正是由于刚刚经历过恶性通货膨胀,德国政府仍然心有余悸,所以总是担心通货膨胀会死灰复燃。1929 年全球金融危机最严重的时候,德国还在实行紧缩的货币政策,其利率比英国和美国都高得多。在需要政府增加支出的时候,德国在 1930 年提出,要实施财政平衡。在欧美各国中,德国和美国是受到金融危机冲击最大的国家。1930 年到 1938 年,德国失业率为 22％,美国为 26％。

哈佛大学经济学教授本杰明·弗里德曼在《经济增长的道德含义》一书中指出,当经济增长速度较快的时候,一个社会就会变得更加开明、包容、积极、乐观,而当经济增长放慢甚至停滞之后,一个社会就会变得狭隘、排外、消极、悲观。希特勒在德国上台,不是通过发动军事政变,而是通过选举,是民主制度下德国选民的选票,把希特勒推到了台上。而希特勒之所以能够通过民主选举的方式上台,德国的民主体制最终蜕化成恶魔的暴政,就是因为在经济增长低迷时期,整个社会情绪变得越来越焦躁和暴怒。拿破仑之所以能够统治法国,是因为那时的每一个法国人都是"小拿破仑";而希特勒之所以能够统治德国,也是因为当时的德国人都变成了"小希特勒"。

1919 年,一次偶然的机会,希特勒参加了当时德国的一个小党派——德国工人党,他是这个党的第 555 名党员。一年之后,他就当上了德国工人党的首领。1920 年,德国工人党改名为民族社会主义德国工人党,即纳粹党。在很长的时间里,纳粹党在德国的政坛里都只是个可笑的跑龙套,但是,只要经济形势恶化,纳粹的影响力就会扩大。1923 年 11 月,法国担心德国还不了战争赔款,干脆把军队开进了鲁尔区,这导致德国经济一片混乱。正是在这一背景下,希特勒在慕尼黑的一家啤酒馆发动政变,想推翻德国政府,但却以失败告终,两天之后希特勒就被捕入狱。他在巴伐利亚的监狱里待了几个月,写成了《我的奋斗》一书。

这一闹剧反而使得希特勒成了全国的名人,纳粹党的活动也逐渐从街头走向选举。当经济形势不好的时候,纳粹党的选票就会增加,当经济形势好转的时候,纳粹党的选票就会减少。比如在 1924 年年初的时候,德国的失业率已经上升到 13%,希特勒的选票达到 7%,随后,失业率好转,到这一年 12 月的时候,希特勒得到的选票掉到了 3%。当时,无论是右翼的民族主义,还是左翼的共产主义,拥有的选票都远远高于纳粹党。1928 年的选举结果是,民族主义获得了 14% 的选票,共产主义获得了 11% 的选票。

1929 年,由于外部的冲击和错误的国内宏观经济政策,德国的经济形势急转直下,而纳粹的选率却一飞冲天。1930 年德国国会选举的时候,纳粹获得的选票居然高达 18.3%,仅次于当时的第一大党社会民主党。在 491 个国会席位中,纳粹党占了 107 个,希特勒成了德国政坛上炙手可热的人物。1932 年,德国的失业率高达 44%,当年 7 月的国会选举中,纳粹党获得了 37.3% 的选票,占有 230 个席位,社会民主党不幸落败,只获得了 21.6% 的选票,占 133 个席位。值得注意的是,此时德国已经出现了经济复苏的迹象,纳粹党获得的支持率也开始下降,跌到了 33.1%。但希特勒抓住了这一稍纵即逝的机会,逼迫当时的德国总理施莱谢尔下台,自己于 1933 年当上了德国总理。"子系中山狼,得志便猖狂。"希特勒马上策划了国会纵火案,逮捕共产党领袖,解散国会,取缔一切其他政党和社会团体,魏玛共和国变成了臭名昭著的德意志第三帝国。

到底是谁投了希特勒的票?很多政治学家根据当时的选举资

料,对纳粹党的投票支持者进行了分析。一般认为,纳粹党的政治纲领对一些处于社会底层的人们更有吸引力。换言之,投票支持希特勒的是一些教育程度低、容易被蒙蔽和欺骗的人们。的确,相对而言,纳粹党在小城市的得票高于大城市。在 2.5 万人以下的小城镇,纳粹党的得票率平均在 41%,而在 10 万以上的城镇,得票率平均为 32%。但在柏林、汉堡这些大城市,纳粹党的得票率并不低。尽管纳粹喜欢雇佣一些退伍士兵参加游行,但大部分退伍军人是共产党的支持者。城市的工人阶级也大多投了共产党和社会民主党的票,而工人中的年轻人和失业工人则更多会投希特勒的票。更令人不安的是,中产阶级中有很多人支持希特勒。大学生,尤其是出生于中产阶级的大学生,也有很多人会投希特勒的票,公务员中也有很多投希特勒的票。这些社会阶层不应该是维系社会稳定的中坚力量吗?为什么他们会倒戈易帜呢?他们中的有些人,出于对激进的马克思主义的恐惧,把票投给了反共的纳粹党;有些人,出于对个人事业的焦虑,希望在溺死之前找到一根稻草;还有些人,由于丧失了优越的社会地位和职业安全感,产生了对社会的怨毒之气。而他们所有的人,联合起来,齐心协力,把绳索套在了自己的脖子上。

1943 年,身在美国的德裔学者格申克隆在《德国的面包和民主》一书中写道:"1918 年以来德国共和国的历史给我们一个深刻的教训:在特定的形势下,一个根深蒂固的民主制度会选择自我毁灭。"或许,在特定的情况下,人们一时冲动,会产生反对民主的狂热。但民主制度恰恰造了让这种狂热铸成大错的机会。狂热可能很快就会过去,但自杀的民主制度却无法再被抢救回来。

# 没有船长的船

1929 年至 1933 年的大萧条,是现代经济史上最悲剧的一幕。当有记者问著名经济学家凯恩斯先生,历史上有没有和大萧条一样的先例时,凯恩斯说:"有,它叫欧洲的黑暗时代,总共持续了四百年。"货币主义学派的大师米尔顿·弗里德曼曾经倾注心血研究大萧条的起因。他无比痛心地说,如果当时纽约联邦储备银行的总裁斯特朗不是恰好在 1928 年英年早逝的话,或许就不会爆发 1929 年的金融危机。他评价斯特朗去世之后美联储的表现时,说他们"无能",其厌恶之情,跃然纸上。

弗里德曼心目中的这位英雄本杰明·斯特朗,1872 年出生于新英格兰的一个名门家族。他的曾祖父曾经担任过美国财政部长汉密尔顿的秘书,同时也是一家银行的创始人。斯特朗尽管出身于统治阶层,却是白手起家干起来的。他中学毕业的时候家道中落,斯特朗没有进入大学校园,而是直接到了华尔街。他先在一家经纪公司上班,后来又跳槽到了美国信孚银行。美国信孚银行是美国第二大信托公司,也是公认的华尔街最有影响力的机构之一。斯特朗在这家银行干得风生水起,41 岁的时候就当上了总裁。

　　1912 年,斯特朗参加了一次神秘的聚会。这次会议只有 6 个人参加,会场是在佐治亚州海边的一个私人小岛。参加会议的代表坐的是同一趟火车,但为了避免被人认出,他们装扮成要去猎野鸭的游客,互相不说话,也不在一起用餐。这个神秘的聚会,是为了讨论在美国建立一个中央银行的可行性。参加会议的代表除了斯特朗,还有 J. P. 摩根的合伙人亨利·戴维森、担任美国参议院金融委员会主席的尼尔森·威尔马斯·奥尔德里奇(Nelson Aldrich)、金融家保罗·沃伯格(Paul Warburg)、美国最大的银行国民城市银行新任总裁弗兰克·范德利普(Frank Vanderlip)以及美国财政部部长助理皮亚特·安德鲁(A Piatt Andrew)。这是一个金融家们自发召集的会议。美国财政部部长助理安德鲁参加了会议,但他的老板,美国财政部长富兰克林·麦克维(Franklin MacVeagh)对此毫不知情。会议一开就是十天,他们一同起草了一份"奥尔德里奇计划",呼吁建立一个国家储备机构(National Reserve Association),其实就是中央银行。"奥尔德里奇计划"的草拟工作,大多出自范德利普和斯特朗的手笔。

　　"奥尔德里奇计划"激起了一场轩然大波。美国的政治家和公众天生就对金钱资本充满了敌意,他们担心金融家们想要建立的这个机构,会变成一只无法驾驭的怪兽。奥尔德里奇议员富可敌国,他的女儿嫁给了"石油大王"洛克菲勒的儿子。这样一个和华尔街有着千丝万缕联系的人提出的法案,怎知不是金融家们的阴谋呢?"奥尔德里奇计划"在美国国会遇到了激烈的反对。保守派和来自中西部的共和党人联手，想要扼杀这一计划。幸运的是，在参议员卡特·格拉斯的领导下，提出了一个新的"格拉斯计划"，新计划是一个妥协的产物。"格拉斯计划"建议成立多个地方自治的机构，叫联邦储备银行，同时再成立一个联邦储备委员会，负责监管整个联邦储备体系，其成员由总统任命。1913年，威尔逊总统签订了《联邦储备法》，美国终于又有了自己的中央银行。

金融家们对这样的结果已经很心满意足了，他们相信最终的控制权一定会在自己的手中。美联储刚刚成立，戴维森和范德利普就商议，要推选斯特朗担任纽约联邦储备银行的行长。在12个区域性联邦储备银行中，纽约联邦储备银行无疑是王中之王。控制了纽约联邦储备银行，就等于控制了整个金融体系。1914年，斯特朗成为新成立的纽约联邦储备银行的第一任行长。从此之后，他一直是美联储中公认的灵魂人物。

斯特朗风格硬朗、雷厉风行，在业内有着极高的声望，人们称之为"银行界的汉密尔顿"，他的眼界和见识远远超过了美国当时大部分政治家和银行家。斯特朗深谙美国金融体系的内在缺陷。1907年美国爆发了一次严重的金融危机，为了拯救摇摇欲坠的银行体系，摩根把纽约主要几家银行的总裁召集到自己的图书馆，等人到齐了，他就把图书馆的门锁上，到会的各位银行家如果不拿出钱参加救助计划，他就不放人走。斯特朗当时正是摩根的主要助手，他对20世纪20年代初期欧洲的金融动荡也高度关注。深谋远虑的斯特朗一直在思考，如何才能避免在美国再次出现金融危机。有人曾经问他，为什么要在《联邦储备法》中规定联邦储备银行有买入政府债券的权力。斯特朗说,这就是为了应对不时之需。他颇为欣慰地说,如果能够在危机时刻果断地运用这一权力,就能够遏制任何恐慌。斯特朗在金融界摸爬滚打了这么多年,他深知金融市场随时都可能出现动荡,而监管者必须始终战战兢兢、如履薄冰,对任何危机的前兆都不能掉以轻心。斯特朗患有肺结核病,他曾经说,信贷现象和肺结核病倒有几分相似。开始犯病的时候,一次轻率或放纵并不会带来严重的病情,可能之后几周甚至几个月都不见病情发作,但炎症会逐渐发展,随后出现发烧、脉搏紊乱、咳嗽,最终带来巨大的痛苦。在斯特朗任内,美国曾经出现了两次经济衰退,一次是在 1923 年至 1924 年间,另一次是在 1926 年至 1927 年。每一次,美联储都及时采取了增持政府债券的办法,果断而小心翼翼,没有让小的金融动荡酿成大的经济危机。

遗憾的是,就在美国历史上最严重的一次金融危机的前夜,斯特朗去世了。1928 年 8 月他就已经卧床不起,当年 10 月与世长辞。

斯特朗去世之后,美联储群龙无首,很快四分五裂。其他地区的联邦储备银行早就嫉妒纽约联邦储备银行的权力,凡是纽约联邦储备银行提出的建议,大家本能地就要反对。高高在上的美联储不孚众望,各地的联邦储备银行从来没有把领导当成领导,它们只将联邦储备委员会视为评估机构和监督机构。本来,在美联储内部,有一个由东部的 5 位行长组成的公开市场投资委员会,负责在公开市场上联合进行买卖操作。后来,其他联邦储备银行行长也要求参加,公开市场投资委员会随之改组为公开市场政策委员会,所有的行长都成了成员,都有一票决定权。纽约储备银行地处金融王国的心脏,对金融市场异常敏感,它不仅能感觉到纽约市场上的银行所遇到的流动性的压力,还能感受到和纽约地区的银行有业务联系的其他地区的银行是否遇到了流动性危机。纽约联邦储备银行总是能看到全局,但其他地区的联邦储备银行却要力图证明自己的重要性,他们总是强调区域独立和地方利益。20 世纪 20 年代还积极、有效、自信的美联储,在 1929 年至 1933 年期间,却变得消极防御、优柔寡断。

1929 年股市崩溃的时候,纽约联邦储备银行非常清楚应该采取什么样的应对措施。除了鼓励纽约的各家银行自由贴现进行融资之外,它还买入了 1.6 亿美元政府债券。这一买入量大大高于公开市场投资委员会允许它买入的权限,但是,纽约联邦储备银行声称,它有权为自己买入政府债券。按照当时《联邦储备法》的规定,纽约联邦储备银行的做法是完全合法的,但是,联邦储备委员会和其他地区的联邦储备银行对这种独断专行的做法感到忍无可忍。当时任美联储主席的罗伊·杨,尤其看不惯纽约联邦储备银行藐视权威的作风。当斯特朗继任、纽约联邦储备银行行长的哈里森,在公开市场投资委员会上建议大量买入政府债券之后,罗伊·杨马上代表联邦储备委员会通知公开市场投资委员会:"目前总体情况还不够清晰,因而美联储无法制定并采取永久性的公开市场操作政策。"罗伊·杨后来离开美联储,担任波士顿联邦储备银行行长,他在这个位置上继续带头反对纽约联邦储备银行。在罗伊·杨之后担任联邦储备委员会主席的是尤金·迈耶。迈耶理解并支持哈里森的做法,却遭到其他联邦储备银行行长的阻挠。时间长了,迈耶已是心灰意冷。到最后,人们发现,他对执行联邦储备委员会主席的职责越来越怠慢了。

1929 年 10 月股市崩溃之后,美联储本来应该积极出手救助,但它反而紧缩货币政策。美联储从道德的角度,对市场上的投机性行为感到痛心疾首。他们先是直接施加压力,尤其是道德说教,后来直接提高贴现率。本来是想砸中老鼠的鞋子,扔到了脆弱的花瓶上。结果是物价急剧下跌,经济活动紧缩。1930 年,股市逐渐企稳,但更严重的危机到来了。美国的银行业大规模倒闭。成立美联储的初衷就是为了防止银行业出现挤兑危机,但当危机真的到来的时候,美联储反而袖手旁观。他们错误地认为,市场竞争就是要淘汰一批"弱势"的银行,健康的银行会继续存活,而且会活得更健壮。他们错了。结果一家银行的倒闭会引发连锁性的反应,市场上的恐慌像滚雪球一样越滚越大。1930 年 12 月,一家存款量达到 2 亿美元的美国银行(Bank of United States)倒闭了。尽管这只是一家普通的商业银行,但它的名字让很多人误以为它是一个官方银行。市场此时已经是惊弓之鸟,哪里还能鉴别谁是健康的银行,谁是生病的银行。金融体系的多米诺骨牌倒塌之后,没有哪家银行能够幸免于难。

1931 年 9 月出现了英镑危机。英国在"一战"之后恢复了金本位制,当时任财政部长的是丘吉尔。丘吉尔对历史烂熟于心,但对经济却是一窍不通。他原封不动地照搬了上百年前,牛顿担任英国皇家铸币局局长时候的英镑与黄金的比价,似乎认为这样才能恢复大英帝国往日的辉煌。可惜这样的定价导致英镑高估。尤其是美国爆发金融危机之后,英国经济也受到冲击,英镑高估使得英国出口受挫,第一次出现了国际收支逆差。1931 年英国正式宣布废除金本位制度,英镑贬值 30%。英镑危机之后,市场上纷纷猜测接着退出金本位的可能会是美国,国外的央行和金融机构纷纷开始抛售美元资产、囤积黄金。这时候,美联储同时面临着两个危机,一个是国外的黄金挤兑,另一个是国内的银行挤兑。对待国内金融恐慌时迟疑不决的美联储,面对国外的黄金挤兑却毫不犹豫。正如我们一再看到的那样,懦弱无能的人在遇到他们自认为在行的事情时,会突然如释重负,表现出异乎寻常的热情。为了制止黄金外流,美联储马上在1931年10月9日将再贴现率提高到2.5%,仅仅过了一周,又于10月16日将再贴现率提高到3.5%。纵观美联储的历史,这样急速上调贴现率,可谓空前绝后。如此剧烈的政策,固然阻止了黄金外流,但却导致国内银行倒闭和银行挤兑现象激增。这是一个转折点。一场疾风骤雨式的金融危机,如今演变成了旷日持久的经济大衰退。

美联储的每一次失败,都为下一次失败的到来增加了几率。面对公众的质疑和批评,美联储变得更加自暴自弃,它的一切努力都像是在为自己的失败找借口,而它也越来越倾向于用缺乏权力而非缺乏判断力作为借口。1932年4月,在国会的压力下,美联储开始放松货币政策,尤其是实行大规模的公开市场政府债券回购。1932年4月到6月,美联储实行大量回购操作,为市场注入了流动性,缓解了货币存量的下降,显著拉低了政府债券、公司债券和商业票据的收益率,物价慢慢企稳,经济也开始回暖。一切仿佛回到了正常的轨道,但此时,彻底失去了自信心的美联储,即使在正确选择时也是三心二意。1932年7月16日,国会休会。国会刚刚休会,美联储就撒手不干了。刚刚走向复苏的美国经济,再度陷入衰退的泥潭。

当美国经济遇到最猛烈的风暴时,美联储却处于分裂和瘫痪之中。这是汪洋中一只没有船长的船。剧作家易卜生说,当魔鬼想让人什么事情都做不成的时候,他就创造了委员会。一开始,是由于每个人心中的一点小小的自私和无知,这就像大堤上出现的一个细微的裂缝,然后,就是一个连着一个的失误和失误之后的慌张失措,最终,捍卫自己尊严的私心压倒了拯救世界的雄心。因为大家不知道该干什么,所以集体决定什么都不做。这一场乱哄哄的闹剧,仿佛已经成了每一个历史悲剧必有的桥段。

# 谁发动了东亚金融危机

　　1997 年,在泰国爆发的一场金融危机很快波及整个东南亚,然后传染到韩国,酿成了一场震动全球的风波。现在回头去看,这场危机依然惊心动魄。

　　东亚会爆发金融危机,出乎大多数经济学家的意料之外。从 1993 年世界银行发表了《东亚的奇迹:经济增长和政府政策》之后,东亚国家便被视为发展中世界的优秀毕业生,东亚模式成为其他发展中国家学习的榜样。国际货币基金组织(简称 IMF)也没有意识到东亚经济会出问题。1996 年年底在印度尼西亚的雅加达开会,国际货币基金组织还认为东南亚联盟的经济前景非常良好。

对东亚模式提出质疑的经济学家也有,克鲁格曼就是一个。克鲁格曼 1994 年在《外交杂志》上发表了《亚洲奇迹的神话》一文。他指出,东亚奇迹其实是靠高投资驱动的,但是高投资并没有带来生产率的增长。1986—1990 年泰国的投资率为 33%,到 1991—1995 年则增加到 41.1%。马来西亚的投资率在 1986—1990 年为 23.4%,但是到 1991—1995 年已提高到 39.1%。韩国的投资率也从 1986—1990 年的 31.9%增长到 1991—1995 年的 37.4%。克鲁格曼说东亚的模式和俄罗斯的模式是一样的,东亚的经济增长是不可持续的,所谓的"东亚四小虎",其实是纸老虎。但是,包括哥伦比亚大学经济学教授贾格迪什·巴格沃蒂(Bhagwati)等在内的很多经济学家认为克鲁格曼的说法并不对,因为根据对全要素生产率的核算,东亚的生产率确实提高了,东亚的高投资率在经济上是合理的,因为在东亚的投资回报相对较高。

尽管后来发生的东亚金融危机使克鲁格曼名声大噪,但是克鲁格曼并没有预言到东亚会爆发金融危机。1996 年联合国也发表了一个报告,说由于劳动力价格的提高,东亚的经济起飞已经基本结束,但这也不是东亚爆发金融危机的真正原因。从宏观基本面的情况来看,在爆发金融危机之前,东亚国家的财政状况并不差,通货膨胀率也不高,唯一出现恶化的宏观指标是 1996 年东亚的出口恶化。泰国 1995 年出口增长了 25%,但是 1996 年却下降了 1%。马来西亚的出口增长从 1995 年的 26%下降到 1996 年的 6%,印度尼西亚从 13%下降到 10%,韩国从 30%下降到 4%,但是东亚出口下降的主要原因是当年电子市场不景气。出口下降同样不是东亚金融危机爆发的原因。

金融危机有金融危机的规律。1996 年 3 月,两位女经济学家卡门·M. 瑞哈特(Carmen Reinhart)和格拉谢拉·L. 凯宾斯基(Graciela Kaminsky)合作发表了一篇讨论银行危机和货币危机的关联论文。她们指出,很多国家在放松对银行的管制之后导致贷款大量增加,贷款质量下降。银行贷款质量下降限制了央行实行紧缩的货币政策,所以在遇到外部失衡的时候央行只能任由货币贬值。她们还指出,发展中国家爆发的危机会比发达国家更严重。

这篇论文没有引起东亚国家的关注,因为她们的例子大部分选择的是拉美国家。拉美国家往往有大量的赤字,通货膨胀也很高,但是东亚国家的财政赤字并不严重,通货膨胀也很低。但是,著名的索罗斯基金在纽约的一个分析员读到了瑞哈特和凯宾斯基的论文,此人叫弗拉加(Armenio Fraga),是个巴西人。1997 年 1 月,他和另一个索罗斯基金的分析师,新西兰人罗德尼·琼斯(Rodney Jones)一起到了曼谷和汉城。

弗拉加和罗德尼是直接引发泰国金融危机的两个关键人物。他们发现泰国的情况并不妙。泰国在 20 世纪 90 年代初期就已经开放国内银行部门,泰国的银行和金融机构可以给本地顾客提供美元贷款。泰国公司更愿意借美元,因为美元利率比泰铢利率低,于是,私人部门的外债急剧增长。到 1997 年 8 月,泰国的中央银行承认泰国的外债共有 900 亿美元,其中 730 亿美元是对私人部门的贷款。大量的外债用于房地产投资。从 1992 年到 1996 年,曼谷共建房子

75.5 万套,比国家原本计划的数量多 1 倍。住宅空置率 25％～30％,商业空置率 14％。这导致贷款质量下降,由于借款是美元,汇率风险增加。但是在当时,泰国的银行家并没有特别担心。他们自认为和企业以及政府的关系很铁,因此不害怕风险。此外,日本在东亚有大量的投资,所以万一出事,泰国人相信日本会出手救助。1985年日元升值之后,日本大量对外投资。1992 年到 1995 年,东亚共吸收了大约 350 亿美元的日本投资,占日本对外投资的 1/4。不过日本的情况也发生了变化,日本银行业的不良贷款比例很高,所以日本银行变得更加谨慎。

1997 年 2 月份,罗德尼写了一份报告,说泰国很可能爆发金融危机。这份直接导致泰铢危机的报告这样写道:

> 泰国目前的固定汇率制度面临压力。泰国中央银行已经连续 6 个月失去外汇储备,但是在一月份和这个月前期仍然面临着巨大的压力。到目前为止,他们的反应是在现期和远期泰铢市场上同时干预,并允许利率提高了 300 个基本点。

> 到目前为止基本面情况是脆弱的。从 20 世纪 80 年代开始出现的债务/地产高潮已经破灭,这将引发一场即将到来的银行危机。据估计,银行和金融公司的贷款中有 16％都是不良债权。事实上每一家上市的地产公司债务负担都很重,从技术上讲它们都已经资不抵债。目前已经没有地产交易发生。

另外,从 1992 年开始的开放对外国债务市场的自由化,导致私人部门对外借债的急剧增加。私人部门的债务从 1990 年年底的 100 亿美元已经上升到现在的 850 亿美元。其中银行部门的债务有 400 亿美元,公司的外债有 350 亿美元,此外,外国人还持有大约 100 亿美元的以泰铢计价的商业票据。与此形成鲜明对比的是,据称泰国中央银行的外汇储备只有大约 360 亿美元。

银行/债务危机伴随着经常账户的恶化。1996 年泰国的经常账户赤字占国内生产总值的 8%,而且 1997 年没有改善的迹象。美元的急剧升值(泰铢钉住的是一揽子货币,其中 83% 是美元),传统的出口部门如纺织品和鞋子的竞争力问题(由于工资成本的上升和中国的竞争),使得泰国的出口出现了 20 多年来的最低点。

祸不单行。1996 年马德祥总理领导下的泰国政府还失去了对财政政策的控制。1996 年政府支出提高了 30%,这是最近 20 年来增长幅度最大的一年。与此同时,经济的缓慢增长导致财政收入不足,因此泰国的财政状况严重恶化。1995 年泰国的财政盈余占国内生产总值的 3%,到 1997 年财政赤字将占国内生产总值的 2%。尽管新上任的财政部长林日光试图控制支出的增长,但是差瓦立·永猜裕执政政府却仍然预期 1997 年财政支出要增长 23%。

弗拉加和罗德尼建议索罗斯基金做空泰铢,随后,索罗斯基金建立了数十亿美元的空仓。当脆弱的信心崩溃之后,危机如同山崩轰然到来。1996 年 5 月,罗德尼回到曼谷,发现他所预期的银行危机已经变成一场全面的金融危机。

看来,马来西亚首相马哈蒂尔说的是对的。1997 年 9 月,他在香港召开的国际货币基金组织会议上公开指责索罗斯,他甚至说金融危机是犹太人的阴谋,因为像索罗斯这样的犹太人不愿意看到穆斯林的进步,所以蓄意发起货币投机。

真的是这样吗?

金融危机是羊群效应。山坡上一群羊在安静地吃草。忽然有一只羊感觉到有危险的信号,它可能是确实看到了草丛中饿狼贪婪的眼睛,也可能纯粹是出于莫名的恐惧。这只羊突然发足狂奔,其他羊也随着它仓皇而逃,转瞬间,山坡上只剩下荡起的灰尘。

对冲基金可能是其中那只感觉最为敏锐的羊。但是如果只有对冲基金这一只羊,羊群效应就无从谈起,金融危机也不会发生。尽管在东亚金融危机中对冲基金受到很多指责,但它们并非造成这场金融危机的真正元凶。巴里·艾肯格林(Eichengreen)和马西森(Mathieson)1998 年发表了一份关于对冲基金和金融危机的报告,他们指出,对冲基金的规模和其他机构投资者如共同基金、养老基金、保险公司等相比要小得多。当时,对冲基金的规模估计为 1500 亿美元,但是养老基金的规模是 13 万亿美元,共同基金的规模也有 7 万亿美元。在东亚金融危机爆发的时候,并不是所有的投资者都仓皇而逃,也不是所有的投资者在第一时间就同时撤出。最早撤出泰国的不是机构投资者,而是商业银行。从 1996 年到 1997 年第三季度,欧元债券的投资者和非银行贷款人仍然为东亚提供资金,但是商业银行的股权投资者已经撤离。到 1997 年第三季度之后,私人投资全线撤退,国际货币基金贷款等官方的资本代替私人资本,为东亚提供融资。所以,导致东亚金融危机爆发的根源是商业银行的撤资。

在商业银行撤资的狂潮中,首当其冲的是日本的商业银行。根据伦敦政治经济学院迈克尔·金(Michael King)的研究,1997 年年中到 1998 年年中,这一时期东亚的资本外逃中,大约有 1/3 是日本资本外逃,其规模大约为 230 亿美元。日本的商业银行从泰国撤出了 120 亿美元的贷款,从韩国撤出了 80 亿美元的贷款,从印度尼西亚撤出了 40 亿美元的贷款。日本的商业银行早在泰国金融危机之前就已经开始了撤资。1997 年 3 月,泰国发生挤提和金融银行股暴跌事件,几天内存在问题的金融公司的 8 亿美元存款被公众提出,日本的商业银行立即对此作出反应,在随后的半年之后撤出了 46 亿美元的贷款。

为什么日本的商业银行会如此着急地撤回贷款?主要的原因在于日本的商业银行从 1990 年日本房地产市场和股票市场泡沫崩溃以及 1995 年日本金融危机之后,越来越像惊弓之鸟,对任何可能导致不良债权增加的风波都非常敏感。

进入 20 世纪 90 年代之后,由于国内经济不景气,日本的银行开始增加对外贷款,大量贷款给了日本公司在东亚地区的分支机构。日本的商业银行对东亚的贷款达到 2750 亿美元,占该地区跨国贷款的 1/3。日本的商业银行提供了泰国海外借款的 54％,印度尼西亚海外贷款的 39％,马来西亚海外贷款的 36％。但是,20 世纪 90 年代之后，日本金融业遇到了越来越多的困难。1990 年股票市场价格持续下降之后，一方面不良资产增加，另一方面自有资本比例急剧下降。1995 年日本爆发了金融危机，东京协和和安全两家信用社发生挤兑。紧接着，宇宙信用社、兵库银行、太平洋银行、阪和银行也先后破产。在日本影响深远的住宅专门金融公司在 1993 年前后不良资产大量增加，被迫进行清算。与此同时，日本银行还面临着加入《巴塞尔协议》的压力，如果哪家银行不能按照协议的要求将资本金充足率提高到 8％以上，就不能再涉足利润丰厚的国际市场业务。在这种压力之下，日本的商业银行不得不撤回在海外的贷款，以减少不良债权的比例。在这一时期，日元汇率的大起大落也给日本商业银行的经营带来了影响，当日元升值的时候，日本的商业银行能够从海外贷款中得到意外的利润，但是当日元贬值的时候，它们所从事的套利交易又变得赔本了。

在国内股市和房地产市场低迷的背景下日本银行的资产不断缩水，在《巴塞尔协议》的压力下日本的商业银行不得不压缩贷款规模，频繁波动的日元汇率令日本的商业银行难以控制风险，而且经历过 1990 年日本股市和房地产市场泡沫的崩溃之后，日本的商业银行对股市和房地产市场的风险更加警惕。所以，当 1997 年年初东亚国家如泰国和韩国出现了房地产市场过热、公司破产和金融机构的挤兑风波之后，日本的商业银行是逃得最快的。事实上，这可能从一个角度解释为什么东亚金融危机首先发生在泰国，而不是韩国。毕竟，在 1997 年年初，韩国所暴露的问题更加引人注目。1997 年 1 月，韩国的第二大钢铁企业韩宝钢铁公司宣告破产。调查证实，韩宝破产案涉及了韩国政界、金融界和企业界的数十名要人，在被捕判刑者中甚至包括时任韩国总统金泳三的次子金贤哲。1997 年 3 月另外一家韩国财团三美集团的旗舰企业三美钢厂宣布破产，这些事件在国际上的震动都相当大。但是，韩国和泰国不同的地方在于其从日本商业银行的借款只占其海外借款的 25％，而泰国从日本的借款占其海外借款的 50％。

谁和日本靠得最近，谁就先遭到了遗弃。

## 加州旅馆希腊分店

你要愿意随时都能结账，

但你永远别想离开。

——老鹰乐队《加州旅馆》

1997 年 4 月，欧洲的财政部长们在布鲁塞尔开会。欧洲各国已经决定要统一货币，发行欧元。新的欧元应该是什么样子？要不要在欧元上印上拉丁文，表示欧洲的悠久历史和精神传承？

希腊财政部长帕潘托尼欧（Yannos Papantoniou）不甘寂寞。他说,欧元上不仅要有拉丁文,最好还有希腊文。德国财政部长魏格尔(Theo Waigel)冷冷地说:"一个贫穷、弱小的半农业国,有什么资格对一种即将在法国和德国这样强大的工业国流通的货币指手画脚?"他甚至不想掩饰自己的鄙夷。魏格尔对帕潘托尼欧说:"你凭什么认为希腊会是欧元的一部分?"

是啊,希腊为什么会是欧元的一部分?

大多数人提起希腊,想到的都是苏格拉底、柏拉图、荷马史诗。希腊是欧洲文明的发源地。但是,现在的希腊,已经不是古代的希腊。从中世纪开始,希腊就变得越来越不像一个欧洲国家。在罗马帝国时期,欧洲的中心的确是在南欧,地中海是英雄和史诗的舞台。但从中世纪起,西欧就开始逐渐崛起。北海直接联通着大西洋,她的开放和地中海的封闭形成了鲜明的对比。西欧地区土壤肥沃、河网密布、森林蓊郁,天然适合农业生产和贸易交往。希腊却被喀尔巴阡山脉隔开,慢慢地和欧洲分道扬镳。它流淌着一半西方的血液,一半东方的血液。如今,希腊已经是一个典型的巴尔干半岛国家。

二战之后,希腊始终跟不上这个世界的节拍,它在队伍的后面越落越远。

当整个欧洲开始从一片瓦砾中迅速复兴的时候,希腊却在打仗。希腊很不幸地成为冷战的前沿。它周围的几个国家,包括保加利亚、阿尔巴尼亚和南斯拉夫,都加入了苏联阵营。希腊国内的共产党力量也很强大,他们进入北部和南斯拉夫、阿尔巴尼亚接壤的山区,拿起武器打游击战。这是一场冷战导致的内战,也是"二战"之后的第一场代理人战争。希腊共产党一直坚持战斗到 1949 年,由于南斯拉夫的铁托和斯大林交恶,而希腊共产党又是坚定的斯大林主义者,失去了南斯拉夫的支援,他们才最终不得不放下武器。随后,希腊成了东南欧唯一一个接受马歇尔计划的国家,是美国在冷战时期楔入巴尔干半岛的一枚棋子。

当整个世界都进入民主化浪潮的时候,希腊出现了军事独裁。在哈佛大学政治学教授亨廷顿看来,20 世纪出现了三次民主浪潮,其中第二次就是在"二战"之后。到 20 世纪 60 年代末,世界上约有 1/3 的国家是民主国家。1967 年 4 月,希腊爆发了军事政变,帕帕多帕罗斯(Georgios Papadopoulos)上校掌管了政权。直到 1974 年,文官才再度执政。

即使没有这场军事政变,你也很难说希腊就是一个民主政体。战后的希腊,基本上是由两个家族轮流执政。如果你 1944 年到希腊,你会发现希腊的总理是帕潘德里欧(George Papandreous),他是帕潘德里欧(Andreas Papandreous)的爷爷。如果你在 1981 年到希腊,你会发现希腊的总理还是帕潘德里欧(George Papandreous),他是帕潘德里欧的爸爸。2011 年,先是宣布要对该国欧元区地位进行全民公投,后来又临时变卦,最后宣布辞职的希腊总理还是帕潘德里欧,他是帕潘德里欧的儿子。

当帕潘德里欧家族不在台上执政的时候,掌握希腊政权的是卡拉曼尼斯家族(Karamanlises)。在 20 世纪 50 年代到 70 年代,康斯坦丁·卡拉曼尼斯先后四次当选希腊总理。在希腊债务危机爆发之前,希腊总理是科斯塔斯·卡拉曼尼斯,他是康斯坦丁·卡拉曼尼斯的侄子。

　　当整个世界都开始推进经济自由化改革的时候,希腊却沉浸在社会主义建设的幻梦之中。20 世纪 80 年代,美国的里根总统和英国的撒切尔夫人掀起了经济自由化改革的热潮,中国也恰好在这一时期开始了市场化改革。当整个世界都朝右的时候,希腊坚持朝左。1981 年到 1989 年,安德列斯・帕潘德里欧任希腊总理,他是个职业经济学家,在哈佛上过学,在伯克利大学教过书。但不知道为什么,帕潘德里欧总理对市场经济格外反感。在他执政期间,希腊的国有经济不断膨胀。1980 年希腊的公共部门大约占国内生产总值的 30%,到 1990 年已经占到 45%。

　　庞大的国有部门导致希腊经济沉闷而低效。就拿希腊的铁路来说吧,它可能中欧洲赔钱最多的铁路系统。2010 年,希腊的铁路系统每天都要亏损 200 万～250 万欧元,整个铁路系统的欠债高达 110 亿欧元。但是,这个铁路系统养活了 6500 个工人,其中一半以上都在 50 岁以上。这些工人满心盼望着早点退休,领上那一份优渥的养老金。希腊平均的退休年龄是 58 岁,而德国是 65 岁和 67 岁。希腊的退休工人拿到的钱是上班时候工资的 96%,比德国退休工人能拿到的钱多 2 倍。

　　希腊怎么就成了欧元的一部分呢?

　　事实证明,加入欧元区并不像想象中的那么难。意大利不是加入了吗? 西班牙和葡萄牙不是也加入了吗? 再多一个希腊又有什么问题呢? 欧元区并不是绿茵场上的球队,必须经过严格的选拔,才能成为球员。欧元区更像一个带空调的健身俱乐部,你可以加入之后,才开始锻炼。

1993年,《马斯特里赫特条约》的墨迹还未干,希腊就已经打好了加入欧元区的申请报告。但是,在20世纪90年代,希腊货币德拉克马(Drachma)多次受到市场上的冲击,希腊的财政赤字占国内生产总值的比例一度高达16%,债务余额占国内生产总值比例始终在100%以上。这样的表现也能加入欧元区?

奇迹突然发生了。到2000年,希腊的财政赤字占国内生产总值的比例大幅度降到1%,通货膨胀降到5%,尽管债务余额占国内生产总值的比例仍然是100%,但总体表现已经相当不错了。2000年3月,希腊拿着这张成绩单,正式申请加入欧元区,到7月就被批准加入。当然,我们现在都知道了,这张成绩单是怎么回事。你懂的。

随后,希腊经济像昙花一样绚丽绽放,又像昙花一样突然枯萎。希腊加入欧元区之后经济增长率为4.2%,在欧元区内仅次于爱尔兰。但是,这是靠借债刺激出来的经济增长。在加入欧元区之前,金融市场上几乎没有人愿意借钱给希腊,因为希腊过去经常有违约的记录。卡门·M.瑞哈特和肯尼斯·罗格夫在《这一次不一样?八百年金融荒唐事》一书中就提到,从1800年以来,希腊是欧洲违约最多的国家,比拉丁美洲的国家还不靠谱。加入欧元区之后,大家争相借钱给希腊。希腊国债和德国国债的利差缩小到55个基本点。换言之,希腊要想借钱,只用比德国多支付0.5%的利息。

正是这样的大规模举债,使得希腊陷入了主权债务危机。2009年1月,标普已经将希腊的信用评级调至A一,是欧元区16国中的最低水平。2009年下半年希腊财政状况继续恶化,导致全球三大评级机构惠誉、标准普尔和穆迪先后下调其主权信用评级,希腊债务危机正式爆发了。

援助希腊的行动一波三折。2010 年 4 月到 5 月是国际货币基金组织(IMF)和欧元区对希腊的第一轮救援。遗憾的是,这次援助来得太晚,给得太少,到 2010 年年底,希腊再度陷入财政困境。这时,欧盟、国际货币基金组织和欧洲央行又声称希腊未能如约实施财政紧缩,因此可能暂停援助款项的拨付,这再次导致希腊危机恶化。2011 年 6 月,欧元区主导,对希腊实施第二轮救援。但当在第二轮援助计划刚刚提上日程后,希腊总理乔治·帕潘德里欧却在 10 月份宣布,要就欧盟第二轮援助计划进行全民公投。各国为之哗然。迫于各方面压力,帕潘德里欧于 11 月 4 日宣布放弃全民公决,随后黯然下台。新上任的希腊总理卢卡斯·帕帕季莫斯曾经担任过欧洲央行副行长,他主持了和欧元区的艰难谈判。到 2012 年 2 月 21 日,欧元区 17 国财长才最终批准对希腊的第二轮援助计划,同时要求希腊在 2020 年之前将债务占国内生产总值的比重控制到 121% 以下。2012 年 5 月 7 日希腊举行大选,结果是支持率排名前两位的党派新民主党和左翼联盟均组阁失败,支持率排名第三的泛希腊社会主义党放弃组阁,本次选举以失败收场。受此影响,市场信心一落千丈。到 6 月份第二次大选中,支持紧缩政策的中间右翼新民主党在选举中获胜。希腊的债务危机又得到了一次暂时的喘息机会。

接下来,希腊的债务问题再度恶化,市场上也再度恐慌。

很难设想像希腊这样的国家,怎么才能靠自己还得了债。希腊人没有纳税的习惯。到了要报税的时候,很多希腊大夫都声称,自己从来没有见过一个病人,没有开过一张药方。希腊北部有个城市叫阿卡丽(Ekali),这个城市只有 324 个家庭在填申报表的时候说自己家有游泳池。结果税务部门拿谷歌地图一搜索,粗略地估计一下,后院里有游泳池的家庭有 1.7 万户。希腊政府每年因逃税少收的钱至少有 300 亿美元。

如果你是希腊总理,你有什么办法能让希腊实现经济增长呢?

用扩张性的财政政策? 对不起,你已经借了那么多钱。欧盟怎么会答应让你再发债呢? 希腊的国债收益率已经高达 20% 以上,这么高的成本,到哪里融资呢? 要不,用紧缩性的财政政策,勒紧裤腰带还钱? 对不起,希腊经济已经陷入经济衰退了,再用财政紧缩政策,会进一步加剧经济衰退,经济衰退会进一步导致债务问题恶化。用扩张性的货币政策? 货币政策是由欧洲中央银行来定的,不归你管。让货币贬值? 哈,你已经加入了欧元区,你早已没有自己的货币了。靠结构性改革,让希腊的工人都变得像德国的工人一样勤劳、高效? 希腊缺乏具有竞争力的制造业,能够用于出口的产品占其国内生产总值的比重尚不足 7.5%。过于激进的结构性改革势必引发更大的社会动荡。2010 年希腊危机刚刚爆发的时候,工人们已经举着镰刀斧头的红旗跑到雅典的大街上了。这面旗帜,欧洲人已经许久没有见到了。

那么,干脆让希腊退出欧元区吧!

欧元区是没有退出条款的,欧盟也没有。这不是欧元设计师们的疏忽,他们是故意而为的。欧元的设计者们都是坚定的欧洲联合主义者,他们要让欧元把长期以来兵戎相向的欧洲各国牢牢地粘在一起,从此没有战争和仇恨。因此,凡是加入欧元的国家,在任何情况下都不许退出。死了都要爱！永远不分开！加入欧元区的国家，就像住进了加州旅馆。

1976 年老鹰乐队推出的《加州旅馆》，据说是歌手在吸食大麻之后的迷幻状态下写出来的。歌词中写道：

> 我最后记得的事是跑向大门，
> 要寻找自己来时的路。
> 看门人说："放松点吧，
> 我们天生受到诱惑。
> 你要愿意随时都能结账，
> 但你永远别想离开。"

或许，事情还没有到这么宿命的地步，一切的契约不过是纸上的文字。如果一个人下定决心当流氓，世间没有什么力量能够阻止他。那么，如果希腊单方面宣布退出欧元区呢？

希腊的金融体系将马上崩溃。如果希腊退出欧元区，就会使用自己过去的货币——德拉克马，德拉克马将大幅度贬值。如果你是一个希腊人，过去在银行的存款都是欧元，你会坐等存款大幅度缩水吗？你会连夜到银行排队，把所有的存款取出来，越过喀尔巴阡山山脉，要到瑞士，把钱存在瑞士的银行里。希腊政府会在山口安排更多的士兵和狼狗，防止资本外逃。当你看到出不去之后，你会回到家里，把钱装进一个大皮箱，把皮箱埋在花园的土里，反正你再也不会把钱交给银行了。那么，希腊的银行就会在一夜之间被挤兑破产。

　　希腊的企业也将会成片地倒闭。如果你是一个企业家,你过去的所有业务往来都是欧元计价的。现在换成了德拉克马,你又该怎么办呢?过去借的欧元,现在拿什么还呢?拿德拉克马还?德拉克马急剧贬值,欧元债务就会急剧膨胀,希腊的企业家将会发现,自己已经资不抵债,永远还不起钱了。更要命的是,希腊加入欧元区的同时也加入了欧盟,退出欧元区的同时就要退出欧盟。但欧盟是个巨大的自由贸易区,是希腊最大的出口市场。据世界经济合作与发展组织(OECD)统计,2011年希腊出口的51%都流向了欧盟国家。如果退出欧元区,也就意味着退出了欧洲市场。更不用说,已经有欧洲国家放出话,说如果希腊退出,货币贬值,就要对希腊征收惩罚性的关税。

　　但到了最后的关头,希腊可能真的要退出欧元区才有活路。历史上确实有类似的成功案例。2002年1月,面对不断飙升的融资成本和国际倾向基金组织苛刻的救助条件,无力偿还外债的阿根廷政府宣布放弃盯住美元的联系汇率制,比索大幅贬值70%以上。尽管2002年大幅衰退了10.9%,但阿根廷经济很快便触底反弹。从2003年到此次全球金融危机爆发之前,阿根廷不仅连续5年实现了8%以上的高速增长,还成功地通过债务重组,在2006年之前偿还了所有的拖欠债务。

　　当然,希腊不是阿根廷。阿根廷是一个大宗商品出口国,它是世界上最大的豆制品出口国,玉米、蜂蜜、铁矿石等大宗商品也在国际市场上占有重要地位。21世纪初,恰逢大宗商品尤其是农产品需求进入扩张周期,价格暴涨,阿根廷的大豆等大宗商品出口才能获得年均10%以上的增长,进而带动经济迅速复苏。在全球金融危机之后,希腊很难再像阿根廷一样,赶上一个良好的外部环境。根据世界银行的预测,未来五年全球经济增长率仅为 2%～3%,远低于 2003—2007 年 4%的平均增长率。

但是,如果希腊真的退出欧元区,那很可能不是它自己要退出,而是欧元区其他国家求着它退出。就拿阿根廷来说,在阿根廷正式爆发金融危机之前,华尔街的巨头们已经向国际货币基金组织建议,让阿根廷债务重组。这听起来真是不可思议:一群债权人居然提出建议,让债务人不要再还钱了。这是因为,华尔街对阿根廷彻底绝望了,他们知道阿根廷已经无药可救,还不如早做了结。阿根廷的问题一日不解决,他们就难以在其他的市场上安心做交易。同样,希腊的问题一日不解决,西班牙、意大利这些南欧大国的形势就一日不安宁,最后甚至会把整个欧洲拖入一个无底深渊。

不就是一个贫穷、弱小的半农业国吗?不就是一个国内生产总值占整个欧元区的比重仅为 2%的希腊吗?为什么会让欧洲市场动荡不安,让全球经济阴云密布?

因为,希腊是一颗还没有熟透的疮。

# 欧元散发出一股希腊的味道

2010 年 5 月 7 日,克里斯蒂娜·拉加德(Christine Lagarde)坐在布鲁塞尔的欧盟委员会总部尤斯图斯·利普修斯大楼的会议室里,从容优雅,光彩四射。这是一次拯救欧元的历史性会议,克里斯蒂娜·拉加德是会议的主角。克里斯蒂娜·拉加德是法国的财政部长,她在会议室里一群表情呆板、西装革履的男性官员中间,犹如一只羽毛鲜艳的鹦鹉,身边簇拥着一群乌鸦。克里斯蒂娜·拉加德1956 年出生在法国北部的一个港口勒阿弗尔(Le Harve),莫奈的《印象·日出》画的就是这里的风景。克里斯蒂娜·拉加德在巴黎大学毕业之后,一直在法律界工作,事业蒸蒸日上。2005 年克里斯蒂娜·拉加德进入政界,先是担任法国商务部长,到萨科奇上台之后又担任财政部长。在法国的政界,她是一个令人愉悦的异数。

就在一天之前,欧盟的首脑们已经在这里开过一次会议,他们讨论的是希腊的债务危机。十天之前,希腊的主权债已经被信用评级机构调低到 BBB−,和埃及、阿塞拜疆一个级别,市场一片恐慌。欧盟如果再不采取措施,希腊危机就会演变为一场全球金融海啸。法国总统萨科奇一心想要主导欧洲的救援计划,他在德国总理默克尔到达会场之前,就已经开始和其他欧洲国家的首脑商量对策。首脑们商量了一天也没有商量出个所以然,他们决定,把制定具体救援方案的任务交给财政部长们,让他们在周末接着开会。

克里斯蒂娜·拉加德望着坐在她对面的德国代表阿斯姆森(Joerg Asmussen),暗暗地叹了一口气。她轻轻地在桌子上弹着手指,试图掩盖内心中的焦虑。阿斯姆森当时只是德国财政部的国务秘书,他窘迫而紧张地坐在椅子上,因为他的级别根本不够和其他国家部长平起平坐。就在当天下午三点,德国财政部长沃尔夫冈·朔伊布勒(Wolfgang Schäuble)已经到了尤斯图斯·利普修斯大楼的地下停车场,但突然发病,车子马上调转方向,开进了医院的急诊室。1990年,沃尔夫冈·朔伊布勒曾经遇到一次暗杀,身中三弹,从此离不开轮椅。尽管他一直顽强地和疾病作斗争,但身体仍然每况愈下。这次德国的运气真是再糟糕不过了,在欧元成立之后最重要的会议上,德国连自己的正式代表都没有。

此时,默克尔正在莫斯科红场,和各国首脑一起参加第二次世界大战65周年纪念。本来,法国总统萨科奇和意大利总理贝卢斯科尼都收到了俄罗斯的邀请,但是他们借口欧洲金融形势紧张,取消了行程。在这种纪念苏联战胜德国的场合,法国总统和意大利总统可以不参加,但德国总理却是一定要参加的,这已经变成了仪式中不可或缺的部分。在这个拯救欧洲的历史关键时刻,默克尔却不得不站在阅兵台上,看着一队队红军士兵走过红场。默克尔看起来依然谈笑风生,但实际上,欧元的问题让她感到非常烦躁。默克尔的政治联盟一直支持欧元,但随着希腊危机的恶化,普通的德国公众一想到要拿自己的钱救助希腊和其他南欧国家,就越来越不满,默克尔的政治对手们正打算在欧元问题上向她发动一次猛攻。

下午四点钟,德国内务部长德梅齐埃(Thomas de Maizière)正在家达的树林里散步,保镖忽然把手机递给他。德梅齐埃的表情逐渐凝重起来,这是默克尔打来的电话,默克尔让他赶紧去布鲁塞尔开会。德梅齐埃急匆匆地赶回去,一架专机已经在等着他。下午六点十五分,飞机准时起飞。

当天下午六点钟,布鲁塞尔本来应该有一场记者招待会的,但德国代表德梅齐埃到晚上八点半才到会场。尽管他不是经济方面的权威,但他是默克尔的亲信,他将全权代表默克尔参加谈判。此时,离悉尼股市开盘只有几个小时的时间了。

这是一场和时间的赛跑。市场上打算抛售欧元的力量已经集结起来,所有眼睛都望着布鲁塞尔。如果欧盟的官员在 36 个小时之内仍然拿不出一个方案,所有的这些抛盘就会狠狠地砸下来,把市场上对欧元悬若游丝的一点点信心砸个粉碎。市场能够理解的只有一件事情,那就是钱。如果不能把钱放在桌面上,投资者就不会信任政府了。头天晚上,萨科奇和默克尔私下商定,能拿出来大约 350 亿～700 亿欧元的救助计划。但克里斯蒂娜·拉加德和其他部长们很快就意识到,这太少了。市场需要的是"出其不意",就像第二次海湾战争那样有令人震撼的效果才行。德国央行行长韦伯(Axel Weber)已经让他的手下测算,为了解决南欧国家的债务问题,未来两年究竟需要多少钱。德国央行计算的结果是 5000 亿欧元。随后,默克尔的手下告诉萨科奇,德国支持总额为 4400 亿欧元的救助计划。

　　会议室里,欧盟的官员们已经越来越疲惫,离悉尼股市开盘已经只有两个半小时了,但他们只拿出来了一个妥协方案。一页半纸,总共十段话。这算什么成果呢?克里斯蒂娜·拉加德提出,干脆放弃悉尼,退守东京。东京股市将在欧洲时间凌晨两点钟开盘。欧盟的官员们还有一个半小时达成协议,但谈判时间越长,分歧就越多。

　　欧洲时间一点四十五分,离东京开盘只有十五分钟了,精疲力竭的欧盟官员们终于拿出来了一个新的方案。人人都要作出妥协。法国不再提欧元债券计划了。德国默许了欧洲稳定方案。各方还要做出强硬的态度,好给自己留个面子。德国要求给欧洲稳定计划加上一个三年期的限制。芬兰在最后一分钟提出,要征收金融交易税。主权债务危机明明是南欧国家惹的祸,关金融市场什么事啊。但是,大家太累了,这句话就被写进了最后的协议。两天的谈判,终于让大家松了一口气。市场得到了他们想要的东西:一个令人震撼的数字。欧盟打算拿出 7500 亿欧元,援助可能出现债务危机的成员国。

　　市场欢呼了,德国央行沉默了。2010 年 5 月 7 日晚上十点半,德国央行行长韦伯和各个董事开电话会议。他告诉大家,欧洲中央银行打算从下周一就开始买入欧元债券。即使是电话会议,似乎也能感觉到话筒的另一端,董事们目瞪口呆的神情。这不是直接违反了《马斯特里赫特条约》吗?这不等于把德国央行一贯奉行的传统踩在脚下了吗?欧洲中央银行的独立性哪里去了?世道就这么说变就变了?韦伯只得跟大家解释,在欧洲央行的会议上,他是持反对意见的。同样反对的还有欧洲央行的首席经济学家尤尔根·斯塔克

(Jürgen Stark)和荷兰央行行长韦尔林克(Nout Wellink),但其他人都同意。按照欧洲央行的方案,德国央行得从南欧国家那里买 80 亿欧元的债券。

市场欢呼了,德国的媒体却愤怒了。德国的《画报》(Bild)是欧洲发行量最大的报纸,在全世界也能排到前五名,每天的发行量有四五百万份。这份报纸是专门给德国的普罗大众看的,色彩鲜明,图片约占报纸的一半版面。从希腊债务危机一开始,这份报纸就表现出异常的关注,过去报道足球比赛的篇幅,现在换成了对希腊危机的评论。2010 年 3 月,希腊总理访问德国。《画报》在头版刊登了一封致希腊总理的公开信。信中写道:"你现在到了德国,这里和你那个国家可不一样。我们也欠债,但是我们每天早晨一醒来就会辛勤工作,挣钱还债。我们的加油站都有收银机,我们的出租车司机都开发票,我们的农民绝对不会谎报有根本不存在的橄榄树,到欧盟那里骗农业补贴。"《画报》不断发表对希腊危机的报道和评论,看得德国民众"肺都气炸了"。一年只有十二个月,但希腊的公务员要求每年给他们开十四个月的工资。美国金融危机爆发之后,德国把退休年龄延长到 65～67 岁,希腊却把退休年龄提前到了 58 岁。希腊的铁路系统每天要支出 200 万～250 万欧元,如果把整个铁路都关闭,然后发钱给每个乘客,让他们坐出租车,反而能省下来更多的钱。《画报》的评论说,让德国人给希腊钱,可以,但是希腊要把那些美丽的小岛都给我们! 希腊手里有那么多黄金,他们为什么不卖黄金还债,而是要勒索我们的血汗钱! 一位记者在德国议会通过救助希腊的法案之后,到希腊去采访,他发现酒吧里面仍然是人山人海,一个希腊人略带酒意地跟他说:"嘘,别告诉默克尔,我们还在寻欢作乐。"

索菲亚(Sophia)是一位52岁的希腊单身女教师。按照希腊政府的规定,只要是单身女子,就可以在他们的父母去世之后,继续领取父母的退休金。索菲亚每个月能从希腊政府领到400欧元的补贴,这可比她当老师挣的钱多。彭博咨讯曾经报道过索菲亚的故事,但是这个周日的灿烂的阳光下,索菲亚不知道在遥远的布鲁塞尔,一群衣冠楚楚的欧盟官员们正决定着无数和她一样的希腊人的命运。她也搞不明白,为什么那些外国人会这么厌恶希腊人的生活方式。是的,希腊人的生活节奏是很慢,他们每天花在用餐上的时间平均超过8小时,但这就是他们的生活啊。索菲亚每天早晨会自己煮上一小壶咖啡。希腊人喝的咖啡,杯底会有一层厚厚的渣子。索菲亚喜欢喝完咖啡,把渣子倒到咖啡碟里,根据渣子的形状,给自己算个命。学校里的工作并不算累,索菲亚和其他希腊人一样,每天下午都会睡一个长长的午觉。晚上是希腊人最兴奋的时候,大街小巷,每个饭店和酒吧里都人声鼎沸、欢歌笑语。索菲亚已经对这些狂欢兴趣不大了,她更喜欢在傍晚时分,站在海边,眺望远处的落日,远远地能听到街头艺人伤感的单簧管低音。索菲亚不怎么看报纸,更不知道德国的媒体把他们称作"欧洲家族中的骗子",但别的希腊人可就不这样了。对希腊人来说,德国人向他们指手画脚是最不能忍受的事情。1941年至1942年冬天,雅典城内有30多万人饿死冻死,因为纳粹把食物和燃料都运回德国了。在希腊的一个城市卡拉沃瑞塔(Kalavryta),德国人为了报复希腊抵抗运动,杀死了所有的成年男子。希腊副总理塞奥佐罗斯·潘卡洛斯(Theodoros Pangalos)在接受英语广播公司(BBC)采访的时候,压抑不住他内心的怒火。他把欧盟各国的首脑们称作政治上的侏儒,该做决断的时候个个优柔寡断。凭什么不借钱给希腊? 他的声调越来越高:"不要忘了,二战时候德国人把希腊银行的黄金都抢走了,他们到现在还没有还我们呢。"

欧元还在酝酿阶段的时候,欧盟的一位法国官员让-皮埃尔·马里罗(Jean-Pierre Malivoir)受命负责设计出欧元的符号。马里罗和一般的法国人不一样,他没有多少浪漫的气质,想的更多的是怎么省钱。马里罗没有找设计公司,也没有找艺术家,他一个人坐在办公室里苦思冥想。哎,有了。他想到了希腊字母 ε,这不就代表了欧元——Euro 吗? 干脆再在 ε 上加两道杠,不就行了。简洁大方,言简意赅,关键还能省一大笔银子,欧元符号就这样诞生了。

晚上,马里罗做了一个梦。他梦见欧元符号上那两道杠变成了两条绳索,把欧元紧紧地绑住了。痛苦的欧元开始挣扎,拼命地挣扎。终于,绳索被挣断了。但欧元身上的历史伤口也在挣扎中崩裂。欧元碎了,一片片地碎了……

# 衰退中的一代

2009 年 10 月,27 岁的波士顿大学法学院毕业生麦克找到了他的第一份工作:在一家书店的吧台卖咖啡。他的工资是每小时 8 美元,比十年前在高中打零工的时候赚的还少。

麦克一头金发,身材修长。他出生在美国俄亥俄州托莱多(Toledo)镇的一个中产阶级家庭。爸爸是汽车零部件技师,妈妈做文书工作。麦克在家乡读完中学,考上了辛辛那提大学。他一边上学一边打工,到毕业的时候,已经还清了助学贷款。2006 年,麦克接到了波士顿大学法学院的录取通知书。法学院的学费对他来说可不是一笔小数字,但这又有什么好犹豫的呢?能够到法学院深造,意味着命运的大门已经为这个上进的美国小伙子打开了。为了上学,麦克借了 14.5 万美元。

2008 年秋天,到了麦克毕业前的最后一个学期,他很顺利地在马萨诸塞州总检察长办公室找到了一份工作。波士顿的秋天斑斓多彩,麦克的收获季节眼看就要到了。突然之间,世界金融危机来了。一夜寒霜,冬天粗暴地赶走了秋天。雷曼兄弟、房利美和房地美、美国国际集团,一家家庞大的金融机构轰然倒塌,甚至连通用汽车这样的百年老店也要申请破产保护。政府的预算一下子紧张起来,各个州都在裁员,马萨诸塞州也不例外,麦克快到手的工作泡汤了。等到麦克听到这个坏消息的时候,已经到了 2009 年年初。这时候,私人律师事务所的招聘早已结束,而且那一年,私人律师事务所招聘的工作岗位也比往年大大减少。找不到全职的工作,麦克马上到处联系,看有没有实习的机会。他申请了很多政府机构,其中有一家看起来比较靠谱,麦克已经进入了最后一轮的面试。然而,坏消息又来了:预算紧张、裁员。麦克的工作又没有了。年轻的麦克没有灰心,他想,再考个证,兴许能进一步提高自己的竞争力。于是,他参加了马萨诸塞州和纽约州的律师资格考试,幸运的是,他顺利通过了,不幸的是,在这两个州,麦克都找不到工作机会。

麦克把宿舍里的家具都卖了,搬到了华盛顿。他的想法是,华盛顿又没有华尔街,这里受经济危机的影响总该小一些吧。每天早晨,麦克穿着笔挺的西装,揣着简历,一家一家地登门自荐。他找了政府部门、大学、图书馆,但每个地方都告诉他,对不起,没有工作。有几个月的时间,麦克天天到一家咖啡馆报到,因为这里有免费的 wi-fi(无线局域网络)。麦克有时在这里一泡就是一整天,在一个个招聘网站上大海捞针。

但很快,这样的日子过不下去了。麦克的银行账户上已经没有钱了,信用卡的额度也快用完了。爸爸妈妈告诉他,要是实在混不下去,就回托莱多吧。当初他的房间,父母还给他留着。麦克接完父母的电话,一个人在冰冷的大街上走了很久。第二天,他就到这家书店上班了。毕竟,这里的书香,让人想起校园里的温暖,多少还能让他感到自己躲藏在文明世界里,就像一个虫子把自己藏在茧里。

有一天,麦克遇到了一位身穿黑色大衣的顾客。他的眼睛突然一亮,这不是凯斯·桑斯坦(Cass Sunstein)教授吗?他可是麦克在学校里最崇拜的法学教授之一。麦克读书的时候,看到过桑斯坦教授的照片。教授走到麦克的面前,要了一杯双份的意式浓缩咖啡。麦克的嘴唇有些发干,喉头动了一动,他很想和教授打个招呼,但最终也没有开口。

后来,麦克又换了一份工作。他现在在美国住房保障部打工,每天要做的事情无非是打打电话、填填表。麦克不敢告诉同事,自己是波士顿大学法学院的毕业生,因为他害怕别人会用奇怪的眼神看他。这份工作的收入也不高,即使再加上另外一份零工,麦克每个月还完了贷款,口袋里还是剩不了多少钱,但他已经不敢再有更高的奢望了。有时候,麦克也会想到他父亲那一代人。他的父亲高中毕业,原本在工厂工作,22 岁的时候就买了房子,还能养活两个孩子。麦克27 岁才刚刚进入社会,如今还要和别人合租房子,住的房间比在法学院的宿舍还局促破旧。车子、房子、孩子,仿佛已是很遥远的事情了。

怎么会这样呢?

这场金融危机不仅摧毁了雷曼兄弟,还摧毁了麦克的未来。雷曼兄弟是咎由自取,但千千万万个"麦克"却是无辜的受害者。金融危机给美国经济带来的最大创伤,就是居高不下的失业率。以往,经济衰退的时候,工人会失去工作,但到繁荣来临的时候,工作就会失而复得,但这一次不一样了,很多就业机会可能从此之后再也不会回来了。随着房地产泡沫的破灭,建筑业的很多就业机会从此再也不会回来了;随着金融机构的破产,金融行业中的很多就业机会也可能再也不会回来了;全球化和技术进步使得越来越多的工作机会可以被外包到像中国和印度这样的发展中国家,这些离开的就业机会再也不会回来了。

英国华威大学的安德鲁·奥斯沃德(Andrew Oswald)教授是少有的专门研究"幸福"的经济学家。根据他的研究,失业对幸福的影响,仅仅次于亲人死亡和离婚。即使是像麦克那样,最终勉强找到了一份工作,但失去的士气,可能将永远无法重振了。衰退时期进入社会的年轻人,像赶上了一班慢车,繁荣时期进入社会的年轻人,像坐上了一班快车。绝大部分坐慢车的乘客,只能眼睁睁地看着自己和别人的差距越来越大。越是落后,就越是悲观,越是悲观,就越发被动,最终的结果就是,越失业,越无能。金融危机对大学毕业生收入的冲击,大概要到十多年之后才能逐渐抹平,但人的一生中,实际收入的2/3是在事业的头十年挣出来的。20岁,是人生最敏感多变的季节。20岁不期而遇的一场金融危机,彻底改变了这一代年轻人的命运。年轻人工作经验不足,懵懵懂懂,显得颇为稚嫩,这使得他们天然在就业市场上处于劣势。一批批刚刚步入社会的年轻人,就像诺曼底登陆时候的士兵,还没有来得及爬到岸上,就已经被无情的子弹撂倒了。

从某种意义上讲,这是对挫折和磨难准备得最不足的一代人。在过去二三十年,美国教育的理念越来越宽松、自由,老师和家长推崇的是快乐教育。这一代孩子,打小就在赞美和鼓励中长大。在这种环境下,他们的自我意识越来越强烈,每个人都认为自己生来就是要做人上人的。2006 年,吉恩·特温吉(Jean Twenge)出版的一本书叫《自我的一代》(Generation Me),这或许是给 80 后一代的最好的标签。根据 2009 年的一份调查,在美国,74%的孩子认为自己比别人漂亮,79%的孩子认为自己比别人聪明。40%的孩子认为自己到 30 多岁的时候,能一年挣 7.5 万美元。事实上,那一年 30 岁的就业者,能够拿到的中位数收入只有 2.7 万美元。靠着虚幻的赞美培养出来的自尊,鼓励的是懒惰,而非努力工作。很难想象,这些孩子怎么面对日益黯淡的前途。

日本在过去二十年的经历,将是其他欧美国家的殷鉴。在 20 世纪 80 年代后期,日本经济仍然处于高速发展阶段的时候,就已经有一些年轻人,主动或无奈地逃离了主流社会,不找工作,也不上学,天天待在家里。1990 年日本的泡沫经济崩溃之后,逃离社会的年轻人数量大增。到 2002 年,估计有大约 250 万日本的年轻人长期待在家里,人们称之为 NEETs(not in education,employment,or training),就是既没有上学,也没有工作或参加培训的年轻人。日语里还有一个专门形容这批年轻人的词,叫"hikikomori",大意是"离群索居者"。他们大多和父母住在一起,有一个单独的小房间。他们先是整天都不出门,后来几天都不出门,到最后几个星期、几个月甚至几年都不出门,其中最高的纪录是十多年没有出过家门。吃饭的时候,父母或送外卖的把餐盘放在他们的门口。很多 hikikomori 的作息时间已经紊乱。他们在别人清醒的时候睡觉,在别人睡觉的时候清醒。一个人孤寂地坐在电视机前,收看午夜节目,或是整日整日地发呆、做白日梦。表面上看起来,hikikomori 是社会中的失败者,实际上,他们非常敏感而睿智,他们就像能够感知地震到来的小动物。他们看得到别人看不到的东西,他们比日本的政治家和企业家更清楚地知道,日本的经济和政治正在发生着什么变化。

年轻人失业带来的社会问题,才刚刚显露出来。慢慢的,金融危机的后遗症将发作得越来越明显。两位经济学家保拉·朱利西诺(Paola Giuliana)和安东尼奥·斯普林伯格(Antonio Splimbergo)近期的一份研究报告指出,经历了衰退的年轻人会改变自己对社会和政治的见解,而且将从此固执地坚持自己的观点。从历史经验来看,衰退中的一代对社会不平等更加关注,总是觉得运气而非个人的努力是最重要的,他们会要求政府更多地干预经济体系,支持政府实施收入再分配。2010 年的一份民意调查显示,30 岁以下的美国人,只有 28% 的人认为其他人是值得信赖的,将近 1/3 的人认为决定其经济状况的最重要因素不是个人努力,而是外在的社会因素,42% 的人觉得全球化给他们带来了不利影响。这一变化将深刻地影响未来的美国政治走向。

青年人失业已经成为一个全球现象。国际劳工组织的一份报告显示,2010 年全球青年失业率为 12.6%,远远高于成年人 4.8% 的失业率。全世界的每一个角落,都充斥着无助而绝望的失业青年。爆发"阿拉伯之春"的北非中东国家,年轻人失业率平均高达 25%。西班牙是欧洲危机最深重的国家之一,青年人的失业率是 40%。历史上,凡是有大量年轻人失业的时候,几乎都会出现社会动荡。据说马丁·路德发动新教运动的时候,最主要的支持力量就是失业的年轻人。1968年席卷全球的造反运动和社会动荡,其实就是骚动不安的年轻人的疯狂聚会。在美国如火如荼的占领华尔街运动,主要的参加者是年轻人。伦敦街头骚乱的主力,是年轻人。在巴黎市区烧、砸、抢商店的是年轻人。挪威枪杀案的冷血杀手是年轻人。

在全球范围内,我们还没有看到像1848年或1968年那样的全球革命浪潮。在美国,有大约10%的35岁以下的年轻人已经搬回去和父母一起住了。他们到目前为止,还只是阁楼上孤僻的成年孩子,而且越来越沉默不语。不在沉默中爆发,就在沉默中灭亡,而我们正坐在一个火山口上。

# 第五章

未来一百年

# 未来一百年

作为一个研究宏观经济的学者,即使要预测一年之后的事情,我都会觉得很不靠谱,更不用说五年、十年之后的事情了。但是,有一次出国开会,在机场的书店发现一本书叫《下一个一百年》,预测的是未来一百年全球政治格局的变化,作者是乔治·弗莱德曼(George Friedman),美国的一位地缘政治学家。对作者的那份自信和勇气,我自叹不如。未来一百年是什么样呢?我来做个转述。

美国金融危机爆发之后,很多人认为美国在全球的霸主地位受到了挑战,美国正在衰落。弗莱德曼认为恰恰相反,他认为美国领导全球的时代才刚刚拉开帷幕。21世纪,将是美国的时代。这一立论的基础是,全球地缘政治竞争的焦点已经从亚欧大陆转为对海权的竞争,而美国拥有独一无二的海上霸权。凡是有海洋的地方,就有美国的舰队。美国控制了所有的海上贸易运输线,因此也就控制了整个全球经济体系。

很多人谈到金砖四国的崛起,弗莱德曼对这几个国家都不看好。在他看来,中国从地缘政治的角度来说只是一个孤岛:中国的北部是人烟罕至的西伯利亚,西部是沙漠和戈壁,南部是青藏高原和横断山脉,朝东面向浩瀚的太平洋,但却缺乏强大的海军。因此,中国历来都没有对外扩张的野心和能力。印度和巴西也受到地理位置的制约。印度孤悬南亚大陆,而且内部各邦之间差异极大。巴西的势力从来没有超过南美洲,巴西最关心的事情不是全球政治,而是阿根廷在干什么。

在金砖四国中,短期内(他的短期是指未来一二十年)最有扩张冲动的是俄罗斯。俄罗斯是一个地域广阔、资源丰富但人口稀少的国家,而且俄罗斯的西部是一片平原,一马平川,无险可守。当年拿破仑入侵俄罗斯走的是这条通道,希特勒进攻俄罗斯走的也是这条通道。为了保证自己的安全,俄罗斯一定会尽可能地把国境线向西推进,"以空间换取时间"。如果国境线离莫斯科能远一天的路程,俄罗斯就能获得多一天的动员时间。而且,普京上台之后,放弃了苏联时期的工业化模式,转为依赖能源的出口。能源的出口使得俄罗斯的国力突然大增,而且,能源也会变成俄罗斯对外讨价还价的砝码。乌克兰不听话,断你的气,欧洲国家不让步,断你的油、断你的气,那些进口俄罗斯能源的国家,只会对它越来越有依赖性。

·但是,弗莱德曼预言:俄罗斯很可能会撑不下去,有一天终将面临第二次解体。一是由于战略的调整会使得俄罗斯的工业基础越来越虚弱,二是俄罗斯的人口会越来越稀少。当俄罗斯有一天再度衰落,就会给全球政治留下巨大的真空,这将酿成全球政治的动荡。

俄罗斯周边的国家也将乘虚而入。首先,是东欧国家。在弗莱德曼看来,西欧已经变得越来越年老,行动迟缓而且日益厌世,但东欧将有很强的后劲。尤其是在俄罗斯向西扩张的过程中,美国势必会增加对东欧的支持,以遏制俄罗斯。他认为波兰将崛起,成为东欧的盟主。其次,是中东地区。伊拉克已经被美国打败,陷入长久的动荡;伊朗在宗教上属于伊斯兰的少数派,因此伊朗领头也会缺乏号召力;埃及在经济上过于落后,沙特阿拉伯过于腐败。最终,能够领导中东的可能会是土耳其。土耳其是伊斯兰世界中唯一的工业化国家,也是北约的成员国、美国的盟友,而且,土耳其没有忘记往日奥斯曼帝国的荣光,因此,一旦北方的俄罗斯衰落下去,土耳其就会将其力量向高加索山脉以北扩张。再次,是东亚地区。弗莱德曼认为日本是这一地区最大的威胁。日本人口老化、资源稀缺,因此迫切需要对外扩张,一是可能增加对中国东部的投资,利用中国的人口和资源;二是会觊觎俄罗斯在远东的资源。

在这些国家崛起的时候,美国最初都是支持的。美国支持东欧以遏制俄罗斯,支持土耳其以稳定中东、封锁俄罗斯,支持日本以制衡中国。但是,迟早有一天冲突会爆发。弗莱德曼甚至虚构了一场未来的战争,发生在 2050 年 11 月 24 日下午 5 点。他以这场假设的战争描述未来的地缘政治冲突和军事技术变革,这真是绝好的好莱坞电影题材。

但是,弗莱德曼坚信,这场战争的胜利者一定是美国。美国在军事、经济和政治上的优势会让挑战者再度失败。世界重新恢复和平,并迎来一次空前的经济繁荣。弗莱德曼最离奇的预言是,一百年之后能够取代美国成为世界新霸主的是墨西哥。

21 世纪世界人口会在达到一个顶峰之后逐渐下跌,这是我们在过去数百年内从来没有遇到的现象。人口的减少会加剧各国之间对移民的争夺。墨西哥邻近美国,而且人口出生率又高,所以美国会千方百计地吸引墨西哥移民。但是,墨西哥移民和其他地方的移民不同。如果是华人移民到美国,意味着在很大程度上要把家庭、文化、传统抛在后面,远渡重洋,融入美国熔炉。但是,墨西哥移民,尤其是美国南部的墨西哥移民却并非如此,他们可以早上在墨西哥,下午在美国。国界并不是一个地理的概念,而是人口的概念。当大量的墨西哥人越过国界,来回穿梭的时候,美国和墨西哥的国界就会日益模糊,美国将逐渐被墨西哥化。

对弗莱德曼这本书的评价已经超过了我的专业能力范围。但是,我知道的是,到我很老的时候,我都会记得曾经读过一本书,说墨西哥会灭了美国。而且,我也在考虑,是不是得学一点西班牙语了?

# 致命的第一次接触

在人类历史的大多数时期,不同的人群都是在互相隔绝的状态下生活的。十里不同俗,百里不同音。人们的足迹最远越不过茫茫的群山,人们的见识最多超不过传统的智慧。但是,工业化革命之后,闭关自守的生活彻底被打破。《国家地理》杂志登过一组爱斯基摩人的照片。在爱斯基摩人的独木舟里,赫然有一个可口可乐的罐子。这一切发生得太突然了,但我们的记忆消失得更快。老死不相往来的传统生活是什么样子的,如今的人们已经很难想象了。

不同人群间的第一次接触,犹如两列火车相撞。最后一个被发现的与世隔绝的部落是新圭亚那 Balim 河谷的巴布亚人。当一支白人探险队出现在当地土著面前时,巴布亚人吓坏了,他们以为白人是白天出来游荡的鬼魂。后来,他们把白人掩埋起来的粪便挖出来仔细研究,又把一些害怕得要死的姑娘派去和白人睡觉,这才相信,白人和他们一样也是人。这次探险是在 1938 年。对巴布亚人来说,这次接触应该是很值得庆幸的,因为到 20 世纪,殖民的狂潮已逐渐平息。否则,和其他的第一次接触一样,这次相遇对当地人将是一次灭顶的灾难。

塔斯马尼亚岛位于澳大利亚的东南方,距离澳大利亚大约 200 英里。当白人在 1800 年左右发现这个岛时,岛上大约有 5000 多个生活在渔猎阶段的土著人。白人和塔斯马尼亚人的第一次接触,引发的是对当地土著的种族屠杀。到 1830 年,塔斯马尼亚人只剩下 72 个成年男子、3 个妇女,一个孩子也没有留下来。有个白人在枪里装上钉子,杀死了 19 名塔斯马尼亚人,另一个白人伏击一群当地人,杀死了 30 多人,并把他们的尸体抛下悬崖。那个悬崖至今还被叫做"胜利山"。

卡哈马卡(Cajamarca)位于秘鲁的北部山区。1532 年 11 月 16 日,印加帝国的末代皇帝阿塔瓦尔帕(Atahualpa)同意在这里接见西

班牙人皮萨罗(Francisco Pizarro)。阿塔瓦尔帕身边带来3000多名
扈从,而且在城外驻扎着8万名士兵。皮萨罗只有160多名手下,其
中大约60多名骑兵。见面之后,一个西班牙牧师劝印加皇帝信奉天
主教。印加皇帝刚刚把《圣经》放在一边,西班牙牧师就大声发出了
进攻的信号。100多名西班牙暴徒,在不到半小时的时间内杀死了
数千名印第安人,俘虏了印加皇帝。印第安人为了营救自己的国王,
把黄金堆满了一间长22英尺、宽17英尺、高8英尺的房子。阿塔瓦
尔帕向西班牙人吹嘘,自己的帝国多么富有,甚至还给西班牙人提供
向导。但到了最后,皮萨罗却背信弃义地杀死了阿塔瓦尔帕。

　　100多名西班牙人能够战胜8万名印加士兵,这很难称得上是一
场战争,这不过是一场屠杀。不过,白人的军事优势尚不是先进的枪
炮。当时西班牙士兵所使用的枪支是火绳枪(Matchlock),火力单
薄,装弹速度慢。即使是优秀的士兵,每分钟最多也只能装上一两发
子弹。西班牙人的真正优势是骑兵。印第安人从来没有见过马,当
他们看到骑兵的时候,以为是一种长着两个头、四条腿的怪兽,惊恐
之余,印第安人扔下武器,仓皇而逃。在这次战斗中死去的印第安
人,有很多不是死于西班牙人的刀枪,而是在溃逃中互相踩踏,被踩
死压死的。西班牙人的武器主要是锋利的刀剑、坚实的金属甲胄,印
第安人人数虽众,但手中的武器都是木棒、石斧、标枪和弹弓。即使
印第安人发起进攻,对西班牙人也不会构成太大的威胁。

　　为什么白人和印第安人的力量如此悬殊?贾雷德·戴蒙德
(Jared Diamond)在《枪炮、细菌和钢铁》一书中谈到,不同的人群技
术发展水平相差悬殊,主要是因为地理因素对人类的进化有着深刻

的影响。农业的出现是人类进化遇到的一个重要门槛。跨过这一门槛的人群才能进入更高一层的文明，但这个门槛并非所有的人群都能迈过去。要想发展农业，必须有可供培育的野生植物、可供驯养的野生动物。但是，可供培育的野生植物与可供驯养的野生动物的物种是非常有限的。大部分植物不是有毒就是无法消化，或是营养价值太低，或是难以采集。能够被驯养的野生动物更加稀少，因为这些动物应该是群居性的，只有群居动物才有服从领导的天性；这些动物不能太胆小，要容易接近；这些动物在被捕获之后还能养活，等等。更重要的是，这些稀缺的"候选物种"在地球上的分布是极其不均匀的。易于被培育的野生大粒草种大约有 56 种，其中 32 种分布在西亚、欧洲和北非，6 种分布在东亚，4 种分布在非洲，11 种分布在美洲。易于被驯化的野生动物大约有 100 多种，其中大部分分布在欧亚，澳大利亚几乎一种也没有。美洲本来有野生的大型动物，但是印第安人在大约一千多年的时间内，几乎杀光了所有的大型野生动物，这就是为什么印第安人没有见过马的缘故。

但是，要说骑兵是西班牙人制胜的法宝，恐怕还是难以令人信服。在印第安人的广阔领土上，往往不是森林就是丘陵沼泽，骑兵根本派不上用场。但是马给西班牙人带来了一个意想不到的武器，那就是病菌。当人们还过着渔猎生活的时候，基本上是没有传染病的。那时候人口稀少，每个人类种群只有几十人，各个互不交往的游猎群体到处狩猎，不具有发生大规模的传染病的基本条件。人类进入定居的农业社会之后，传染病才开始流行。驯养家畜使得动物的疾病传染给人。比如，天花和肺结核来自于牛，麻风病来自于水牛，普通的感冒最早则是从马那里传来的。早期的时候人类分别在几个相互隔离的地区聚居，形成了不同的文明，而不同的文明发展出了不同的病媒。生活在当地的人们由于长期和病媒接触，逐渐产生了免疫力，所以病媒只能造成零星的病例。但是，由于贸易、战争等原因，疾病开始周游世界。在一个地方司空见惯的风土病，到了另外一个地方就成了让人们束手无策、杀人无数的瘟疫。

正是病菌而非枪炮帮助了欧洲人征服美洲。由于缺乏畜养家畜的经历，美洲人从来没有接触过许多由动物带给人类的病原体，对这些疾病完全没有抵抗能力。欧洲人给美洲带来的是一连串的瘟疫：1518—1526 年天花流行，1530—1531 年爆发麻疹，1546 年斑疹伤寒，1558—1559 年流感。据估计，95％的美洲原住民死于白人带来的疾病。在墨西哥中部，即原来的阿兹特克（Azteca）帝国的中心，人口从 2500 万锐减到 100 万。如果说瘟疫毁灭了玛雅文明，可以说一点也不过分。印加皇帝阿塔瓦尔帕为什么会在卡哈马卡见皮萨罗呢？这也跟西班牙人带来的传染病有关。1526 年，在南美洲的印第安人中爆发了一场天花。印加皇帝卡帕科（Huayna Capac）和贵族院的大部分元老都染病身亡，卡帕科指定的继承人古又奇（Ninan Cuyuchi）也不幸去世。卡帕科的另一个儿子阿塔瓦尔帕趁机继承了王位，但是他的兄弟瓦斯卡尔（Huascar）不服气，于是爆发了一场内战。当时，阿塔瓦尔帕刚刚在南方打了胜仗，消灭了竞争对手，正打算到首都库斯科去统治整个帝国，这才途经卡哈马卡。这场天花是从什么地方来的呢？正是来自于刚到巴拿马和哥伦比亚的西班牙人。

　　血腥的历史慢慢被人淡忘，第一次接触似乎成了富有浪漫色彩的传奇。我们在地球上找不到没有见过的智能生物，于是开始渴望到太空寻找外星人。1974 年，波多黎各的阿雷西博（Arecibo）天文台用 305 米射电望远镜向宇宙深处发送了关于地球的一系列基本信息，包括地球的位置、地球上的化学元素、DNA 分子式等。美国向太空发射的先驱者系列探测器上也标注着地球的位置、氢原子跃迁过程的示意图，还有一张特殊的光盘，记录着地球的风光、巴赫的音乐作品等。假设我们真的发现了外星人，或是外星人发现了我们，这第一次接触会给我们带来什么呢？

# 矛和盾的军备竞赛

　　如果世界上最锐利的矛能够戳破世界上最坚固的盾，会怎么样呢？很可能，这个世界上就会有更多的暴力冲突。如果这个世界上最坚固的盾能够抵挡世界上最锐利的矛会怎么样呢？很可能，这个世界上就会有一段比较消停的日子。

　　这种矛和盾的军事竞赛，就是国际政治学中著名的"进攻—防守武器假说"。按照这种假说，当进攻性武器占优势的时候，战争爆发的频率更高。乔治·奎斯特(Quester)在《国际体系中的进攻和防御》中写道:"进攻带来战争和帝国,防守支持独立及和平。"哥伦比亚大学政治学教授罗伯特·杰维斯(Jervis)在1978年发表的一篇论文中,对"进攻—防守"假设进行了系统的分析。他谈到,进攻性武器占上风的时候,首先发动进攻就更有利可图,如果稍有迟疑,让对手首先动手,代价就会更大。这就会使得双方都会争着开火。防守性武器占上风的时候,谁先开火,谁的伤亡就越大,谁能沉住气,谁的胜算就更多,所以战争爆发的可能性就减少了。

中世纪晚期,防守性的武器占了上风。频繁的十字军东征,使得各国都加紧修筑城堡和要塞。结果攻城变得越来越难,攻下一座城池耗费的时间越来越长。久攻不下,补给就会成问题,到时候自然要灰溜溜地撤军。此外,在这一时期,骑士的铠甲从板甲变成了锁子甲,这大大降低了骑士的机动性。防守方的长矛方阵可以有效地抵御骑兵的进攻,英国出现的长弓也增加了防守的优势。因为其射程更远,使得敌人难以接近。总之,到1300年,防守性武器战胜了进攻性武器,欧洲出现了相对的和平。

15世纪中期,大炮从辅助性的进攻武器变成了战场上的主力。重型火炮的发展使得进攻性武器重振雄风。1453年君士坦丁堡的沦陷是这个时期"进攻—防守"力量转变的重要转折点。中世纪最坚固的城堡,在不到两个月的时间之内就被土耳其攻陷,原因就在于匈牙利籍的火炮设计师乌尔班为土耳其的穆罕默德二世造出了威力空前的巨炮。中世纪巍峨高耸的城堡在新型火炮的轰击下,几乎不堪一击。这一时期,在捷克出现的胡斯战争(Hussite Wars)中,胡斯军采用了战车和火炮相结合的战术。战车保护火炮,火炮发动进攻,极大地提高了进攻的威力。在大约两个世纪内,利用火炮进攻的优势不断提高。防守一方的长枪兵、戟兵和重甲骑兵慢慢退出了历史舞台。整个欧洲都开始学习土耳其的作战方法,步兵配备短剑和长弓,同时有轻骑兵护卫。在这一时期,威尼斯多次发动对土耳其的战争,英国和法国之间也出现了百年战争。

到了16世纪,修筑城堡的技术又得到了提高。为了避开炮弹,城堡不再修筑得高耸入云,而是尽可能地贴近地面。这一时期出现了棱堡(trace italienne),即把城堡修成五角形,躲在城堡里面的枪炮手可以对接近的敌人交织开火。当时法国著名的军事工程师沃邦(Vauban),设计并建造了数百座要塞,其精细的施工和复杂的结构至今仍令人叹服。16世纪的城堡和13世纪的城堡已经不可同日而语。攻下一座城池的时间从几天延长到几个月,甚至几年。只要食物和弹药储备充足,像威尼斯或梅斯这样的城市,几乎是坚不可摧的。

18世纪早期,进攻一方又占了优势,于是,欧洲进入了长达数个世纪的战乱。大炮的机动作战能力提高,炮筒长度被缩短,这能提高炮弹的速度,使其能够炸开城墙。火炮的机动性也大大增加。普鲁士的腓特烈大帝和法国的拿破仑之所以能够在欧洲开疆拓土、所向披靡,在很大程度上是因为借助了进攻性武器的威力,当然,也和他们对作战策略进行了大刀阔斧的改革有关。

到19世纪晚期,防守的力量东山再起。这在美国内战期间体现得最为明显。战争开始的时候,南北双方还都能灵活地发动进攻,但到战争后期,基本上就转变成了壕沟战。这一时期的步枪射程为拿破仑时期滑膛枪的 2 倍,能够在 1000 米之外射杀敌人。1874 年发明的铁丝网也能够有效地减缓敌人的进攻速度,躲在战壕中的机枪手和步枪手可以更从容地消灭敌人。如果在进攻方和防守方之间有大片的开阔地带,敌人要想穿越过来,必定付出惨重的伤亡。遗憾的是,在第一次世界大战刚刚爆发的时候,大部分将领都相信,进攻性的武器胜于防守性武器。1914 年夏天,欧洲的将军们发动战争的时候,都觉得有了神威的机关枪,这次大战就可以速战速决,打完仗正好回家过圣诞节。结果这一仗整整打了四年,双方都困守在折磨人的战壕里面。整整四年时间过去了,欧洲的将军们才想明白,机关枪其实是防守性武器。

1930 年之后进攻又占上风。第二次世界大战的帷幕是一支德国的装甲坦克部队向骑在马背上的波兰骑兵发起了闪电战。冷战之后,核武器的出现使得防守力量占据上风。在核时代,进攻的成本将带来全面的核毁灭,因此,几乎不可能再发动全面战争了。

到 21 世纪,攻守之势发生了什么变化呢?在雷默的新书《不可思议的年代》中,谈到了一个令人难以置信的故事。我们都知道,美国至今拥有压倒性的军事优势,而这一优势基本上是建立在美国有强大的空军的基础上的。当美国发动对伊拉克的战争时,靠的就是占绝对优势的空中力量。伊拉克当然也有地面雷达和地对空导弹,但是,美国自有其对策。当地面雷达开启并搜索空中的飞机时,这些雷达会发射出微波光束,然后等待接受信号。但这些信号恰恰能够让美国的飞机准确地找到敌人的位置,所以,只要雷达一开,美国飞机上的导弹就会直接瞄准地面防空基地,以每小时 2000 英里的速度呼啸而下,直接摧毁敌人的基地。美国飞行员在沙漠风暴行动开始后不到 24 小时,就发现他们只要在伊拉克地面防空雷达监视的频道中播放战斗机出动的信号,所有的伊拉克地对空导弹就会全部关闭。萨达姆花了数千万美元,辛辛苦苦建造起来的防护系统,顷刻之间变成了无用的废物。

但是,中国发明了一种不起眼的装置,只有一个旅行箱那么大。这个装置里面有上千个微型发射器,打开这个装置的开关,它就开始发射出一万个地对空导弹的频道信号。这真是一件令人恐怖的事情。美国飞行员知道,从地面发出的一万零一个地对空导弹信号中,只有一个是真的,但肯定有一个是真的。可是,哪个才是真的呢? 没有人能告诉这个可怜的飞行员。他只知道一件事情,那就是正有一枚速度比音速快 5~6 倍的导弹,直接飞向他的飞机。

且不论这个故事的真伪如何,至少,我们或许要承认,如今进攻的成本更小了。"9·11"事件中恐怖分子花了大约 100 万美元,就完成了袭击美国的计划。仅仅在美国一个国家,为了防止这样的袭击再次发生,在警局、机场安检和其他系统花费的代价大约是每小时100 万美元。这意味着什么呢? 冷战时期的短暂和平可能将一去不复返,尽管我们不太可能会遇到大国与大国之间的常规性战争,但是,按照"进攻—防守假说",我们在将来会遇到更多的暴力和冲突。

# 网 络 战

在《外交》杂志 2010 年 9—10 月号上,美国国防部副部长威廉·林恩三世(William J. Lynn Ⅲ)介绍了美国军方应对网络进攻的策略。

2008 年,在美国驻中东的军事基地,一个感染了病毒的优盘插进一台美国军方的笔记本电脑。这个优盘上已经被一家外国间谍机构设置了恶意代码。通过这个优盘,外国间谍机构能够轻而易举地窃取美国的军事机密文件,并把文件发送到域外指定的服务器上。这是美国五角大楼的电脑网络经历的最严重的一次入侵,这件事情敲响了美国军方反制网络攻击的警钟。美国国防部很快发动了"扬基鹿弹行动"(Operation Buckshot Yankee),这是美国网络防御策略的转折点。

信息技术的发展,改变了美军的作战方式。最早,电脑网络在军队中是辅助性的,主要用于日常的管理,但很快,信息技术被广泛运用于军事行动和作战计划。如今,美国依靠先进的网络技术,能够决胜于千里之外。离开网络,美军已是寸步难行。目前,至少有 9 万名技术人员,负责维护庞大的美军电脑网络。

网络既是美军的优势,也是美军的软肋。在过去近十年中,对美国军方电脑网络发动的进攻次数和复杂程度呈几何指数递增。每一天,美国的军方电脑网络都会遇到上千次进攻,上百万次窥测。敌人通过入侵美国军方网络,至少获得了数以千计的机密文件,其中包括先进武器的蓝本、作战计划以及监测数据等。

网络战是不对称战争。美国的敌人不需要花费巨资建造先进的武器,比如隐形战斗机或航空母舰,只要有几个身手不凡的电脑黑客,就可以发动进攻。据林恩三世透露,至少有 100 多家外国情报机构试图攻破美国的网络屏障。在网络战中,攻方始终会占上风。从问世的那一天起,互联网设计的宗旨就是为了促成合作,迅速传播信息,因此,安全性只是第二位考虑的目标。网络战是游击战,机动性是最重要的。美国也无法在网络战中修筑一条坚固的马其诺防线,躲到后面,高枕无忧。

和传统的战争不同,在网络战中无法实施报复策略。很多时候,你根本无法确定入侵者的身份。就算能确定入侵者的身份,可能也要花费几个月的时间,等到你弄明白谁进攻了你的时候,进攻者可能早就扬长而去了。很多入侵者是从中立国甚至友邦的服务器上发动进攻的,你又该如何反击呢? 即使找到了进攻者,很可能会发现,进攻者不是一个国家,而是一个组织,甚至是一个空壳的组织,没有人员,没有资产,靠打击什么才能实施报复策略呢?

入侵者进攻的目标不一定是军方的电脑,非军方的电脑网络一样可以成为目标。如果敌对力量可以入侵美国的民间电脑网络,造成电网、交通网络、金融体系的瘫痪，将给美国带来极大的恐慌和沉重的损失。打击民间的电脑网络，也就等于间接打击了美国军方的力量，军队总要靠交通运输兵力、武器和作战物资。入侵者也会通过潜入民间的电脑网络，窃取美国的知识产权。如果美国的知识产权在不知不觉中被人悄悄搬家，日久天长，美国在科技方面的领先地位就会受到挑战。

入侵者的进攻途径也不一定局限在网络。通过软件和硬件，同样可以发动网络进攻。在软件中可以放入"逻辑炸弹"(logic bomb)，又称恶意代码(rogue code)。这些被事先插入的程序，在一定环境下会突然爆发，让系统崩溃。在硬件中可以通过在军方使用的电脑芯片中设置"合金杀手"(kill switches)或后门(backdoors)，就可以从远程操控电脑。这可能是最隐蔽的入侵方式，美国军方已经在其使用的电脑中查出盗版的硬件。但是，在全球供应链的汪洋大海中，要想找到恶意进攻的毒针，是非常困难的，即使侦测出来，也很难清除干净。

为了应对瞬息万变的网络战争，美国国防部在 2009 年 6 月任命四星上将基斯·亚历山大为网军司令。网军司令部设在马里兰州米德堡。2010 年 5 月，对亚历山大的任命在参议院正式通过。当前，美国共有 10 个大型联合司令部，其中 6 个是按地区划分的战区司令部，包括太平洋总部、欧洲总部、中央总部、南方总部、北方总部和非洲总部，其余 4 个是按职能划分的，包括战略司令部、军事运输司令部、联合部队司令部和特种作战司令部。按照目前美军的作战指挥序列，网络司令部是美军战略司令部领导下的二级司令部，但五角大楼之所以要选择一名与战略司令部司令同级的上将领衔网络司令部，足以显示出其对网络战争的重视。网军已经和陆军、空军、海军平起平坐。从美军对网络战的重视程度来看,新网络战司令部成为第 11 大司令部的可能性也很大。早在 2005 年 3 月,美国五角大楼公布的《国防战略报告》就已经指出,网络空间是与陆、海、空、天同等重要的、需要美国维持决定性优势的第五大空间,这意味着美军将追求"制网权"。

网军司令主要有三个使命:第一,负责所有军方电脑网络的日常维护和保护,同时在网络领域执行军事和反恐任务。第二,整合全军网络战资源,同时强化各机构间的协调。作战命令将畅通无阻,从总统到国防部长,到战略司令再到网军司令,然后下达给全军。在网络司令部成立前,国家安全局、国防信息系统局、战略司令部以及各军种都有专门从事网络攻防的力量,资源分散,难以形成合力。网络司令部成立之后,各军种的网络作战部队都将隶属网军司令指挥。目前美军的四大军种都建立了各自的网络战指挥中枢和专门部队,分别是陆军网络司令部、空军第 24 航空队、海军第 10 舰队、海军陆战队网络司令部。第三,加强和其他政府部门以及私人公司的合作。美军网络司令部将密切和联邦调查局、美国国土安全部、司法部、国防信息系统局等机构合作。网军和主要的信息技术公司、军事工业公司之间的合作是在"持久安全框架"下进行的,这些大公司的首席技术官(CTO)会和国土安全部、国家情报局、国防部的高官经常聚会,一起商讨加强网络安全的事项。考虑到如果民间网络失守,军方也不安全,美国军方正在研究,是否应对重要的政府和民间电脑网络也实施军事保护。

网络战中,技术的先进性仍然是制胜的关键。美国国防部高级研究计划局(Defense Advanced Research Projects Agency,DARPA)

是美国专门负责组织、管理国防预先研究计划项目的机构。当年，互联网的问世，就得到过 DARPA 的支持。如今，DARPA 又开始启动了国家网络巡逻项目（National Cyber Range）。这一项目可以设计出一个互联网的模型，方便美国军方像用沙盘一样，演习网络战。美国国防部会安排电脑程序员，对军方网络发动"善意进攻"（ethical hacking），以检查可能出现的漏洞。在美国能源部的国家实验室里，科学家们正在建造电脑试验田，做浸入试验，即在电脑网络系统中放入病毒，并观察其如何扩散。DARPA 甚至有更激进的设想，他们希望能重新设计整个互联网系统，推翻重来，并在新的体系设计中首先考虑安全性的因素。

林恩三世在谈到网络战的迫切性的时候，引用了当年爱因斯坦写给罗斯福总统的一封信："事态的发展已经要求人们提高警惕。必要时，政府方面必须迅速采取行动。"这是爱因斯坦提醒罗斯福总统纳粹德国正在研制核武器的著名信件。林恩三世指出，美国在面对网络威胁的时候，遇到的是同样迫切的挑战。

但是，美国能够赢得这场网络战吗？尽管美国在人力、财力和技术上仍然占据优势，但这些优势在网络战中都会受到重重制约。美国的电脑人才真的车载斗量吗？单纯从人数来论，美国电脑人才的数量，可能很快就会被中国和印度赶上。美国的财力能保证其战胜对手吗？遗憾的是，在网络战争中，并非谁有钱，谁就有优势。进攻者的成本低廉，而防守者的代价昂贵，这就是网络战的现实。美国在技术上能够始终占据优势吗？林恩三世也不得不哀叹，在美国军方，一般来说，开发出来一套新的计算机系统并运行成功，大约需要 81

个月,也就是将近七年的时间,但市场上电脑技术的发展速度是每隔12～36个月就出来新的一代。iPhone 每两年就能推出崭新的产品,这要是在美国军方,两年的时间可能预算都未必能批下来。

最为致命的是,这场战争仍然是正规军对游击队。正规军有正规军之难。尽管美军网络司令部已启动,但关于网络战的许多问题并没澄清,比如谁可以批准发动网络攻击、网络武器如何发展、军事上的网络攻防怎样同国土安全部负责的民事网络攻防相配合等。此外,针对来自境外的网络攻击,美国是动用军事手段还是民用手段进行报复,是发动常规军事打击还是网络反击,这些问题都没有得到系统研究,有关网络战的政策存在诸多灰色地带。未来的网络世界中,最时髦的口号仍然是"造反有理"。想要应对复杂性不断增加的网络安全,传统的防守思维已经过时,有效的攻防策略一定是比林恩三世所描述的这些更加激进和革命的。

## 扎进西方心脏的一根尖刺

大约在 1998 年的时候,我刚刚到美国读书。开学第一天,学校里面为我们这些留学生专门开了一堂新生辅导课。我印象深刻的是,辅导老师半开玩笑半认真地说,到了美国得学会一个"最牛的词":the powerful D。她说,你们遇到麻烦的时候,比如说停车停的不是地方,警察要给你贴条子等,你就说:"D…D…D…"不等你把这个单词完整说出来,警察就会乖乖地走人了。

什么词的力量如此之大?原来是 discrimination,中文意思是歧视。美国人最怕的就是别人说他们种族歧视。

听到之后,我不过是一笑置之。但是,慢慢和美国人接触多了,才发现种族歧视的确是美国最大的禁忌。美国白人喜欢结交黑人朋友,热衷黑人文化,喜欢领养外国小孩,喜欢下外国馆子,都是因为这能让他们标榜自己是最没有种族主义气味的人。

在美国,言语稍有不慎,就能被定性为"种族歧视"。有一次,我和高年级本科生一起听计量经济学课。老师在黑板上写了个"∧"符号,兴之所至,开了个玩笑,说:"这多像个中国小帽子啊。"话音未落,一个华裔学生马上正色问道:"老师,你刚刚说的什么?"那个老师当时脸就吓白了,他赶紧用了足足五分钟时间,反复解释自己没有任何要嘲笑中国人或亚洲人的意思。他是热爱中国文化的,甚至还要举例,说自己的孩子在幼儿园都学汉语。我在下边,又想笑,又感慨。

从进步的意义上讲,反对种族歧视,是西方人对自己过去干过的错事和蠢事的反思。一位美国朋友告诉我,美国白人之所以对黑人充满负罪感,是因为黑人的祖先是被白人拐卖过来的,而不是自己主动选择移民的。诚哉斯言,不过要说起来,让美国白人最有负罪感的应该是面对印第安人。遗憾的是,美国人好像并不喜欢反思他们对印第安人的恶。我很想继续和我的美国朋友探讨这一问题,但他已经毫无兴趣了。

　　这种反思很难说是彻底的，它不仅无助于提升西方的道德水准，而且正在使西方变得更加脆弱和无助。民族主义是西方人打开潘多拉盒子之后放出来的第一个恶魔。

　　罗马帝国崩溃之后，西欧陷入了小国林立、长年混战的局面。民族主义本来就是在这种支离破碎的政治地图上长出来的毒蘑菇。民族主义在很大程度上不是天然的产物，而是国家之间为了加强对本国居民的控制有意强化出来的意识形态，是"想象的共同体"。民族主义硬化了一个群体与另一个群体之间的差异，并不断地挑起仇恨与屠杀。

　　正如亨廷顿在《文明的冲突》中引用的一本小说中所说的："除非我们憎恶非我族类，我们便不可能爱我族类。"正是在长年的征战之中，才最终演化出了民族国家、民族主义。在世界上其他地方，原本没有民族主义这种东西，西方征服了世界，也就将民族主义的毒芽种到了各个地方。

　　巴尔干半岛号称是"欧洲的火药桶"，这里有异常复杂的民族和宗教。但是，当西方没有到这里之前，当地的民族认同相当淡漠，大家都能相安无事。当民族主义被传播到这个地区之后，战火才开始绵延不断。非洲的卢旺达，原本生活着许多不同的部落。到20世纪30年代，当时的比利时统治者非要把卢旺达人分成两个民族，一个叫"胡图族"，一个叫"图西族"。电影《卢旺达饭店》中，一个西方记者问当地人，这两个民族究竟有什么不同。据说，区分的标准是鼻子的高度不同，走路的优雅程度不同！

　　如今的文化多元主义，依然在硬化群体之间的差异。尽管不像过去的民族主义那样咄咄逼人，而是西方的隐忍和退让，但基因是一样的。这种观念要求区别对待少数民族，给他们更多的补偿，给他们更多的自由。但是，善良的愿望并没有得到令人满意的结果。美国社会中的"黑白界限"依然分明，黑人不仅没有感到满意，反而变得越来越愤怒。问题出在哪里？恐怕就是走了岔路。

美国的创始人早已经提醒要"合众为一"，美国一直号称自己是"大熔炉"，结果呢？这个"大熔炉"变成了分离器，欧洲的情况比美国更差。美国是世界上最开放的移民国家之一，源源不断的新移民为美国补充新鲜的血液，但欧洲已经步入人口老龄化，一步步日薄西山。人口老龄化带来了移民问题，但欧洲在这方面做得差。一方面，欧洲的民族主义更加严重，尤其是一些激进的种族主义者又沉渣泛起。另一方面，为了遏制国内的极端民族主义者，欧洲的文化多元主义更加绥靖、更加软弱。

如果欧洲没有认真思考如何融合和团结不同人群，如何处理不断萎缩的白人人口和潮水般涌来的非洲、中东、中亚人口之间的矛盾，那么，在不久的将来，欧洲将会土崩瓦解。

或许，有一个古老的国度能够为西方世界提供智慧。中国自古以来包含了人类学意义上完全不同的人种，包含了不同的宗教信仰，包含了异彩纷呈的语言、习俗和文化，这才是真正的"大熔炉"。

我曾经读过一本《犹太史》。书中说道，犹太人漂流到世界各地，都遭到当地人的白眼，因此他们在异乡仍然顽强地保留着自己的习俗和传统。唯独有一支犹太人，到了中国的河南，被当地善良的农民同化了。

# 人口涨落，国家浮沉

　　2007年，美国金融危机的爆发带来了全球化的退潮。即使是比较乐观的估计也认为，美国至少需要2～3年的时间才能走出危机的阴影。最悲观的预言可能是罗杰斯，他说，指望美国复苏可能"在我们的有生之年都看不到了"，于是，他带着女儿定居到了新加坡。20世纪90年代之后，全球经济之所以能够高歌猛进，是和IT（信息技术）革命分不开的。托马斯·弗里德曼的《世界是平的》一书，讲述的就是IT革命对生产方式乃至我们的社会生活带来的冲击。如今，IT革命已经式微，如果说还有什么能拯救美国经济，那就只有再爆发一次新的科技革命。

　　技术的突破会发生在哪个领域？可能会是在环保、新能源，也有可能是新型材料，但我更感兴趣的是生物技术和医疗革命。如果生物工程能够出现商业化的契机，医疗技术能够出现突破性的革命，将会对人类社会带来什么样的影响？

　　20世纪初期，即使在最发达的国家，人口的预期寿命也不过45岁，但是到如今，发达国家的人口预期寿命已经超过80岁。这在很大程度上要归功于医疗卫生条件的改善。但是,困扰西方社会的一大难题就是人口老龄化。随着妇女文盲率的降低,避孕药具可以合法、公开且较为廉价地出售,再加上持续的经济增长,很多西方国家出现了人口出生率的下降。20世纪中期,在第二次世界大战之后,婴儿的出生率曾经有过一次井喷式的增长,这就是所谓的"婴儿高潮",但结果是,那一代人的数量既比其父辈多,也比其子女多。等到生育高峰一代退休的时候,西方国家的老龄人口将会急剧增长。从现在到2035年,大多数欧洲国家65岁以上人口与18～65岁人口的比例将会增加两倍甚至更高。

如果年轻人的人口总是多于老年人,如果经济能够一直保持增长,那么社会保障体系就能顺利地运转下去。但是,如果老年人的人口超过了年轻人,而且一旦退休的人多,干活的人少,经济增长的速度也会放缓。这时候,社会保障体系就变成了一颗滴答作响的定时炸弹。更为棘手的是,进入老龄化社会之后,国家的改革动力也会消失。一个年轻人居多的国家,能够有勇气和魄力作出暂时的牺牲,完成艰难的改革,但一个老年人居多的国家,很难再作出调整。日本就是这样的例子,在过去二十年,日本走马灯式地换政治领导人,但没有一届政府能够拿出像样的改革方案。日本这个国家,恐怕真要日薄西山了。应对老龄化社会的政府政策,一是征收更高的税收或增加更多的社会保障支出,但这将带来更高的财政赤字;二是减少退休福利,但这在政治上是很难实行的。唯一的希望可能是出现突破性的生物工程和医疗技术的创新,人们的预期寿命得到大幅度的提高,这将释放出来巨大的潜在劳动力,困扰西方国家的老龄化问题很可能会得到缓解。

不过,即使找到了长寿药,各国仍然会面临人口变化带来的社会冲击。人种之间、民族之间的出生率差异极大,出生率较低的发达国家包括日本、德国、意大利和俄罗斯等国,但发展中国家的出生率则显著高于发达国家。伊斯兰国家的人口出生率大大超过基督教国家。这种人口的涨落在很大程度上会导致国家的沉浮。

如果发达国家变成了老龄化社会,谁来为这些老年人打工?谁来服兵役?进入老龄化的发达国家必须补充更多的移民。美国吸引了大量的墨西哥移民,而欧洲则吸引了大量的非洲和阿拉伯移民。据估计,到2020年,西班牙裔美国人将占美国总人数的20%。一个笑话说,有个外国游客在靠近墨西哥边境的美国小城买东西,跟小店的老板讲英语,小店的老板马上很不高兴地说:"讲西班牙语!这里是美国!"你可能不知道的是,"穆罕默德"已经在英国最流行的男孩名字中排名第5,鹿特丹人口的40%是穆斯林。到2015年,俄罗斯军队中一半以上的士兵会是穆斯林!

到时候,车臣战争会怎么打呢?

即使欧洲不会被"伊斯兰化",也会被"非洲化"。移民的涌入从经济上给西方国家增加了新鲜的血液,但是在政治上埋下了内部冲突的地雷。在一个全球化的时代,资本可以周游世界,但劳动力却只能困守家中。西方发达国家的工人会从全球分工中受到损失,因为很多工作,尤其是非熟练劳动力的工作会消失。但是这些工人同时又是消费者,他们能够购买到越来越廉价、越来越多样的商品。这种收入分配的变化对政治的影响将是复杂的。当国内经济不景气的时候,最容易成为出气筒的就是外国的劳工和外来的移民。结果,发达国家的贸易保护主义和经济民粹主义很容易抬头。种族之间的隔阂是很难用政策消融的，即使在美国这样号称是"大熔炉"的国家，即使共同生活了两百多年的时间，白人和黑人之间的猜忌乃至敌意都难以化解。美国金融危机引起全球化的退潮，人口老龄化又带来发达国家在移民政策上举棋不定，国际政治中的文明冲突渗透到国内政治的分歧分化，这会从根子上动摇发达国家赖以立国的社会契约。

人口增长过快的国家往往经济相对落后、政局不稳定。在广大发展中国家，青少年人数激增，城市化的进程将他们召唤到了人口密集的大城市。他们怀抱着美好的梦想到了城市，但是却发现自己的容身之地是肮脏破败的贫民窟。人类历史上风云动荡的时候，往往都出现了青少年人口的激增。据说，基督教的新教改革就是历史上青年运动的典范之一，而20世纪20年代青少年人数的迅速增长，为法西斯和其他极端主义运动提供了生力军。1950年尼日利亚的人口只有300万，如今已经增加到1500万，到2050年就会超过5000万。巴基斯坦的人口也将从今天的1.58亿增长到2050年的3.05亿。如果这些国家没有办法为新增劳动力创造出足够的就业岗位，很容易引起社会动荡。

中国也未能置身局外。为了保证人口的自然增长，每个育龄妇女平均应生育1.7～2.1个孩子，但是，中国育龄妇女的总和生育率已经连续十年低于这一水平。中国将会以更快的速度进入老龄化社会，而且是"未富先老"。2005年60岁以上的人口占中国总人口的11%，到2030年，这一比例就会上升到24%。调整过时的计划生育政策，已经是刻不容缓了。中国的人口变化还会遇到的一个独特问题是男女比例失调。目前全国男女出生比例为117∶100，有的省份甚至高达135∶100。到2020年,中国处于婚龄的男性人数将比女性多3000万～4000万。男孩和女孩的社会地位到那时会有一个彻底的改变。为了那时,就不是"女为悦己者容",而是"男为嫁己者容"了。男孩们需要使出浑身解数,争夺稀缺的女孩资源。可以设想,在社会地位较高的家庭中,男孩子仍然可以找到配偶,比如他们可以从比自己社会地位较低的家庭中娶走女孩,但是在婚姻市场上受到最大歧视的一定是社会地位最低的家庭中的男孩。这些男孩的经济收入最低,甚至可能没有工作,社会地位最低,很可能处处遭人白眼。这是多么可怕的情况:有那么多穷困的男孩,没有工作、没有钱、没有老婆、没有家庭、没有希望、没有慰藉。社会抛弃了他们,他们就会抛弃这个社会。

狂野地预测一下未来的世界:五十年之后,欧洲将是一个伊斯兰世界,美国将有一个讲西班牙语的总统,日本将沦落为一个发展中国家,而中国将会成为男用化妆品的最大消费市场。

第六章　爱尔兰的霍比特人

# 爱尔兰的霍比特人

　　荷马史诗《奥德赛》讲到，古希腊英雄奥德修斯历尽风波回到家乡之后，不敢直接回到自己的家中，而是先去找自己最忠实的奴仆：猪倌欧迈俄斯。生性多疑的奥德修斯连欧迈俄斯也不信任，他假装成流浪汉，怂勇欧迈俄斯讲自己的身世。故事在这里出现了一个小小的高潮——欧迈俄斯原本的身份竟是王子。欧迈俄斯的父亲在叙利岛为王，家中有个女奴负责照看孩子。这个女奴和腓尼基水手勾搭，拐走了年幼的欧迈俄斯，后来他被卖给奥德修斯的父亲莱耳忒斯。

　　圣者帕特里克(Patrick)少年时代虽没有来得及完成良好的教育，但他也读过《奥德赛》。多年之后，他已是两鬓斑白，重读这一段落时，不禁潸然泪下。公元 4 世纪末，圣者帕特里克出生在英格兰的一个缙绅家庭，他在 16 岁的时候不幸被爱尔兰土匪掳走，成了一名奴隶。年轻的帕特里丘斯(Patricius)一个人在爱尔兰的旷野中放牧牛羊，长年累月见不到人烟，唯一的伙伴就是寒冷和饥饿。这样的日子一过就是六年。

　　有一天，帕特里丘斯在梦中听到有个声音对他说："你吃的苦终于得到回报，你的船已经到岸，你可以回家了。"帕特里丘斯连哪里是海边都不知道，他只知道听从这冥冥中的召唤不停地走，终于，他走到了海边，那里真的停靠了一艘船。这是一艘要运东西到欧洲去卖的爱尔兰货船。帕特里丘斯便搭着这艘船到了欧洲，辗转回到故乡，他的父母抱着失散多年的孩子泣不成声，再也不想让他离开自己。帕特里丘斯在家里住了一段时间，发现自己像一个刚从战场回来的士兵，和身边的繁华世界格格不入。于是，他决心去做一名传教士，再回到爱尔兰。

　　为了成为一名传教士，帕特里丘斯先到高卢的一个修道院学习神学。由于他的受教育程度不高，学习神学对他是一种更加折磨的挑战。事后他说，修道院的生活比他在爱尔兰放牧牛羊还要苦。十多年寒窗苦读之后，帕特里丘斯终于成了一名牧师。在那个年代，帕特里丘斯是一名卑微得不能再卑微的神职人员。著名神学家奥古斯丁和帕特里丘斯处于同一个时代。跟奥古斯丁的渊博学识相比，帕特里丘斯连及格水平都达不到。终其一生，帕特里丘斯也没有学会熟练地运用拉丁文。但是，他是继保罗之后四百多年里基督教的第一个传教士。他的胆量比作为基督教改革家的保罗还要大。当时，凡是在罗马帝国疆域内的都是文明社会，而在罗马疆域之外的地方充斥着未开化的、肮脏而粗鲁的野蛮人。就连保罗，也没有越过罗马帝国的疆界。而帕特里丘斯就是跨过罗马帝国、深入未知疆域的第一位传教士。帕特里丘斯用了三十多年的时间，把基督的福音带到了荒蛮的爱尔兰，这让他成了爱尔兰人心目中的守护神。

圣人帕特里克的榜样力量激励了后来的爱尔兰传教士。他们放弃了舒适的世俗生活,到森林、山顶、孤岛上离群索居,学习《圣经》和先知的事迹,用自己的心灵领会上帝的教诲。和基督教历史上那些在圣战中战死的"红色烈士"不同,他们被称为"绿色烈士"。这些"绿色烈士"激励了更多的追随者,于是,在爱尔兰各地,逐渐形成了一个个教徒社区。信仰上帝的兄弟姊妹们聚居在一起,诵经,劳作,相亲相爱。爱尔兰自古以来都没有城市,这些教徒社区也慢慢地成了爱尔兰的人口中心、经济中心、文化中心。

爱尔兰原本是一个混乱而荒凉的国度。没有强有力的中央政府,各地的郡王土匪混战,到处是血腥的杀戮,野蛮的奴隶贸易盛行。到了公元 5 世纪,爱尔兰逐渐由乱至治。奴隶贸易成为遭到一致谴责的罪行,劫掠和战争也逐渐减少。过去,爱尔兰人的内心充满了矛盾:他们因推崇勇敢而陷于仇杀,又在目睹了战争的悲剧之后变得恐惧。他们会把战俘献祭给异教的神鬼,热衷于把敌人的头砍下来,挂在腰间做装饰品,甚至在酒席上当酒杯。每个人都知道,自己也有可能成为别人的战俘。向神鬼献祭,恰恰说明了他们潜意识中的恐惧:"神啊,我把这个可怜的家伙献给你了,求你的欢心,请你从此饶过我吧。"圣者帕特里克告诉他们:"你们从此不用恐慌,基督耶稣已经代尘世的人们献身,担当了所有世人的罪,上帝已经和他的子民和解了。那个仁慈、博爱的上帝,将给人间带来秩序和繁荣。"单纯、质朴的爱尔兰人发自内心地喜欢上帝。与他们对上帝的纯真信仰迥异的是,很多罗马人信仰基督教,是为了在世俗的世界中提高自己的社会地位。

　　就在爱尔兰由乱至治的时候,罗马帝国却由盛至衰。从公元 5 世纪初开始,一批批聚集在罗马边境的蛮族,像蝗群一样铺天盖地地侵入罗马帝国。最早的是汪达尔人、苏汇维人和阿兰人,他们越过结冰的莱茵河,闯进罗马帝国,一路烧杀,很快就到了高卢。他们一直杀到比利牛斯山脉,后掉头向东,血洗意大利。公元 476 年,就在圣者帕特里克去世之后不久,最后一个西罗马帝国皇帝罗慕路斯·奥图斯图被废黜,西罗马帝国灭亡。到公元 6 世纪初,一批一批的日耳曼人再次蜂拥而入。在一百多年的时间里,一度作为西罗马首都的特里尔 4 次沦陷,军事要塞美因茨化为废墟,繁华的都市科隆在蛮族的包围下风雨飘摇,各个行省土崩瓦解。只剩下一个东罗马帝国,龟缩在小亚细亚的君士坦丁堡一座孤城里苟延残喘。

　　在电影《霍比特人》中,灰袍法师甘道夫说,他不相信靠强大的力量才能战胜邪恶,改变历史的很可能是普通人的日常生活。谁也没有想到,是与世无争、身材矮小的霍比特人拯救了中土世界。爱尔兰人酷似霍比特人,他们都过着与世隔绝的生活。爱尔兰太偏僻了,偏僻到恺撒都懒得发兵征服它。他们和霍比特人一样,随和、快乐,甚至显得有些粗俗。

　　但在短短一代人的时间内,爱尔兰人学会了拉丁文,甚至还学会了古希腊文和希伯来文。学完了《圣经》,他们就读先知的事迹,然后孜孜不倦地抄写、学习罗马、希腊的经典著作。他们往往连桌子都没有,那就坐在石头上,左边的膝盖上平放着一本借来的书,右边的膝盖上摆着崭新的羊皮纸,一字一句,带着一种虔诚和内心的平静,慢慢地抄书。所有能够找到的书,他们都要如饥似渴地抄写下来。爱尔兰人抄书抄到了如醉如痴的程度,这也使得后来他们的书法、装帧技术达到了登峰造极的水平。

圣者帕特里克为后来的爱尔兰神父们树立了榜样,很多爱尔兰神父起身到当时已经是"白骨露于野,千里无鸡鸣"的欧洲大陆传教,这一代传教士被称为"白色烈士"。他们在乳白色的晨雾中登上一叶扁舟,有时候连船桨都不带,任凛冽的风把他们送到命运选中的彼岸。他们有的去了西班牙,有的到了法国和意大利,有的到了阿尔卑斯山顶,有的甚至去了冰岛和北美一些地区。这些传教士每到一地,就像他们在爱尔兰一样,建造教堂,传授圣经,抄写经书。

即使没有爱尔兰人,《圣经》,尤其是《旧约全书》部分,仍然可能会通过犹太人传承下来,而一部分古希腊文化也可能会在小亚细亚的东罗马帝国得到保存。但如果没有爱尔兰人,古罗马的文明可能从此就不见天日了。一旦古希腊和古罗马的文明失传,就很难说以后还会不会有文艺复兴。在西方文明命悬一线的时候,谁也没有想到,是这些跟霍比特人一样的爱尔兰人拯救了文明。

令人遗憾的是,爱尔兰人自己的文化却因历史原因没有被保存下来。爱尔兰的和平生活也没有持久多久,后来,从海上来了凶残的维京海盗,大部分爱尔兰教徒社区都被洗劫一空。爱尔兰命运多舛,之后又遇到了自以为是的英国人的野蛮侵略和宗教迫害。1845年到1851年,爱尔兰的大饥荒饿死了将近一百万人。大批爱尔兰人被迫背井离乡,1914年爱尔兰的人口跟1845年相比,已经只剩下三分之一。

假如在西方文明的配方中爱尔兰人的比重能更高一些,也许今天会给人们带来意想不到的美好。爱尔兰人的风格和罗马人大不一样。罗马人追求精致、态度傲慢,而爱尔兰人则随遇而安、快乐平和。公元 4 世纪的圣·杰罗米(Saint Jerome)曾经担心,要是自己读西塞罗的书,死后就会经受地狱之火的炙烤。爱尔兰人可从来不会为什么是异端而烦恼,他们是天生的人文主义者,凡是符合人性的东西,在他们那里都是自然而然的。他们一边抄书,一边撮录其他经文中的注释,甚至随手加上自己的见解。到后来爱尔兰作家乔伊斯写出了引起轰动和广泛争议的《尤利西斯》,人们才恍然大悟,原来这里面渗透着的是爱尔兰的文化基因。在爱尔兰僧侣们抄写的经书上,偶尔会发现他们在抄累了之后写的打油诗。有一首打油诗写道:"在仲夏的树林中找到一位美眉/她给我一捧黑莓/她给我一把草莓。"还有更叫人吃惊的:"人人都想知道是谁和金发女神共眠/只有金发女神自己知道/她从此不再孤单。"谁能想象得出这样的妙文是出自梵蒂冈的神父们之手!爱尔兰人对性一向更加宽容,即使是传教士也不怎么强调禁欲。爱尔兰人以喜欢早婚和生孩子著称,试婚或是保持多名性伙伴的现象在爱尔兰人中也并不鲜见。他们对大自然充满了好奇和敬畏,他们的世界中充满了魔幻色彩,一山一水,一草一木,皆有灵性。著名的爱尔兰诗人、诺贝尔文学奖获得者叶芝的代表作《凯尔特的薄暮》,就充满了这种神秘色彩。

我在高中的时候搬家到了海南,在海南生活了五年。我仍然记得刚到海口的第一天,从北方过来,脱掉臃肿的冬衣,站在新家的阳台上,一阵凉爽的风吹来,令人心旷神怡。我在海南上大学的时候,同学中大部分也都是海南人。回想起来,海南人也很像霍比特人。

他们天性快乐，无忧无虑，勤劳又随和，没有那种要出人头地的抱负和心计，小小的成绩就会欣喜不已。我的海南同学们不到自得其乐的时候，绝不会认真学习。上大学时住在我下铺的那位海南兄弟，只要能翘课必翘，只要能睡觉必睡，但到了大四的时候，他突然迷恋上读《新华字典》，于是花了一年的时间，把一本《新华字典》津津有味地读了好几遍。

我时常想，如果中华文明的配方中海南人的比重能更高一些，不知道中国的历史会少掉多少血腥和残暴。内心深处，我就是一个羞怯、简单、好奇而又耽于享乐的霍比特人。

# 什么是地缘政治？[①]

罗伯特·卡普兰早年是一位浪迹天涯的记者，足迹遍及中亚、中东、北非、南亚等地，总之是哪里不太平他就往哪里跑。2006—2008年他在美国海军学院执教，2008年之后在华盛顿的新美国安全中心做研究，2009—2011年曾在美国国防部长罗伯特·盖茨手下任国防政策委员会成员。2012年，他加盟著名的地缘政治智库Stratfor，

---

① 本文系作者为罗伯特·卡普兰《即将到来的地缘战争》一书中文版作的推荐序。

Stratfor 的创始人是乔治·弗里德曼。中资海派已经翻译出版了乔治·弗里德曼的两本畅销书,一本是《未来一百年》,另一本是《未来十年》。再加上罗伯特·卡普兰的《地理大复仇》,可称得上是"地缘政治三部曲"。

在阅读这本书之前,我想先提醒你,你将要读的是一本非主流的著作。国际政治学的主流学者始终不认为地缘政治是一门严肃的学科。国际政治学的大师级人物摩根索说,地缘政治是一门"伪科学(pseudoscience),它把地理因素提高到绝对地位,认为地理决定国家的权力,因而也决定着国家的命运"。

卡普兰在这本书中讲到,国际政治学者们之所以如此厌恶地缘政治,背后其实有一段历史的公案:地缘政治曾被纳粹利用,成为其对外侵略的理论依据。1901 年,德国地理学家弗里德里希·拉采尔(Friedrich Ratzel)发表了一篇文章讲"生存空间"。他声称一个国家是有生命的,国家不断成长,国界线也要向外扩张。拉采尔的学生鲁道夫·契伦(Rudolf Kjellen)第一次提出了地缘政治学(Geopolitik)的概念。你可以清晰地看出德语中 Geopolitik 和英语词汇 Geopolitics 的相似之处,难怪"二战"之后的国际政治学家一提起地缘政治就感到反胃。

对希特勒影响最大的是地理学家卡尔·豪斯霍夫(Karl Haushofer)。豪斯霍夫 1869 年出生于慕尼黑,他早年参军,曾到日本做过军事教官,"一战"期间当过旅长。战后豪斯霍夫在慕尼黑大学讲授地理学和军事科学。他的一个学生叫鲁道夫·赫斯,此人后来成了希特勒的亲信。正是通过赫斯,豪斯霍夫认识了希特勒。当时希特勒因啤酒馆暴动失败,被捕入狱,正在写作《我的奋斗》。豪斯霍夫向希特勒讲授了生存空间等观念,没有受过什么教育的希特勒恍然大悟。《我的奋斗》第 14 章专门讲纳粹的外交政策,明显是受到了豪斯霍夫的影响。豪斯霍夫和希特勒的关系究竟有多么紧密,现如今已经成为历史之谜,但豪斯霍夫很快就在元首那里失宠了。1944 年,豪斯霍夫夫妇被关进了集中营。同一年,他的儿子因参与暗杀希特勒的计划被处死(汤姆·克鲁斯主演的《刺杀希特勒》就是根据这一历史事件改编的)。德国战败之后,盟军软禁了豪斯霍夫,并考虑是否要把他送到纽伦堡审判。1946 年,豪斯霍夫和妻子一起自杀。

地缘政治学遭到冷遇和歧视的另外一个原因是,它经常被视为历史决定论的变种。尤其是在"二战"之后,决定论成了意识形态对垒的一个重要战场。意大利和德国出现了法西斯主义,苏联出现了专制政权,来势汹汹的极权主义几乎要将脆弱的西方自由主义传统价值碾成齑粉。在信奉自由主义的学者看来,历史决定论就是极权主义的宣言书。出于误读和曲解,他们将马克思的唯物历史观也视为历史决定论,波普的《历史决定论的贫困》几乎以不容置疑的口吻谈到,历史主义就是乌托邦主义,就会异化为极权主义。在《历史的不可避免性》一文中,著名学者伯林严厉批评历史决定论。他不承认历史是被任何能为人所控制的因素以外的力量决定的。这是因为,如果有人力所不可控制的外力,则人的行为就无法被表扬或批评,无善恶之分,沿着这一逻辑推演下去,历史决定论包藏着危险的道德和政治祸心。

不管历史决定论是否真的像波普或伯林说的那样可怕,但可以肯定的是,大部分地缘政治学者其实是支持自由政治传统的,如提出"陆权说"的麦金德支持威尔逊总统的理想主义政治主张;提出"海权说"的马汉也相信民主政体,他认为与陆军相比,海军的政治立场会更民主。

地缘政治学家想要得到一点点同行的承认都很难,但同样的观点,从其他学科的学者口中说出来,却得到了大家的景仰和崇拜。尤其是在历史学家中,不乏这样的学者。以卡普兰非常推崇的年鉴学派代表人物布罗代尔而论,布罗代尔1949年出版的《菲利普二世时代的地中海与地中海世界》,完全可以称为一本地缘政治的代表作。顺便说一句,更令人钦佩的是,这本书是布罗代尔在"二战"期间当德国战俘的时候写的。布罗代尔提出了"时间波长变化"的概念。最长的"长时段"主要是指那些不为人所察觉的地理、气候等自然条件的变化;"中时段"是指在一个世纪之内出现的人口、经济、社会、政治的变化,这往往是"集体力量"的结果;最短的周期是"历史小事件",也就是我们在媒体上天天看到的新闻事件。布罗代尔最为重视的是"长时段"和"中时段"因素。这些因素对我们的影响最大,但却最容易被人忽视。它们是冰山藏在水下的部分,它们是海洋深处几乎静止不动的庞大水体。

从这样的角度去看国际政治,自然感受不同。卡普兰在回顾了从修昔底德以来的地缘政治核心观点之后,结合他在世界各地的游历,谈到了21世纪世界政治地图的变化。

从地缘政治的角度来看,欧洲并没有出现完美的统一。从历史上看,欧洲的重心经历了从地中海边的南欧向西欧、北欧转移的过程,因为南欧土壤贫瘠、山地崎岖,而北欧、西欧则河网密布、矿产丰富、平畴千里。最近发生的欧洲金融危机,从地缘政治的角度来看,本来就不是什么稀奇的事情,它反映出来的矛盾,就是长久以来阿尔卑斯山脉以北的西欧和阿尔卑斯山脉以南的南欧之间的差异和冲突。此外,"中欧"的概念,在很大程度上只是一批知识分子们的虚构。在欧洲和中东之间,在欧洲和俄罗斯之间,始终不存在明晰的边界。北起波兰,南至巴尔干半岛的广阔地区,处于地缘政治学家高度重视的"缓冲地带",至今仍然在历史和现实的交错中半梦半醒。

卡普兰也谈到了俄罗斯、印度和中国这些"新兴大国"的地理宿命。

在他看来,欧亚主义是俄罗斯的灵魂。俄罗斯本来只是困在森林深处的一个小公国,机缘巧合,使得它成为横跨欧亚的超级大国。极度恶劣的生存环境、辽阔无垠的国土、蒙古入侵的历史,造就了俄罗斯近代以来不断对外扩张的心态,甚至还有某种对暴力和暴政的迷恋。但欧亚主义也是俄罗斯最脆弱的"阿喀琉斯之踵"。向西,俄罗斯不愿意完全让自己和西欧文化融合,这样只能让其更加边缘化,俄罗斯的独特文化,仍然是其可以向整个欧亚大陆的边缘地区投射影响的一种"软实力",但如何重新找到一种新的文化感召力,是其面临的一个难题。向东,俄罗斯的地图不断向亚洲蔓延。莫斯科卡内基中心主任特里宁甚至说,"俄罗斯如果把符拉迪沃斯托克视为其21世纪的首都,那将再好不过了"。符拉迪沃斯托克处于世界经济最有活力的东亚地区,理当成为一个国际大都会型的港口城市,但俄罗斯至今只把远东当做原料基地,而非通向亚洲的通道,因此错失了日本经济腾飞、亚洲四小龙奇迹和中国崛起几次历史机遇。

印度在地理上占据了南亚次大陆的大部分面积，但从历史上讲，印度始终没有出现过强有力的中央集权，印度现在统治的领土，远远超过其大多数历史王朝曾经的疆域。其实，是英帝国在南亚和东南亚地区的殖民扩张，才将印度的势力范围前所未有地扩大。但印度仍然没有占据整个南亚。向西向北，在巴基斯坦和阿富汗之间，几乎从来没有过明确的边界，这里仍然是宗教极端势力、地方军阀和山地部落的领地，也是令印度最为头疼的地方。向北，隔着喜马拉雅山脉，中国和印度这两个大国之间，经济相互往来却相对水平较低。向东，印度尽管不断向东南亚渗透，但南亚经济和东南亚经济之间却如陌生的路人。卡普兰在其另外一本书《季风》中曾预言，随着国际贸易，尤其是能源贸易越来越集中于中东和亚洲之间，印度洋将成为未来最具有战略意义的海洋。

卡普兰对中国的海上力量扩张深表担忧。但是，他似乎相信，中国仍然没有实力与美国抗衡。他谈到，中国已经拥有现代化的驱逐舰编队，并制造出了自己的航母。根据美国原海军副部长克罗普西(Seth Cropsey)的判断，中国很快就能派出超过美国海军的潜艇部队，中国的海军打击海上移动目标的能力已经大大提高。但卡普兰引用美国五角大楼2010年的一份报告指出，美国的战略是加强和其亚太军事同盟的关系，同时再部署第二道"围堵"中国的防线，即太平洋上的关岛、帕劳、北马里亚纳、所罗门群岛、马绍尔群岛、卡罗林群岛等。这些岛屿或为美国领土，或与美国签订了防御协定，面积大到可以建立海军基地，同时又小到不会太引人注目，地理位置离中国较远，可躲避中国的导弹袭击，但又近到可随时开拔到朝鲜。我非军事方面的专家，无法判断其观点的真伪，但这些新的动向，或许值得我们更加关注。

卡普兰最为关心的当然是美国的地缘政治。美国安全智库网站Stratfor 在 2013 年发布了一份报告——《美国的地缘政治（一）：不可避免的帝国》，有兴趣的读者可做参考。在本书中，卡普兰的核心观点是，美国需要从地缘政治的角度重新审视其对外战略。在他看来，对俄罗斯的遏制、对东欧的支持，以及对中东的战争和干预，都是意识形态的产物，在一定程度上错误地计算了美国地缘政治的成本和收益。美国过多插手中东事务可能得不偿失。美国努力稳定阿富汗和巴基斯坦的局势，最终获益者很可能是中国，中国就可以借道阿富汗和巴基斯坦打开一条通向印度洋的通道。他支持美国把更多的战略资源配置到亚太地区。同时，他也更关心美国家门口的地缘政治。美国的后门就是墨西哥，但墨西哥却一直为毒品交易、政治腐败等问题所困，墨西哥一日不稳，美国就不能安寝。有意思的是，乔治·弗里德曼在《未来一百年》一书中讲到，最终对美国的霸权带来挑战的既不是中国，也不是俄罗斯，而是墨西哥。因为人口老龄化会导致美国的移民政策更加宽松，大量的墨西哥移民越过美国南部漫长的边界，进入美国，日久天长，美国就会逐渐变成一个受拉丁裔选民影响的国家，这给美国的内政外交均将带来革命性的影响。

总之，这是一本充满了新奇观点，能够激发新的思路，但也必然引起很多争议的书。最后，我想说的是，在一个全球化的时代，谈论地理的作用或许已经显得过时。毕竟，只要坐上飞机，你就可以在一天之内周游地球。当《纽约时报》的专栏记者托马斯·弗里德曼写作《世界是平的》一书的时候,他的头脑中根本就没考虑到地理的影响。地理对他来说,不过是飞机头等舱座位的液晶屏幕上显示的飞行路线。但我之所以要向大家推荐这本书,就是因为我赞同卡普兰在本书的一开头就讲到的:

"为了更好地理解现在,为了更好地向未来提问,最好的办法是脚踏大地,慢慢行走。"

# 哈耶克大战凯恩斯

想象一下有一个买卖思想家股票的股市。过去和现在的思想家都可以上市交易,他们的行情有涨有落。有些经典的思想家是蓝筹股,他们的沉浮主导着时代的精神。也有些风光一时的思想家很快就被人遗忘,甚至被迫退市。有时候,会出现一匹"黑马",一个名不见经传的思想家在特定的历史背景下突然受到热捧。活跃在股市的交易者们有的是投资者,坚信长期持有、价值投资,对自己信仰的思想深信不疑;也有些交易者是投机者,他们并不看重思想家的内在价值,而是更关心同一时代的人们更偏爱哪个思想家,只要站队站得准,他们就永远立于不败之地。不要以为这个股市只是少数知识分子们参与的市场,这个市场上的行情影响着我们每一个人的生活。思想家即使在死后也难以得到清净,后来的崇拜者和反对者会不断地把他们抬出来,或是祭奠,或是鞭笞。我们想要完全做到特立独行,亦是难上加难。思想界就是一个江湖,江湖多恩怨,有时候你已经得罪了别人,自己还莫名其妙。

哈耶克和凯恩斯是经济学界的两个最大的蓝筹股。如果说爱情是文学家最喜爱的主题,那么自由放任和政府干预之争就是经济学家们最喜爱的主题。尽管他们心里也知道,争来争去争不出什么,但从来没有一个话题能够如此激发经济学家们的狂热。在追随者们看来,哈耶克就是自由放任的代表,而凯恩斯则是政府干预的代表。你是哈耶克一派,还是凯恩斯一派? 你必须要作出选择。每一派都认为自己才是正宗。他们之间的恩怨,甚至超过了金庸小说中华山派"气宗"与"剑宗"的门户之争,而是达到了"正教"与"魔教"间水火不相容的程度。

正如拉罗什福科曾经说过的,"大多数虔信者让我们对虔诚感到厌恶"。哈耶克和凯恩斯之间的分歧究竟在哪里? 他们的大多数追随者其实也说不出来。而正因为如此,我觉得读读英国记者尼古拉斯·韦普肖特(Nicholas Wapshott)的《哈耶克大战凯恩斯》一书或许能给我们更大的启迪。在韦普肖特的笔下,凯恩斯和哈耶克不再是抽象的教条,而是还原了他们有血有肉的真身。他们的命运和时代的命运交织在一起,他们之间的恩怨情仇交织在一起。要想把他们的思想分歧区分开,并不是一件容易的事情。

　　凯恩斯比哈耶克年长 16 岁。尽管哈耶克和凯恩斯一样,也出身于知识分子家庭,但和凯恩斯相比,哈耶克一直有一种隐隐的自卑感。凯恩斯身上有一股高高在上的贵族气质,他当时已是名满天下,而且辩才无碍。哈耶克则从奥地利刚刚来到伦敦,连英语都讲不好。他跟随米塞斯学习的奥地利经济学派,在英国经济学界几乎无人知晓。就像韦普肖特所说的,这是一场龟兔赛跑,一开始,凯恩斯早就像兔子一样一溜烟冲了出去,而哈耶克还在起跑线慢慢地爬。但哈耶克自有一股不服输的倔劲。1931 年,哈耶克在伦敦进行了四场讲座,招招指向凯恩斯刚刚萌芽的经济学新思想。之后,哈耶克又发表了一篇对凯恩斯《货币论》猛烈批评的文章,发表在伦敦经济学院的《经济学刊》上。这篇措辞激烈的评论文章激怒了凯恩斯,他马上写了一篇文章回应,并在文章中顺带着把哈耶克几年前的《价格与生产》一书批了个体无完肤。这样的辩论丝毫无助于学术的进步。远在大洋彼岸的芝加哥大学经济学教授奈特一直关注着这场辩论,但让他倍觉失望。他说,根本弄不明白这两个人究竟要争论什么。

　　凯恩斯很快就休战了。不是出于绅士风度,而是因为他正在构思一部更宏大的著作,就是后来成稿的《就业、利息与货币通论》(以下简称《通论》)。凯恩斯发现他无法赢得政策决策者的支持,也无法说服像哈耶克这样的同代经济学家,于是,他希望借助这本《通论》,在年轻学者中传播自己的思想。尽管这本《通论》的内容晦涩难懂,但它很快引发了一场"凯恩斯革命"。尤其是在大洋彼岸的美国哈佛校园,《通论》吸引了所有 35 岁以下的经济学家的目光。著名经济学家加尔布雷斯回忆当时的情景,说凯恩斯的新思想就像一种病毒入侵到太平洋的一个孤岛部落,所有的人都被传染上了。比加尔布雷斯年长的经济学家汉森,起初怀疑凯恩斯的思想,后来成了坚定的支持者,他写了一本《凯恩斯理论指南》,俨然成为这次"十字军东征"的领袖。没有一个人在传播凯恩斯主义方面比萨缪尔森的贡献更大,他的《经济学》教科书影响了几代经济系的学生。约翰·希克斯原本是哈耶克阵营的大将,后来改投凯恩斯阵营,正是希克斯发明了"IS-LM"模型,把艰涩的凯恩斯思想用图形清晰地表达了出来。

哈耶克也在这场辩论中失去了和凯恩斯争辩的兴趣,他转而开始对极权体制的批判。他在 1944 年发表了《通向奴役的道路》一书。此书为他赢得了世界范围内的声誉,反对政府干预的学者们将此书视为一颗重磅炸弹。但在当时,哈耶克的思想仍然显得与时代脱节。1947 年,哈耶克邀请了 60 多位好友在瑞士佩尔兰山顶的杜帕克酒店开会,结果到了 37 位。这些自由主义的坚定支持者们站在阿尔卑斯山巅,感受到一种深深的疏离感,犹如圣人遭到了宗教迫害,才躲到了这个与世隔绝的地方。在这次会议上,佩尔兰山学会成立了,由于佩尔兰是朝圣的意思,因此佩尔兰山学会又被称为朝圣山学会。参加第一次朝圣山聚会的大家包括:哈耶克的长期支持者、英国经济学家罗宾斯教授,哈耶克的老师米塞斯,芝加哥大学年长一代的奈特教授,以及年轻一代的施蒂格勒、米尔顿·弗里德曼、哲学家波普等。朝圣山会议之后,哈耶克的个人生活陷入低谷。他因为离婚增加了赡养开支,急于到美国找一个薪水更高的教职。原本,他希望能够到芝加哥大学经济系,却遭到了拒绝。一些芝加哥大学的经济学家说,《通向奴役的道路》太畅销了,受人尊敬的学者不应该如此。最后,哈耶克成了芝加哥大学社会思想委员会的社会与道德学教授。

哈耶克是那种坚持己见、一肚子不合时宜的学者，他的思想受到了左右两派的攻击。当时蒸蒸日上的凯恩斯经济学派认为他已经完全过时。奇怪的是，极右派，如极其活跃的安·兰德也说，哈耶克是"完全、彻底、恶毒的混蛋"。支持他的人也不一定赞成他的思想。比如弥尔顿·弗里德曼在政治主张上力挺哈耶克，但经济学套路却直接师承凯恩斯。他一上来就是货币总量的概念，在哈耶克看来，在一个知识分散的社会里，怎么可能会有总量的概念呢。另一些支持哈耶克的学者，尤其是在东欧等地的学者，满怀激情地支持哈耶克，但并不清楚哈耶克赞同的只是个人自由，对所谓的民主制度忧心忡忡。《通向奴役的道路》刚刚问世，芝加哥大学的赫尔曼·芬纳就写了一本《通向反动之路》，声称哈耶克的著作是"数十年来民主国家里出现的对民主制度最险恶的攻击"。从某种意义上讲，芬纳说的是对的，民主制度天生含有大政府的基因。

哈耶克苦苦等了四十多年才扬眉吐气。1974 年，哈耶克获得诺贝尔经济学奖。但令人尴尬的是，这一年的诺贝尔经济学奖同时授予了左派的缪尔达尔和右派的哈耶克。结果是两头不讨好。哈耶克发表获奖演讲时说，诺贝尔经济学奖荒唐可笑，缪尔达尔则谴责诺贝尔奖组委会颁奖给哈耶克。但不管怎样，诺贝尔奖让哈耶克彻底重生，多年的抑郁眨眼间消失。尤其是到了 20 世纪 80 年代之后，由于凯恩斯主义的补药吃得太多，西方经济出现了滞涨的难题，反对政府干预的经济学思潮再度占了上风。当时，撒切尔夫人在英国，里根总统在美国，大刀阔斧地反对政府干预，实行私有化，创造出奇迹般的辉煌。撒切尔夫人把哈耶克奉为精神导师，说她上大学的时候就读过哈耶克的书。20世纪90年代之后苏东解体，原来的计划体制纷纷转为市场经济，更是让哈耶克名声大噪。

风水轮流转，此时的凯恩斯主义者也开始体会到当年哈耶克经历过的遭人冷遇和嘲笑的感受。直到2007年美国金融危机爆发前夕，如果你自称是一个凯恩斯主义者，其他的经济学家一定会用鄙夷的眼光看你。一批凯恩斯主义学者打算自己办一本《凯恩斯主义经济学杂志》（*Journal of Keynesian Economics*），最后发现，这个杂志的缩写将是 JOKE（玩笑）。这可谓是经济学家们的黑色幽默。但是，正如加尔布雷斯曾经说过的，只需要再来一场衰退，凯恩斯主义就会复活。如今，百年不遇的金融危机到来了，一时间，凯恩斯的"股价"又开始飙升。

韦普肖特的书中讲到一个有趣的细节。当凯恩斯读到哈耶克的《通向奴役的道路》之后，他给哈耶克写了一封热情洋溢的表扬信，但他也不无善意地提醒哈耶克："你赞同必须在某个地方划下界限，也赞同逻辑上的极端是不可取的。但是你从未向我们说明在哪里、怎么划下这条界限。诚然，你我划线的地方可能有所不同。我猜，照我的观点，你大大低估了中间路线的可行性。"凯恩斯在内心深处是信奉自由经济的。但和别的学者不一样的是，他随时愿意作出必要的妥协。他相信，为了保住"核心阵地"，放弃一些"外围工事"是可取的。总之，我们一定要干些什么。这场争论的最终结果会是什么呢？天知道。但我知道的是，大部分关于凯恩斯和哈耶克的争论，其实都与凯恩斯和哈耶克无关。

# 黑猩猩教我们玩政治①

　　在荷兰的阿纳姆动物园，生活着一群黑猩猩。这群黑猩猩原本是由两个成年雄性黑猩猩统治的，一个年轻而健壮，叫尼基，另一个年老但狡诈，叫叶罗恩。大约四年前，叶罗恩帮助尼基夺得了王位。之后，他们建立了紧密的联盟，平日里几乎形影不离。尼基霸占着整个群落里面的雌性黑猩猩，他不会让其他雄性黑猩猩染指他的女人们，但是，对叶罗恩却网开一面。这种政治结盟的背后，是利益的交易：叶罗恩帮助尼基获得权力，尼基允许叶罗恩分享性爱。但是，渐渐地，这对政治盟友出现了矛盾。尼基的野心越来越膨胀，他开始不把叶罗恩放在眼里。裂痕越来越大，最后在这两个黑猩猩之间出现了激烈的争吵，结盟彻底破灭了，叶罗恩再也不理尼基了。就在当天晚上，一只在群落中最强壮、也最有人缘的雄性黑猩猩鲁特趁机夺取了统治权。大权旁落之后，尼基和叶罗恩都变得郁郁寡欢，体形瘦了一圈，他们又悄悄地走到了一起。如果单打独斗，鲁特并不会惧怕尼基或是叶罗恩，但是，他的对手一直耐心地等待着机会。终于，有一

---

　　① 本文为弗朗斯·德·瓦尔的《人类的猿性》读后感。

天晚上,尼基和叶罗恩趁着饲养员不在的时候,联手对鲁特发起了进攻。第二天,等到人们发现的时候,鲁特已经奄奄一息。他倒在血泊之中,浑身都是伤口,手指和脚趾已被折断,阴囊上有一个不易被察觉的小小的伤口,他的睾丸被生生地挤了出来!

早在 20 世纪 60 年代,动物学家珍·古道尔(Jane Goodall)在坦桑尼亚研究野生的黑猩猩。在她的眼中,黑猩猩就像卢梭笔下的"高贵的野蛮人":他们独来独往,家族成员之间相亲相爱。这一研究结果很快变成了一种人人相信的主流观点。人们总是觉得,只有人类才是有屠杀同类之天性的物种,大自然中其他的物种都是爱好和平的。但是,后来的研究告诉我们,屠杀同类的现象在其他物种中一样存在。尤其是黑猩猩,它们似乎比其他的灵长类动物更加热衷于暴力。在一个实验室里,动物学家发现黑猩猩会用面包屑引诱栏杆外边的小鸡,等到小鸡过来之后,黑猩猩就拿棍子打它们,以此取乐。

如果是这样的话,是不是说我们人类天性就是要发动战争呢?人类有 98% 的基因和黑猩猩的基因是一样的,是不是因为我们流淌着同样的血,才变得如此暴力呢? 作出这样的判断可能是非常危险的。我们很难以人类的道德标准审判黑猩猩。黑猩猩之所以有暴力的倾向,到底是由于基因的影响,还是因为环境的影响,至今也没有明确的结论。狒狒以好斗而残暴著称,但是,在肯尼亚的旅游胜地马赛马拉,美国动物学家罗伯特·萨波斯(Robert Sapolsky)基发现了一群非常温和的狒狒。原来,狒狒们经常会到旅游点附近争抢游客垃圾中剩下的食物。通常,只有那些最粗暴狡诈的家伙才能抢到垃圾中的食物。但有一次,垃圾中的牛肉是有毒的,于是,很多好斗的狒狒死于食物中毒,留下来的都是一些比较温和的狒狒,结果,这个群落变得更加和平了。

但是,观察黑猩猩的生活,对研究人类的行为仍然有着深刻的意义。我们曾经认为自己和其他的动物截然不同,但科学家的研究成果告诉我们,人类和动物之间的分界是相当模糊的。动物也会使用工具,动物之间也有类似语言的沟通方式。从这一角度来看,人类的政治游戏和黑猩猩的政治游戏,从本质上是一样的。

首先,黑猩猩是群居动物,人类也是群居动物。假设人类是像黑熊那样的独居动物,就不会再有社会,也谈不上政治游戏。只有当人们群居之后,才会出现合作和冲突、结盟和背叛、战争与和平,政治才自此而始。

其次,黑猩猩的群落是由雄性统治的,人类社会中,男人至今仍然几乎垄断着统治地位。雄性黑猩猩通过和更多的雌性交配而使后代更多,同时还要想方设法把其他雄性对手排除在外。这意味着雄性从天性上来看是更好斗、更愿意冒险的。但是雌性却不同,和更多的雄性交配不会给雌性带来太多的好处,雌性要的是质量而不是数量,她们需要选择最健康的性伙伴,同时也倾向于选择那些能够保护自己、为自己提供食物的雄性。黑猩猩的一支近亲叫倭黑猩猩,也被称为巴布诺(Bonobo,据说在非洲的班图语中这是"祖先"的意思)。和黑猩猩不同,倭黑猩猩群落中的统治者是雌性。食物是由雌性首领分配的,雌性吃完了,雄性才能吃。在黑猩猩群落,雄性的黑猩猩成年之后需要离开家族,到外边闯荡世界,但是在倭黑猩猩群落中,雌性的倭黑猩猩成年之后需要离家出走。倭黑猩猩群落中的雄性就像是赖在家中不走的长不大的儿子。和黑猩猩部落迥然不同的是，倭黑猩猩以热爱和平和性爱著称。在倭黑猩猩部落中，解决矛盾的办法往往是通过性爱，或是彼此的爱抚。倭黑猩猩中雄性和雌性的比例大约是 1∶1，而在黑猩猩中雌性往往是雄性的 2 倍。考虑到他们出生时的性别比例大约都是 1∶1，可以看出来，在倭黑猩猩部落中，雄性不需要时刻准备政治斗争，结果死亡率更低，寿命更高，幸福指数可能也更高。

斗争是一种策略，合作也是一种策略。哪种策略最后会占上风，取决于环境、历史、竞争对手等多种因素。但是，在黑猩猩时代的政治游戏，就已经表现出其吊诡的一面。

回到荷兰阿纳姆动物园那一幕悲剧。群落中最强壮的黑猩猩是鲁特而不是尼基，但是为什么叶罗恩会选择和尼基结盟呢？在政治中，这就是"强即是弱"的规律。黑猩猩部落中的统治者未必是肌肉最发达的家伙，如果他的力量最强大，可能会激怒其他的所有雄性黑猩猩，大家会群起而攻之。所以，黑猩猩政治游戏中教给我们最重要的一课就是首先要考虑结盟。这和领导们天天琢磨的"班子"问题，道理是一样的。

在所有的群居动物中，对等级秩序都有着天然的敏感。我们前面谈到的倭黑猩猩群落也不例外。但是，倭黑猩猩群落中的首领是年纪较长的雌性，所以其权力的更迭是比较缓慢的，要等到原来的首领年老之后，慢慢退出政治舞台，因此其内部秩序也较为稳定。在黑猩猩部落中，任何一个到了成年期的雄性黑猩猩都可能是统治者的潜在竞争对手，因此冲突随时可能发生。当等级秩序没有办法确定的时候,一定会出现暴力和混乱。只有当原来的统治者镇压了潜在的竞争者,或是新的政治力量夺取了统治权之后,秩序才会恢复平静。等级越是清晰,秩序越是稳定。从属者不会贸然发动挑战,统治者也不会轻易制造冲突。人类社会也一样,我们追求的是人人平等的民主,但是一旦在需要作出决策的时候,命令胜过民主。在参加夏令营的孩子中间,当等级秩序没有确立的时候,孩子们之间的攻击行为会迅速提高,但是,当秩序确定之后,最顽皮的孩子也会变得很乖。我们在毕业典礼上要穿不同颜色的衣服,吃饭的时候要煞费苦心地排座位,日本人鞠躬的时候要精确地区分等级的差异,甚至我们跟别人谈话的时候都会通过嗓音的高低,去寻找我们在等级秩序中的位置。一项关于美国著名主持人拉里·金访谈节目的研究发现,当来宾的社会地位比他高的时候,拉里·金会不由自主地降低声调,但当来宾的社会地位比他低的时候,拉里·金会不由自主地提高自己的声调。

一切政治竞争,均是为了确定政治秩序,政治秩序的确定带来社会的稳定,消除潜在的冲突,但政治秩序的确定,却经常会通过残酷的政治斗争实现。想想倒在血泊中的鲁特,再想想肯尼迪、马丁·路德·金、甘地、拉宾……这就是政治的悲剧。

# 传染病和基督教[①]

两千多年前,在罗马帝国,基督教不过是几个偏僻的乡下人相信的异端。根据《使徒行传》的记载,在耶稣被钉十字架的几个月之后,总共只有 120 名基督徒。但是到了公元 4 世纪初,基督徒的数量已经相当壮观。很多历史学家对这一时期基督徒的数量作了估计,结论是在大约公元 300 年的时候,基督徒的人口已经达到罗马帝国人口的1/20 甚至 1/10,大约在 500 万~750 万人左右。按照这个估计,在不到300 年的时间内,基督徒的人数以每十年 40％的速度在增长。尤其是在公元 2 世纪中期到 3 世纪初期的大约五十年时间内,基督徒的人数迅猛增长。正是由于基督徒的人数浩浩荡荡,才使得罗马皇帝逐渐调整了其宗教政策,从迫害和歧视基督徒,转为容忍甚至推崇基督教。

这些新的教徒为什么会从基督教中得到自己的信仰？按照传统的解释,那些处在社会底层的奴隶、穷人和被罗马帝国征服和压迫的民族会更倾向于在宗教中找到心灵的寄托。但是,历史学家发现,最早信奉基督教的往往是一些社会地位较高的社会阶层。而且,这一

---

[①]　本文为罗德尼·斯塔克《基督教的兴起》读后感。

发现和其他宗教的起源也有相似之处。穆罕默德最初的追随者大多数是特权阶层的孩子,他们之所以投靠新的宗教,是因为他们更容易对过去的宗教感到厌恶。是的,他们确实比其他社会成员有更多的特权,但是其对现实的不满甚至要超过社会底层的人们。比如说,基督教的兴起最早是从希腊化的犹太人中出现的,他们分布广泛,尽管很多人已经比较富有,但是所到之处,仍然受到本地人的排挤;上流社会的妇女也是最早信教的社会阶层之一,她们尽管生活富足,但是精神却长期受到压抑。

更有意思的是,瘟疫的流行和基督教的兴起有着紧密的联系。公元 165 年,一场毁灭性的瘟疫横扫整个罗马帝国,大约有 1/4 甚至 1/3 的人口死于这场灾难,就连皇帝奥勒留(Marcus Aurelius)也无法幸免于难。公元 251 年,又一次规模更大的瘟疫袭击了罗马帝国,最严重的时候,罗马城一天就有 5000 人死亡。在突如其来的浩劫面前,人的生命如同芦苇一样脆弱。目睹亲人和朋友染病死去,人们会自然而然地追问,我们之所以活着是为了什么,生命有什么意义。科学无法提供合理的解释,哲学则在无力地诡辩,说什么美德正在消散,社会已经堕落。正如历史学家麦克尼尔(McNeil)所说的,"基督教是一个包含了思想和感情的体系,完全适合于动荡的年代"。当时的一个主教对信徒们说:"对于我们来说,这些都是磨炼,而非真正的死亡……那些蒙主恩召的弟兄已经离开世界,得到了自由。他们离开了我们,却在为我们领路。"这样的教导制止了恐慌和绝望,使人们心灵温暖,而且给予了人们继续上路的勇气。

基督徒所做的甚至远胜这些。在瘟疫爆发的时候,基督徒不顾自身安危地照顾病人,甚至为了给死者准备一场体面的葬礼,毫不保留地拿出自己的一切物品。和基督徒的献身精神形成鲜明对比的是,当时著名的医生迦林却在瘟疫刚刚爆发时,就匆匆忙忙地逃跑了,直到瘟疫结束才从乡下回来。对于基督徒来说,因为上帝爱世人,世人也必须彼此相爱,这样才能使上帝喜悦。这样一种饱含了爱和慈善的教义,对于当时人人自危、嘲讽一切的社会来说,无疑是一种极大的震撼。对于异教徒来说,基督教所说的"上帝爱世人"是荒唐可笑的。古代希腊人和罗马人信仰的那些神祇,都是有明显性格缺陷的:暴戾、欺骗、嫉妒、反复无常,对世间的人类是藐视和嘲讽的,既然他们是神,就根本不会关心尘世的事情。怜悯在异教徒那里不是美德,而是缺陷。他们认为,有智慧有能力的人根本不需要别人的怜悯,只有没有用的人才需要怜悯,但是没有用的人只配被驱逐出去。当瘟疫降临的时候,那些不信基督教的人已经被苦难压垮,他们抛弃了自己的亲人和朋友,也被自己的亲人和朋友抛弃。垂死的人倒在路边,没有人会多瞧一眼。但是,即使是对病人进行最基础的护理,也能大大降低死亡率。比如,即使能够给那些垂死的人提供一些水和食物,他们也可能会从虚弱中慢慢恢复,而不必悲惨地死去。由于基督徒之间的相互关心和照顾,基督徒在瘟疫中的生存率最高,这无形中提高了基督徒的威信,那些受到基督徒照顾生存下来的异教徒更容易加入基督教,因为他们原来的亲人已经死去,原有的社会网络对他们的束缚减弱。

罗德尼·斯塔克说,"基督教的核心教义激发并保持了有魅力的、解放性的、高效的社会组织和社会关系"。想象一下罗马竞技场中兴致勃勃地看狮子吃人的那些观众,就可以知道当时人性的沦丧程度了。基督教带给人们的礼物,是让人们重新找回了人性。

# 狗知道,法律不知道

赫尔南多·德·索托是秘鲁的经济学家。和那些经院派的学者不同的是,索托一直积极地参与政策的制定,他被《时代》周刊评为20世纪拉丁美洲5位最重要的改革家之一,被《财富》杂志评为20世纪90年代最具有号召力的50位世界思想家之一。

索托的《资本的秘密》试图解释,为什么美国、欧洲及日本能够实现经济发展和现代化,而众多的发展中国家却停滞不前?为什么能够享受到经济繁荣的只有少数人,而穷人却被置身局外?或者,借用历史学家布罗代尔的说法:"历史上的资本主义为什么好像生活在与世隔绝的'钟罩'里?它为什么无法扩张并占据整个社会?"

索托带着他的团队,走街串巷,去推算穷人所拥有的资产。他们在秘鲁、海地、菲律宾和埃及这四个国家做了较详细的田野调查。索托的研究发现,穷人之所以穷,不是因为他们没有财富,而是因为他们没有资本。以最真实、最容易发现的资产——房地产为例,在这些国家的棚户区,有着数不清的住宅,其中很多是穷人搭建的违章建筑。但这些没有合法权的房地产,其潜在的价值却高得惊人。索托估计,在整个第三世界和转轨国家,穷人掌握但是并不合法拥有的房地产的总值高达9.3万亿美元,这几乎是世界上20个最发达国家主要股票市场上全部上市公司的总值,是所有第三世界国家和转轨国家在过去十年所接受的外国直接投资总额的10倍,是世界银行在过去三十多年贷款总额的20多倍,是所有发达国家对发展中国家援助总额的93倍。

穷人之所以穷,是因为他们的资产是死的资产,无法流动并创造出新的价值。土地无法用来抵押,房屋无法用来出租或销售,资产无法流动便会变成一潭死水。为什么西方国家能够富裕起来,关键在于他们找到了能够释放出资产潜能的完善的产权制度。但是,和诺斯等制度经济学家不同的是,索托特别强调指出,产权制度的意义不是保护所有权,而是保护所有权的交易。如果单是为了保护所有权,黑手党也可以保护所有权,但是只有完善的产权制度,才能够将资产中蕴含的价值提炼出来,并使其标准化,确认交易双方的责任和权利,并方便对资产不断地进行拆分和组合,最大限度地促成交易的形成,让资产交易超越家族、亲友的狭小圈子,使得陌生人和陌生人之间可以放心地进行资产的交易。

法律的真正任务不是要保护现存的所有权制度,而是要让每个人都有权得到所有权。穷人不是贫穷的根源,相反,他们是问题的解决方法。第三世界国家面临的真正挑战,是如何把自己的人民所掌握的资产转化为可交易的资本,如何激发自己的人民所蕴含的创造财富的巨大潜力。穷人既不愚昧，也不绝望，当政府无法提供给他们一个合法的产权制度时，穷人会自己建立合作和分工的秩序，有自己的规则和惯例。他们通过自发的创新来弥补现实和法律之间的巨大漏洞，并努力改善自己的生活状况。那些贫民窟看起来杂乱无章，但其实有着内在的活力和秩序。到城市里面来的大多数是农村中的精英，他们敢于冒险、富于创新。当资源越是稀缺的时候，对资源的利用越是有效率，贫民窟中的企业家精神丝毫不少于硅谷。

遗憾的是，政府对待这些努力的态度却常常是倨傲而冷漠的。政府看到这些拥挤而破旧的贫民窟，恨不得统统拆而迁之；政府看到这些嘈杂而无序的移民，恨不得明天就遣而返之；政府看到没有执照的路边小贩，向来不惮以虎狼之役驱而散之。这样做的结果，是使得法律日益和穷人对立，穷人得不到法律的保护，就会潜入自我保护的地下经济、非正规部门，随着经济中的非正规部门比重越来越大，法律的阳光能够照耀的地方就越来越少，法律的合法性也会日益受到质疑。索托说，社会底层的人根本不是罪犯，所谓的"不法行为"，或许只是社会底层的"立法"和社会高层立法之间的抵触。

我们所处的时代正在发生巨大的变化，这些变化是没有办法抗拒的。幻想让农民仍然留在农村去过"田园牧歌"的生活是不现实的，当公路修建到了农村人的家门口，当他们能够从广播和电视里面看到城市生活中的机遇、舒适和乐趣，任何人只要有勇气沿着道路向前迈进，就能拥有现代化的生活。随着人口迁移的巨大变化，资产的所有权也将随之改变。产权保护的经济价值在不断提高，拒绝给予人们合法的产权保护，将使得发展中出现的矛盾和冲突日益激烈。

如果没有土地所有权,城市化的进程就会蜕化为对农民的剥夺,并激发起农民的抗争;没有土地所有权,农民也无法用土地作抵押,无法得到贷款,无法获得扩大生产和改善生活的机会。

我们已经到了必须调整产权制度和法律制度的时候了。正如美国的霍姆斯大法官曾经说过的,"法律的本质不是逻辑,而是经验"。政府的使命不是持之以恒地和社会底层的"不法行为"斗争,天天像救火一样去弥补"管理上的漏洞",而是要带着尊重甚至谦卑,去学习民间的规则和契约。法律制度只有深深植根于民间的各种非正规的协议和规则,才能够枝繁叶茂,才能有真正的生命力和公信力。

怎样才能知道民间非正式的规则到底在哪里呢?索托在印度尼西亚的时候,当地的官员就问过他这个问题。索托讲了一个故事。他在巴厘岛度假的时候,去稻田里散步。他不知道每个农民的田产边界在哪里,但是,每当他穿过一个农场走进另一个农场的时候,都会听到不同的狗叫。狗不知道什么是官方的法律,但是它们很清楚,自己的主人控制着哪一块田产。

狗知道,但法律却不知道。向狗学习,是为政者的气度。

# 为什么"砖家"说的都是错的①

　　年轻人往往更容易发现真理,当然,也经常会用很偏激的方式发现真理。比如说,你们很可能会敏感地觉得,父母和老师说的好像不对,但你们说不出来为什么他们说的不对。结果呢,你们就用一些无比幼稚和愚蠢的话故意去惹恼他们。我以后会告诉你们,父母和老师的确是错的。当然了,父母和老师并不总是错的,但他们经常会犯错,而且有时候会错得很离谱。这个话题咱们以后再讨论,我不能一下子把所有的人都得罪了。我得罪人的风格是,一次只得罪一个。所以我决定,先得罪我敢得罪的人:那些和我一样的人,就是经常被称为"砖家"(原来叫专家)和学者的人。我要告诉你们一个我们行业里的秘密:"砖家"们说的都是错的。

　　对不起,我说得有些过火了。"砖家"们说的当然不是全都错的。当他们告诉你,地球绕着太阳公转的时候,他们有99.999%的概率是对的。当他们告诉你,吸烟多了容易引起肺癌的时候,他们有99%的概率是对的。当他们告诉你全球气温变暖的时候,他们大概有90%

---

　　① 此文系作者为中学生刊物《课堂内外》而作。

的概率是对的。既然是"砖家",他们知道的专业知识当然比我们更多一些,但我想说的不是这个。普通的公众不仅希望"砖家"给他们普及一些专业知识,比如绿豆是不是包治百病啊,更多的时候,公众想让"砖家"们预测一下未来会是怎么样的:股市会不会涨啊?明天会不会下雨啊?中国和日本会不会打仗啊?"砖家"的专业知识不是比我们普通人多吗,那他们肯定也要预测得比我们更准了。不是吗?

我是学经济学的。我特别喜欢搜集经济学家出丑的故事。经济学家最不擅长的事情就是预测,但最喜欢的事情就是预测。1929 年美国股市崩盘,后来又引发了银行危机、英镑危机、美元危机,全球经济经历了著名的 20 世纪 30 年代大萧条,但就在美国股市崩盘的前夜,当时最有名的美国经济学家欧文·费雪教授振振有词地说,华尔街的股价踏上了"永久的高原"。最近二十多年,世界经济经历了几次较大的衰退,一次是 1990 年股市危机,一次是 2001 年网络泡沫崩溃,最近的一次是 2007 年美国金融危机爆发,你猜怎么着?每一次都是,衰退已经发生了,但大部分经济学家还认为,经济增长的势头不错。难怪有人这么奚落经济学家,说在过去的 5 次经济危机中,经济学家成功地预测出来了其中的 8 次。

你先别幸灾乐祸,有人比我们更差,比如说研究国际政治的学者。要推选 20 世纪影响最大的国际政治事件,应该是苏联解体吧。曾经那么不可一世的大帝国,说消失就消失得无影无踪了。但你回头去看看,几乎没有一个国际政治学者预测过,苏联会在一夜之间解体。有时候,我甚至觉得,国际政治学存在的唯一理由,就是让我们这些经济学家心里好受点。我们做得够差了,但还有人比我们做得更差。

　　这意味着什么？意味着我们认识世界的方法论存在着致命的缺陷。曾在加州大学伯克利分校任教的心理学和政治学教授菲利普·泰洛克（Philip Tetlock）花了很长时间汇总了很多同行的预测。他发现，当政治学家说一件事情绝对不可能发生的时候，平均而言，这件事情发生的概率有 15%。当政治学家说一件事情绝对会发生的时候，平均而言，这件事情不发生的概率有 25%。2005 年，一个医学研究者约翰·约阿尼迪斯（John Ioannidis）发表了一篇很有争议的论文《为什么大部分发表的研究报告都是错的》。他声称，医学杂志发表的大部分研究成果，在现实中都是错的。贝尔实验室证实了约阿尼迪斯的判断，他们试着在实验室里重复医学杂志论文中的实验，结果发现，有 2/3 的实验都无法得到论文里的结论。

　　我是不是有点"愤青"的味道了？那好吧，让我把观点再修正一些。我们得承认，有些"砖家"的预测会比另外一些更准一些。他们就是那个说鸵鸟有三条腿的学生，因为别人都说鸵鸟有四条腿，他的回答更接近答案，于是赢得了奖品。

　　我们还是回到泰洛克的那个研究。泰洛克是一个心理学家，所以他对"砖家"们的性格、思维方式很感兴趣。最后，他发现，狐狸型的学者比刺猬型的学者更容易预测成功。

　　什么叫狐狸型和刺猬型的学者？这个典故出自古希腊诗人阿齐罗库斯（Archilochus）。他说："狐狸知道很多小事情，刺猬知道一件大事情。"后来，英国哲学家伯林在一篇谈俄国作家托尔斯泰的文章中，借用这个比喻，把很多作家按照他的理解分成了刺猬和狐狸。

　　刺猬们相信，在纷繁复杂的表象之下，有一个亘古不变的基本规律,这个规律影响着整个社会。只要你发现了这个规律,历史的迷雾就顿时消散。弗洛伊德可能就是其中一个典型的例子。他看什么都是潜意识、性冲动。在我的经济学同行中,有一大批也是刺猬,他们坚信市场总是比政府聪明,不管什么事情出了问题,他们都会告诉你:尔看,我说的吧,这就是因为政府在干预。说实在话,刺猬有刺猬的优势。刺猬更容易成为学术大师或公共知识分子,他们说的不准确,但那叫"深刻的片面"。

　　狐狸们则天性多疑,对什么都不会全信。他们经常变化,喜欢向别的学者和别的学科学习,随时准备修正自己的看法。如果看到的实际情况和原本相信的理论不一样,他们更愿意怀疑理论错了。他们不敢相信一个基本的规律能左右整个世界,这个世界一定是充满了反例、异常、错误和混乱的。你问他们一个问题,他们总是会给你模棱两可的答案。这一点尤其惹人讨厌。美国的杜鲁门总统曾经跟手下说,你们能不能给我找一个"一只手的"经济学家。因为你问什么问题,经济学家都要告诉你,一方面(on one hand),另一方面(on the other hand)。政治家的想法是:拜托,你就告诉我一个标准答案好不好? 经济学家的回答是:对不起,这个真的没有。

　　在电视上、网络上影响力更大的往往是刺猬型的"砖家"。这跟电视和网络的节目制作需求有关,也跟"砖家"的性格有关。电视和网络媒体要吸引人眼球,需要那种斩钉截铁地说出惊世骇俗的观点的"砖家"。越与众不同,越容易引起轰动。刺猬们更容易做这样的事情,他们更大胆,更激烈,说话底气更足。如果有些刺猬更喜欢人前出名,那肯定会和电视、网络一拍即合。在电视和网络上,狐狸们显得很无趣。观众和网友们也喜欢"一只手的"学者。亮出你的观点，旗帜鲜明一点，好不好？但狐狸们却说话含混，躲躲闪闪，观点好像前后矛盾，真是一点自信心都没有。

我说这话是有根据的。我一度也曾在电视上经常露面，做电视嘉宾的那点伎俩我太熟悉了。比如说，你在电视里不能说："因为……所以……"观众才不管什么因为所以呢。人们在看电视的时候，脑电波和睡觉的时候差不多，他们根本不愿思考。你必须先亮出自己的观点，越新奇越好，然后再讲一个故事，或举一个数字，或用个铿锵有力的排比句。说话的声调要高，嗓门越大，越有权威感。遗憾的是，事实的真相是，上电视的次数越多，预测的准确度越低。我很快就觉得，坐在摄影棚里不过是装腔作势，没有智力上的挑战，一点也不好玩，再坐下去，就会真的变傻了。后来，我不再上电视，智力才逐渐恢复到现在能跟你们聊天的水平。

为什么看来底气不足的狐狸们，预测的时候可能比底气十足的刺猬们表现更佳呢？首先，你得承认，认识到自己的无知，是最大的智慧。人们总容易犯的错误，就是过度自信。谦虚、低调一点总是没错的，修正自己过去的观点也不是什么丢人的事情。

其次，你得知道，这个世界原本就是一个复杂体系，而复杂体系从本质上是不可预测的。刺猬们的世界观往往是牛顿力学体系。在牛顿力学体系中，一切都是可以准确预测的。比如说，你预测一颗彗星53年之后会再度回来，它就真的回来了。1705年，英国天文学家哈雷就大胆预测，一颗较大的彗星会在1758年再度经过地球，到1758年，这颗彗星真的又来了，于是它被命名为哈雷彗星。哈雷彗星下一次再经过地球会在 2061 年 7 月 28 日，我是看不到了，你们到时候验证一下吧。

但是，不是所有的事情都能用牛顿力学解释。为什么会刮风下雨？为什么会有地震海啸？为什么会有金融危机？为什么会爆发革命？这些事情都是不可能用牛顿力学体系解释的。我会不断地跟你们解释什么是复杂体系。让我先用一个最简单的例子说明一下，为什么复杂体系是无法预测的。

最简单的复杂体系，或许是沙堆。你在海边兴致勃勃地堆了个金字塔形状的沙堆。沙堆越堆越高，你很有成就感。你有没有想过，你能不能一直这么堆下去，堆出一个能到月球上的沙堆呢？不可能的。过了一个临界点，当你再往沙堆上堆一粒沙子，整个沙堆就会轰然倒塌。但是，你无法知道，到底是再放一粒沙子，沙堆会倒塌呢，还是再放一千粒沙子，沙堆会倒塌。

还真的有科学家认真研究过这个问题。有时候，你真的不知道这些古怪的科学家们吃饱之后都在干什么。一位叫格伦·赫尔德（Glenn Held）的科学家搜集了一些海边的沙粒，把这些沙粒的水分去掉，然后放进一个像胡椒研磨器一样的罐子里，观察沙粒怎么掉下去。他发现，最开始，沙粒会好像有人指挥一样，自动地形成一个非常稳定的锥形体，这就是物理学家们说的"自组织过程"。但一旦过了某个临界点，整个沙堆就会变得不稳定，随时可能因为一粒沙子，导致整个系统崩溃。随着沙粒的掉落，沙堆系统的复杂程度每一秒钟都会扩大 100 万倍。在这个世界上，没有哪个电脑能够有这样快的运算速度。自然界按照这样快的速度变得越来越复杂，结果是我们根本无法预测未来。有意思的是,法国大文豪雨果曾经说过一句话:"我们怎么会知道这个世界不是由掉落的沙粒形成的呢?"

这个世界从本质上讲是一个复杂体系,而我们认识这个世界的方法论从本质上讲,应该是概率论。你天天看天气预报,已经习惯了预报员说,明天降雨的概率是 50%。这就对了,我们作出的所有预测,其实都是一个概率。但恰恰在这个方面,我们的大脑简直是个白痴。我们人类在某些方面个个都是天才,比如按照著名的语言学家乔姆斯基的说法,我们生来就具有学习语言的能力。好比电脑在出厂的时候就已经把操作系统装上了,否则你无法相信,为什么一个还不会逻辑推理的幼儿,到两三岁的时候就会无师自通地讲起话来,还能经常把父母逼得哑口无言。但我们的大脑天然不适合做概率论的推理。得过诺贝尔经济学奖的心理学家丹尼尔·卡尼曼说,我们的大脑中有两套系统,第一套是快思考系统,或者说,就是我们靠直觉的快速反应。第二个系统是慢思考系统,就是我们借助逻辑、计算,慢慢地分析、推理。在大部分情况下,第一套系统运转都很顺利,但如果出了问题,往往是在第二套系统运转的时候,不知道哪里卡壳了。

这个世界会变得越来越复杂,而我们的认知能力却好像没有什么提高。现在流行的说法是,未来将会是一个"大数据时代",我们能够得到的信息量会越来越多。是的,这个我承认。但是,这个世界上的真理会随着信息量的增加而增加吗?恐怕不会吧。那么,结果就是,信息量中的真理含量会越来越少,我们所谓的信息,绝大部分是噪音。如何才能更好地认识这个纷繁复杂的世界?请你睁大怀疑的眼睛,或者说,狐疑的眼睛。

跋

半生缘

　　人到中年,蓦然一惊:自己想要做的事情都没来得及做,就这样浑浑噩噩,人生居然已经过去一半,或者是一大半。

　　每一个读书人,最大的心愿除了能坐拥书城、乐不思蜀之外,如果再有一点点野心,恐怕都想过自己写点什么,最好是写几本书,写几本能沾沾自喜的书,也就不枉此生了。

　　读书,写书,这一直是我认为最本分的事情,但在生活中随波逐流,离那种平静的生活越来越远了。写过的几本书,译过的几本书,翻检出来,只能让自己觉得惭愧。

　　我写第一本书的时候25岁,那时还在读博士。当时有家出版社叫今日中国出版社,要出一套中国问题报告,我负责其中的财政专题。一年之后,我的第一本书就这样出版了,书名叫《为市场经济立宪:当代中国的财政问题报告》。书里的主要观点是,历史上很多重大的改革,主要是因为政府遇到了财政压力,不得不改弦更张。政府处理财政压力的不同做法,会给之后的经济发展带来不同的影响:如果政府先"甩包袱",就会减少对市场的干预,市场经济就会有更大的发展空间;但如果政府先想到的是征税,那无异于杀鸡取卵,会断送经济增长的活力。

这些核心的观点其实并非我的独创,而是出自我的老师张宇燕教授。我曾和他合作过一篇论文《财政压力导致的制度变迁》。《为市场经济立宪:当代中国的财政问题报告》一书,基本上就是对这篇论文的扩写。我本来心里一直忐忑不安,担心张老师知道后责怪我,没想到他反而主动跟我说:"既然你已经写出来了,我就不用再写了。"这着实让我羞愧了很久。如今,原来出版此书的出版社都没有了。再读这本书,很多稚气和自以为是的话,让我自己都忍俊不禁。但我还是非常怀念那段心无旁骛、一心写书的日子。

从第二本书开始,就都是随笔集了。而且我越写越快,越写越多。我的第一本随笔集是《出门散步的经济学》。薄薄的一本书,收录了我大约十年来的文章。我的第二本随笔集是《不确定的年代》,比第一本厚多了,题材也杂乱无章。当时我刚刚毕业,急于改善自己的经济条件,开始疯写财经评论。当时的大部分文章都是为稻粱谋,写得匆匆忙忙,慌不择路,仿佛醉酒一般。

我的第三本随笔集是《胸中无剑》。当时我已经过了 30 岁。到现在为止,这仍然是我最喜欢的一本书,不是因为里面的文章,只是因为书名。之所以叫胸中无剑,是想表达我对人生的一点感悟。金庸先生在《倚天屠龙记》中讲过张三丰教张无忌太极拳的故事。张三丰演示了几遍,问张无忌记住了没有,张无忌思索半天,说:"全忘了。"旁边的人都为他着急,张三丰反而大喜,因为意在其中,忘记了招式才算真的学会了。人生到了一定的阶段,就会发现,放弃比得到更重要,忘记比记得更重要。从那时起,我就已下定决心,忘记名利,甚至忘记学术,只听从自己兴趣的召唤,做一个普普通通、完全本色的人。到现在为止,我的博客和微博还用着"胸中无剑"的名字。

在那之后,我又出了两本随笔集,一本是《失衡之困》,一本是《一盘没有下完的棋》。前者主要是写中国经济中的结构失衡,后者则是爆发美国金融危机之后我写的一些评论。我本来想把后一本书取名为《谁忘了穿泳裤》,取自巴菲特的名言:"只有在退潮的时候,才能看出来谁没有穿泳裤。"我的意思是想说,美国金融危机之后才发现,原来的企业、金融机构、政府,都没有穿泳裤。编辑看到这个书名直挠头,说叫这个名字说不定会被放到体育类的图书架子上,所以他把书名改成了《一盘没有下完的棋》。他忘记了,叫现在这个名字还是有可能被放到体育类的架子上。出完这两本随笔集之后,我已经失去了再写财经评论的兴趣。这样天天紧追热点、指点江山,不是我心里想做的事情。

除了写书,我也翻译了几本书。我翻译的书比自己写的书卖得好多了。我接的第一个单子是翻译《纽约时报》专栏作家托马斯·弗里德曼的《世界是平的》。说实在的,我并不看好这本书在中国的销路,也不赞成书里的观点。之所以同意翻译此书,完全是因为湖南科技出版社的孙桂均老师太会说服人了。我没有想到,《世界是平的》卖得极其火爆,一时洛阳纸贵。

我遇到的最想不到的一件事情是,有次到河南某地讲课,一位当地的官员执意要请我吃饭,但说要到吃饭的时候才告诉我为什么请客。我因为好奇，就答应了。饭桌上，他跟我讲了个故事。就在那年春节，他去海南度假。上飞机之前，有人送他一本《世界是平的》。估计飞机上实在无聊，他就翻了翻书的前两章。回来之后，很快当地政府部门公开招考干部，他报名了。拿到考卷，最后一道大题是：试用《世界是平的》一书中的观点，谈谈我市未来的经济发展思路。

这个故事的意思是，如果你要读《世界是平的》，看前面两章就足够了。后来，我又陆续翻译了几本弗里德曼的书。最新的一本刚开始卖，是他和国际政治学家曼德鲍姆合著的《曾经的辉煌》。这几本书都是我组织学生翻译，然后我校译。说是校译，但常常要自己重新翻译，搞得我苦不堪言。诚实地讲，这几本书的翻译质量都没有达到我心目中的标准。我翻译的最差的一本书是《维基经济学》。因为我实在没有时间，就找了一位学英语专业的朋友一起翻译。可是他也没有时间，他找了一群学生翻译。当我拿到译稿的时候几乎晕倒。出版社急着出书，不得已，我理顺了一下译稿中的文字，不情愿地交给了出版社。细心的读者已经指出，这本书的翻译中错误极多。我曾经在自己的博客中向大家道过歉。现在，向所有的读者再次郑重道歉，这的确是我的过错。

我翻译的书中，有一本自己是满意的，那就是乔舒亚·库珀·雷默写的《不可思议的年代》。雷默是我的好朋友，他曾是《时代》杂志最年轻的国际版主编，也是"北京共识"的提出者。他是一位中国问题专家，也是基辛格博士"钦定"的传人。这本书是他对国际问题的思考，书中内容表现出他对未来充满了忧患意识。雷默在创作中旁征博引，介绍了国际政治、复杂科学、认知心理学，甚至传染病学的思想,也讲述了雷默采访真主党游击队、对冲基金经理、戈尔巴乔夫等形形色色人物的故事。书中的很多思考,让我受益匪浅。出于对朋友的负责,我独自承担了翻译任务。那一年的春节,我枯坐在书斋里,以每天一万字的速度,译完了全书。

回顾我自己出的那几本书,我对自己过去写的东西越来越没有兴趣了。在我第一本随笔集的前言里,我曾引用拜伦的话:"我写的东西都付之流水,任它浮沉。"现在看来,它们都陆续沉底了,那就让它们去吧。

在我翻译书的过程中,却逐渐激发起新的写作欲望。我并不觉得弗里德曼写得有多好,雷默的书写得也不错,我为什么不能写出来让自己满意的书呢?

我想,该作出一个重大的选择了。

在读高中的时候,我就朦朦胧胧地觉得,自己这一生的理想是做一名学者。到了研究生阶段,尤其是博士阶段,到哈佛做了两年访问学生,让我对经济学几乎顶礼膜拜。经济学的宫殿巍峨雄壮,让我觉得在这里消磨自己一生的时光,哪怕是做些雕梁画栋的工作,也是件幸福的事情。但随着人生阅历的增加,阅读范围的扩大,我对经济学的信心一点点消失了。供给和需求能够解释这世间的一切?哈耶克有一本书叫做《致命的自负》。我倒是觉得,主流经济学家看这个世界的时候,才常常是"致命的自负"。经济学帝国主义的傲慢,太不符合我自卑而胆怯的性格了。

我对自己做学问的信心也一点点消失了。在哈佛求学的时候,天天跟那些顶尖的学者、天才的学生厮混在一起,让我知道了什么是好的经济学,也让我明白,自己是做不出来好的经济学的。我曾经上过一门博弈论的课程。刚开学的时候,仗着曾经在国内自学过,我是班上回答问题最积极的学生。半个学期过去,同学们就超过了我。到学期末交课程论文的时候,我只规规矩矩地做模型、交作业。和同学们那些天马行空、构想巧妙的模型相比,我做的模型就像爱因斯坦的小板凳。

假如我努力坚持,或许可以勤能补拙,做出个更像样子的小板凳。但我已经认识到,自己并不是一个有原创性的学者。这不仅是因为我智力驽钝,也和我兴趣太广泛有关。那些在学问上有成就的学者,往往是用心至纯,心无旁骛,且能长期坚持,跑完马拉松。而我呢,我对什么都感兴趣,是一个胃口奇好、口味甚杂的读者。我对历史学感兴趣,也对天体物理学感兴趣;我对政治学感兴趣,也对脑神经科学感兴趣;我对文学感兴趣,也对生物学感兴趣;一本背单词的书或是辞典,都能让我津津有味地读几个小时。我看书速度也很快,一本两三百页的中文书,大概只够我读两三个小时,同样厚度的英文书,大概够我读五六个小时。出差的时候,我至少要带四本书;候机厅里读一本,飞机上读一本,宾馆临睡前一本,回来的飞机上再读一本。在这个越来越讲究专业分工的时代,我算是当不了专家了。

如果说我有一点点天分的话,我想那就是学习能力比较强。如果说我还有能够称为优点的地方,我想那就是从来不会固执己见。这样的禀赋,能干点什么呢?

肯定不是经济学家了。我认识的经济学家,都比我自信,也比我执著。别叫我经济学家了。我连梦桃源都没有去过,哪里敢称什么经济学家呢。

要是让我自己介绍,我愿意称自己是一个经济政策研究者和科普作家。

我工作的单位是中国社会科学院世界经济与政治研究所,我在这里主要做政策研究。我们跟踪中国宏观经济形势、试图弄清楚为什么会出现通货膨胀、出口有没有恶化、人民币升值到底会有什么影响。我们也跟踪美国金融危机、欧洲债务危机、初级商品价格的波动。这当然需要经济学的理论作为分析框架,但更多的要靠经验、直觉和实地调查。我们去过煤矿、到过"血汗工厂",调查过养猪的农民,也经常到国外参加国际投行、对冲基金的会议。我们和政府部门保持着密切的联系,说叫过去开会,我们就过去开会;说让提供研究报告,我们就提交研究报告。这是个体力活,不是什么技术活。但这是我的本职工作。政策研究历来是三流的经济学者从事的工作,因此对我正合适。

在尽心尽职地完成本职工作之外,就是自己耕耘的小园地了。政策研究是我的职业,写作是我的爱好。

我是那种比较善于把复杂的思想通俗表达出来的作者。这是因为我不喜欢复杂的东西,凡是遇到复杂的东西,总想把它弄得简单,我自己才能理解。我喜欢把严肃的理论变得更加有趣味,同时小心地不破坏它原有的品味。我愿意做一个二传手,把那些广博而深邃的思想传播给更多的读者。

不在学术界混,就不能理解我的这种选择有多么危险。这就好比一个大家闺秀,突然告诉家里人,自己要去唱戏。好端端的一个人,怎么会有这么低级的趣味。难道你不想再在一流的学术刊物上发论文了? 你写的东西连参考文献都没有,看起来多么丑陋!

我用了事业生涯的一半时间,终于明白了,听从自己兴趣召唤的生活,才是最值得过的。说到写作,这才是我缘分注定的。转眼只剩下一半的生涯了,我不会再和写作分开了。

但是,我不会再追逐潮流,写那些应景的东西了。我要让内心沉静下来,寻找那些一直感兴趣的题目,一本一本地写成书。我会细细地去想章节结构,起承转合,一字一句,小心放妥。凭着兴趣,我会像一个流浪汉一样越走越远。我会写一本关于地缘政治的书,也可能会写一本关于社会心理学的书。如果我不小心闯入了别人的花园,对不起,请原谅,我只是一个没有任何恶意的过客。

我看见自己成了一个山中的石匠,摩挲着一大块粗糙的石头。一斧一凿地下去,慢慢地,一个石像的轮廓出现了。我更小心地雕琢,生怕破坏了分寸。干累了,就抽一斗烟,然后慢慢地打磨细处。石像慢慢地圆润光滑起来。冰冷的石头仿佛有了生命,好像随时就会呼吸和说话。空山寂寂,偶尔有一只大鸟飞过,阳光下它的影子在石像上一闪而没。我轻轻抚摸手上的粗茧。这一刻,我知道自己找到了快乐。

后记

　　大部分作者都容易产生一种幻觉。他们会觉得，哈，这是我的一本新书。

　　作者会觉得，既然是他或她自己一个字一个字写出来的书稿，一本书的问世，当然要完全归功于己。但如果诚实一点，他或她就会承认，一个人在书中讲述的故事、表达的思想，常常是从别的作者那里"借"来的。思想的生态系统并不像田野一样，阡陌交通、界限分明，而是像一个热带雨林，有时候藤萝缠绕着大树，有时候苔藓和地衣覆盖了枝干。我本想为本书增加一些注释，好让它更"学术"一些，想来想去，还是放弃了。如果读者有心，肯定能根据我文章里的线索找到进一步阅读的书籍；如果读者想偷懒，何必拿哪些密密麻麻的注释增加他们阅读的难度？对学术人士来说，那些注释很像叼在嘴里的牙签，不过是为了炫耀自己刚吃过肉；但对普通的读者来说，却像吃米饭时候吃到了沙子，不时地硌一下牙。此书并非一本学术著作，作者就擅自免去了繁文缛节，失礼之处，望各位君子包涵。

　　作者们还不得不承认,编辑对一本书的贡献同样是难以低估的。一个作者要是能找到好的编辑,那真是一件幸事。好的编辑理解你的思想、尊重你的意见、欣赏你的才华,并且会委婉地纠正你的愚蠢。和好的编辑合作,总是一段赏心悦目的乐事,而我已经有了两次这样的快乐经验。我最近的两本书都是蓝狮子帮助出版的。我要借此机会,感谢蓝狮子的王留全和康晓明,以及浙江大学出版社的曲静。我也要感谢本书的设计师王天义。说句心里话,此书的装帧是我出过的十几本书中自己最满意的一本。

　　本书收录的文章,大部分曾发表在《SOHO 小报》、《信睿》、《财经》和《国际经济评论》。感谢先在《SOHO 小报》、后来创办《信睿》的许洋、李楠,《财经》杂志的何刚、苏琦,以及《国际经济评论》的邵滨鸿、李君伟和崔秀梅。尤其感谢许洋兄,没有他的鼓励和督促,我写不了这么多字。

图书在版编目（CIP）数据

若有所失:漫步在历史和经济的丛林中 / 何帆著.
—杭州:浙江大学出版社，2014.2(2015.3 重印)
ISBN 978-7-308-12600-7

Ⅰ.①若… Ⅱ.①何… Ⅲ.①随笔－作品集－中国－当代 Ⅳ.①I267.1

中国版本图书馆 CIP 数据核字（2013）第 282549 号

**若有所失:漫步在历史和经济的丛林中**

何　帆 著

| | |
|---|---|
| **策 划 者** | 杭州蓝狮子文化创意有限公司 |
| **责任编辑** | 曲　静 |
| **出版发行** | 浙江大学出版社 |
| | （杭州市天目山路 148 号　邮政编码 310007） |
| | （网址:http://www.zjupress.com） |
| **排　　版** | 杭州中大图文设计有限公司 |
| **印　　刷** | 浙江印刷集团有限公司 |
| **开　　本** | 880mm×1230mm　1/32 |
| **印　　张** | 9.875 |
| **字　　数** | 211 千 |
| **版印次** | 2014 年 2 月第 1 版　2015 年 3 月第 3 次印刷 |
| **书　　号** | ISBN 978-7-308-12600-7 |
| **定　　价** | 48.00 元 |